LES JUSTICIÈRES

TOME 2

À propos de l'autrice :

Gretchen McNeil est chanteuse lyrique, circassienne et comédienne de doublage quand elle ne rédige pas des romans YA à vous faire froid dans le dos ! Ses œuvres sont traduites dans six pays et régulièrement adaptées au cinéma ou à la télé, comme c'est le cas pour *Les Justicières*, disponible sur Netflix !

De la même autrice dans la même collection

Les justicières – Tome 1

Gretchen McNeil

LES JUSTICIÈRES

TOME 2

Traduit de l'anglais (États-Unis)
par Noémie Saint Gal

POCKET JEUNESSE
PKJ·

Titre original :
Don't Get Mad – Get Dirty

Collection « Territoires » dirigée
par Pauline Mardoc

Loi n° 49956 du 16 juillet 1949 sur les publications
destinées à la jeunesse : octobre 2021

ISBN : 978-2-266-31501-2
Dépôt légal : octobre 2021

… advienne que pourra ! Seulement, j'aurai pleine vengeance…

William Shakespeare, *Hamlet*, acte IV, scène 5
(traduction François Guizot, 1864)

UN

Ed regardait Margot.

Dans sa chambre du quatrième étage de l'hôpital, elle semblait dormir. Seuls l'intraveineuse et le bip lent et régulier de l'électrocardiographe rappelaient le coma dans lequel elle était plongée.

Sur le seuil, il ferma les yeux et imagina son sourire. Il l'avait rarement vu : une fois, lors de l'assemblée durant laquelle le GTC avait humilié M. Creed devant tout le lycée, une autre dans le labo informatique où Bree et elle l'avaient intronisé et encore une fois dans le couloir de Bishop DuMaine, pendant qu'elle parlait à Logan Blaine.

Le cœur d'Ed se serra. Ce n'était pas la faute de Logan si Margot était tombée amoureuse de lui. Après tout, si Ed avait été attiré par les hommes, Logan lui aurait aussi fait tourner la tête : grand, athlétique, blond, bourré de charme.

Il mit lentement la main dans la poche de sa veste, ses doigts frôlèrent le bout de papier froissé qu'il gardait tout le temps avec lui. Grand et blond ? Non, ce n'était pas du tout son genre.

Il installa une chaise de métal à côté du lit de Margot, en faisant attention à ne pas faire de bruit. Pourquoi ? Il n'en avait aucune idée. Elle ne dormait pas vraiment. Il aurait pu tourner autour d'elle avec la fanfare du lycée sans qu'elle cille.

Quel optimisme, Edward !

Il prit une profonde inspiration, puis expira lentement. Dans la chambre, il flottait un parfum de fleurs coupées et de produits nettoyants, la même odeur qui semblait imprégner tous les hôpitaux qu'il avait visités. D'énormes bouquets coloraient le sol près de la fenêtre, un véritable zoo de peluches empilées tout autour. La collection avait grandi depuis sa visite de la veille et, alors qu'il en faisait l'inventaire mentalement, son cerveau calcula d'office le prix net de toute cette merde : un chiot aux yeux tristes qui brandissait une pancarte « Bon rétablissement » (*14,99 $*), un T-Rex avec un bras en écharpe (*kitsch, alors probablement plus cher*), pas moins de trois oursons roses agrippant un cœur en plastique où était écrit « Tu nous manques » (*en solde*). Et un seul ballon à hélium à deux dollars retenu par une figurine en plastique. Le système de ventilation de l'hôpital le faisait tourner et renvoyait par intermittence son reflet à Ed.

Il se demanda si l'un de ces cadeaux venait de Logan. Peut-être le T-Rex ? Original, un peu sentimental, cher tout en restant dans les limites du raisonnable : du Logan tout craché. Ou de l'une des autres membres du GTC. Ed serra les dents. Elles avaient intérêt à avoir envoyé quelque chose… Kitty, Olivia et Bree étaient tout aussi responsables du coma de Margot que la personne qui avait porté le coup.

Ed plaça doucement la main sur la tête de la jeune fille. Il trouverait le coupable, même si ça devait le tuer.

Une voix de femme lui parvint depuis le couloir, accompagné par le doux couinement de semelles en caoutchouc sur les dalles.

— Sa chambre est au bout du couloir.

Ed se leva d'un bond. Le service de Vicky, l'infirmière de nuit, s'achevait dix minutes plus tôt. Que faisait-elle encore là ?

— Vous êtes sûre que ça ne vous causera pas d'ennuis de me laisser la voir ? demanda quelqu'un.

Le ventre d'Ed se retourna. Il connaissait cette voix.

Logan.

Vicky fit claquer sa langue.

— Toutcs les filles plongées dans le coma mériteraient qu'on veille sur elle avec autant d'amour dans les yeux.

Ed se tendit lorsque les pas se rapprochèrent. Il n'avait pas le temps de s'éclipser par l'escalier de derrière. Il se prépara au malaise.

— Tu as à peu près dix minutes avant que…

Vicky s'interrompit en voyant Ed à côté du lit de Margot. Son grand sourire se changea en regard soupçonneux.

— Qui es-tu ? Qu'est-ce que tu fais là ?

— Euh…

— Hé ! s'exclama Logan. Je te connais ! (Il pencha la tête de côté, comme si elle fonctionnait mieux sous cet angle.) Non ?

Sérieux ? C'est ce type *que Margot a choisi ?*

— Comment es-tu entré ? demanda Vicky. L'accès au service de soins intensifs est contrôlé !

Ce n'est pas le cas de la buanderie, madame. Mais Ed ne voulait pas dévoiler son secret. Il regarda Vicky et Margot tour à tour.

— Attendez une minute !

La bouche ouverte, il feignit la surprise.

— Ce n'est pas la chambre de tante Hélène ! Je dois être au mauvais étage.

Les sourcils haussés, Vicky baissa le menton.

— Le mauvais étage ?

— Ouais, désolé.

Il était temps de développer une stratégie de fuite.

— Vous savez quoi ? Je crois que j'ai pris deux Ritaline ce matin au lieu d'un, alors je suis un peu… (Il siffla et montra sa tempe tout en se rapprochant lentement de la porte.) Cinglé.

Logan secoua son épaule et balança la tête d'avant en arrière de façon erratique.

— Je sais ! (Il hocha la tête.) On va au lycée ensemble.

T'es pas près de devenir champion d'impro, Logan.

— Ça va aller ? demanda Vicky.

— Ouais, ouais !

Ed se mit à rire très fort.

— Je vais bien. Il faut juste que je, vous savez, rentre à la maison, me vide l'estomac et…

Il consulta sa montre.

— Dis donc, vous avez vu l'heure ?

Il dépassa Vicky et Logan, toujours déboussolé, et traversa le couloir à reculons. Puis il les salua avec les doigts en pistolet.

— Et sur ce, je me casse !

Ed se dépêcha de regagner sa voiture. Le soleil s'était levé au-dessus de l'horizon montagneux et commençait à brûler la couche de brouillard qui pesait sur Menlo Park. Il n'avait pas le temps d'apprécier la chaleur. Il se glissa sur le siège passager, tira la portière derrière lui et appuya sur le bouton de verrouillage automatique.

Il aurait dû attendre Logan, lui parler de Margot. Ils tenaient tous les deux à elle et rien chez lui n'éveillait la méfiance. Ed hésitait quand même. Il n'était pas prêt. Il essayait encore de comprendre ce qui s'était passé mardi soir. En attendant, il allait la jouer solo.

Après tout, il y a toujours un tueur en liberté.

DEUX

Le souffle d'Olivia s'évapora en petites volutes lorsqu'elle tourna au coin de DuMaine Drive. Les cloches de l'église non loin brisèrent le silence matinal. Était-il déjà sept heures ? Oups, encore en retard. Kitty allait lui arracher les yeux…

Mais au lieu d'accélérer, Olivia continua à avancer d'un pas tranquille. Elle ne paniqua pas, ne détala pas dans la rue comme une proie fuyant son prédateur. Pour la première fois depuis des semaines, elle se sentait en sécurité.

Trois jours s'étaient écoulés depuis que Bree s'était rendue, ainsi que Christopher Beeman l'avait exigé. Et, comme promis, il avait cessé de s'en prendre à elles. Plus d'enveloppes ni de messages mystérieux, et surtout : plus de meurtres. Il semblait satisfait que Bree soit derrière les barreaux et Margot à l'hôpital. Cette satisfaction signerait sa fin.

Parce que, désormais, c'était leur tour. Le GTC allait attraper un tueur.

Elle avait l'impression d'avoir enfin repris le contrôle de la situation. Elle monta les marches du lycée et ouvrit grand la porte.

— Olivia ! s'exclama quelqu'un à l'instant où elle pénétrait dans le bâtiment.

Au milieu du couloir se trouvait Tyler Brodsky.

Il dégagea ses cheveux bruns de ses yeux et lui adressa un sourire rayonnant. Trois rouleaux de ruban adhésif marron étaient enfilés sur son bras comme de gros bracelets et un drap pendait sur son épaule. Derrière lui, un escabeau de deux mètres cinquante occupait toute la largeur du couloir. En haut, Kyle Tanner attachait le bout d'une banderole au plafond.

Tous les deux portaient le même tee-shirt Henley à manches longues, celui de Tyler gris ardoise, et celui de Kyle bleu marine, par-dessus le même jean slim délavé. Olivia se demanda s'ils s'étaient appelés ce matin-là pour se coordonner. Sans la peau noire et la tête rasée de Kyle, on n'aurait pas fait la différence.

— Qu'est-ce que tu fais là si tôt ? demanda Tyler.

Kyle baissa la tête.

— Tu es venue nous donner un coup de main ?

— Euh…

Kitty et elle avaient justement décidé de se retrouver à cette heure matinale, car elles espéraient qu'il n'y aurait personne au lycée. Et voilà qu'elle tombait sur deux membres des Maine Men, les dernières personnes qu'elle aurait voulu croiser.

Ils la dévisageaient, attendant sa réponse. *Autant jouer le jeu.*

— Oui ?

— Super.

Tyler retira la bannière de son épaule.

— Tiens ça. Je vais chercher un autre escabeau.

Olivia lui prit le tissu plastifié avant qu'il s'éloigne au petit trot. Qu'est-ce qu'il faisait au lycée à cette heure-ci ? Un seul moyen de le savoir. Elle sourit à Kyle.

— Alors, qu'est-ce qui se passe ?

— T'es pas au courant ? Le père Uberti a déclaré qu'aujourd'hui c'était le V-G Day.

— Le quoi ?

Il pencha la tête de côté.

— Le V-G Day. Tu sais, comme pendant la Seconde Guerre mondiale. C'est le jour de la victoire contre le GTC !

Olivia tendit le bras pour étirer la bannière sur toute sa longueur.

— Fêtez notre victoire ! lut-elle à voix haute.

Kyle commença à descendre.

— C'est génial, non ? C'est l'idée de Rex.

Comme par hasard.

Il tira l'escabeau à l'autre bout du couloir, puis prit la bannière de la main d'Olivia.

— On en accroche dans tout le campus. Rex est dans la classe de leadership, à préparer les prospectus. Je crois qu'il… (Il se racla la gorge.) Qu'il est seul.

Beurk.

Olivia sauta sur cette occasion.

— Je vais voir s'il a besoin d'aide !

Mais plutôt mourir que de se retrouver seule dans une pièce avec Rex Cavanaugh, surtout depuis qu'Amber et lui avaient rompu. C'était quasiment la certitude de se faire agresser.

Olivia se dirigea d'un pas tranquille vers la classe de leadership mais, dès qu'elle fut hors de vue, elle se mit à courir. Si Rex et ses Maine Men décoraient tout le lycée, ce ne serait qu'une question de temps avant qu'ils atteignent le couloir du labo informatique où Kitty l'attendait. Il fallait qu'elle en sorte le plus vite possible. Olivia dépassa son casier à toute vitesse et monta les marches quatre à quatre comme un soldat à l'entraînement.

Une fois en haut, elle s'arrêta, aux aguets. Elle aurait juré avoir entendu quelque chose. Des pas derrière elle.

Olivia se retourna d'un coup et regarda vers le bas de l'escalier. Il n'y avait personne.

Immobile, elle compta lentement jusqu'à dix. Personne dans le couloir en dessous. Sa vieille paranoïa affectait son jugement. Personne ne la suivait. Personne ne savait ce qu'elles planifiaient. Après avoir secoué la tête pour se remettre les idées en place, Olivia se retourna et reprit sa course.

Kitty faisait les cent pas sur les dalles lisses. Le retard d'Olivia n'avait rien de stupéfiant, cependant elles étaient sur le point d'accomplir une étape décisive dans leur chasse à Christopher Beeman. L'attente la tuait.

Elle contempla un des écrans brillants. Une fenêtre était ouverte sur un compte mail anonyme. Elle avait déjà branché la clé USB et transféré toutes les données du GTC sur Christopher Beeman : les mails entre feu Ronny DeStefano et lui, son lien avec M. Creed, paix à son âme. D'un simple clic, elle enverrait le dossier dans le cyberespace, au sergent Callahan du commissariat de Menlo Park.

Depuis que Bree s'était rendue, le meurtrier les avait laissées souffler. Cette liberté devait leur permettre de couper court au règne de terreur de Christopher. Le sergent Callahan comprendrait que c'était lui le coupable et lancerait les forces de police à sa poursuite. Bree serait innocentée et Christopher cesserait de nuire.

Du moins, elle l'espérait. Au loin, elle entendit le claquement de chaussures à talons dans le couloir, suivi de coups légers à la porte : un, une pause, puis trois plus rapides. Kitty ouvrit et Olivia, rouge et essoufflée, entra dans la précipitation.

— Désolée ! Je me suis fait retarder par Kyle et Tyler. (Elle s'appuya contre le mur.) Tu as vu ce qui se passe ?

— Le père Uberti a contacté la classe de leadership hier soir après la réunion du conseil d'établissement. Il a dit qu'il voulait célébrer la victoire, maintenant que Bree a été arrêtée. (Kitty soupira.) Très classe ! Deux personnes sont mortes, quand même.

— Abruti ne déçoit jamais.

Avec une profonde inspiration, Kitty s'assit devant l'écran.

— C'est prêt à partir.

Olivia se pencha par-dessus son épaule et lut à voix haute le message.

— « En pièce jointe, des informations qui pourraient vous intéresser au sujet des meurtres de Bishop

DuMaine. Christopher Beeman, autrefois élève de l'académie militaire d'Archway en Arizona, est lié aux victimes et avait des raisons de tuer Ronny DeStefano et le professeur Dick Creed. Cordialement, Un ami. »

Olivia se redressa.

— C'est parfait. Ça va marcher.

— Prête ?

Olivia se mordit les lèvres, racla au passage la majorité de son gloss irisé, puis elle fit un signe de tête rapide, déterminé.

— Prête.

Kitty cliqua et une fenêtre avec les mots « Courrier envoyé » emplit l'écran. Elle s'appuya contre le dossier de sa chaise et poussa un long soupir.

— Et voilà. Christopher Beeman sera bientôt derrière les barreaux.

— Vous en êtes sûres ? s'enquit une voix familière.

La joie d'Olivia se transforma en colère. Elle se retourna d'un coup. Sur le seuil, Ed-au-carré leur adressait un grand sourire.

— T'étais où ?

— Au septième ciel, bébé, répondit-il en agitant les sourcils.

— J'ai dû t'appeler sept mille fois depuis mardi soir ! s'exclama Kitty. Répondeur chaque fois. Tu t'expliques ?

Il haussa les épaules.

— Je l'ai balancé dans les toilettes. Les composants du téléphone jetable ayant appartenu à Ed-au-carré flottent désormais quelque part dans la baie de San Francisco.

— Pourquoi tu as fait ça ? demanda Olivia.

— J'ai échangé des textos avec Margot quelques heures avant son attaque. Tous les flics sont probablement à la recherche de ce téléphone.

Kitty plissa les yeux.

— C'est, en effet, un élément compromettant…

Ed tira doucement une chaise et s'assit.

— On se calme, mesdames. Si j'avais attaqué Margot, vous croyez que je serais ici ?

Elles échangèrent un coup d'œil. Il n'avait pas tort.

— Alors qu'est-ce que tu fais là ? interrogea Kitty.

Ed-au-carré sortit un bout de papier de la poche avant de son sac.

— Je voulais vous montrer ça.

Elle le lui arracha des mains.

— C'est un PV pour excès de vitesse.

— Route 101 Nord, lut Olivia. Sortie 367, Morgan Hill.

— Vérifiez la date et l'heure.

— 7 octobre, 21 h 30.

— Exactement. Et Margot a été attaquée à environ 21 h 50, d'après le rapport de police. Jamais je n'aurais pu faire soixante kilomètres en un quart d'heure. C'est pas moi.

— Alors pourquoi tu as attendu trois jours pour nous le dire ? interrogea Kitty.

Ed chassa soudain son masque de désinvolture, son regard se durcit.

— Parce que vous étiez les seules à savoir que je devais retrouver Margot ce soir-là.

Olivia se raidit.

— Qu'est-ce que tu sous-entends ?

— L'idée m'est peut-être venue que vous essayiez de me faire accuser.

— Tu crois que l'une de nous aurait attaqué Margot ? s'horrifia Olivia. C'est notre amie, espèce de fouine ! Si tu crois une seconde…

— Ton amie, vraiment ? Je me rappelle une certaine histoire concernant des photos de Margot datant du collège.

Il la désigna d'un doigt accusateur.

La honte de ce qu'elle avait fait à Margot submergea à nouveau Olivia. Ses mains se mirent à trembler.

— Ah oui ? rétorqua-t-elle. Et nous, comment on est sûres que tu n'es pas Christopher Beeman ?

Elle savait que ça n'avait aucun sens, mais il fallait bien que quelqu'un soit Christopher, et elles commençaient à manquer de possibilités.

Au lieu de se défendre, Ed-au-carré éclata de rire.

— Qu'est-ce qui t'amuse ? demanda Kitty.

— Si je suis Christopher Beeman, j'ai de bien plus gros problèmes que des accusations de meurtre.

Un frisson parcourut le dos d'Olivia, comme si elle avait touché une toile d'araignée en reculant. Le ton d'Ed la mit sur ses gardes.

— Qu'est-ce que tu veux dire ?

— Je veux parler de ce que j'ai découvert en Arizona. Christopher Beeman est mort.

TROIS

Bree n'avait jamais rien vu d'aussi déprimant que la salle de récréation du centre de détention pour délinquantes juvéniles du comté de Santa Clara.

Censé être une sorte d'espace de liberté, il s'agissait d'une cellule aveugle aux couleurs pétantes, dont le mobilier semblait tiré d'un catalogue de fournitures de bureau au rabais. Là, on avait le droit de regarder la télé, de jouer à des jeux de société, de lire ou de faire ses devoirs.

Cette atmosphère insipide influait sur l'humeur des détenues. Toutes paraissaient lasses et à moitié mortes, comme un groupe de patientes lobotomisées. Elles se traînaient de la table à la porte à la bibliothèque, cherchant désespérément quelque chose qui briserait la monotonie. Devant les pubs télé qui interrompaient les nouvelles matinales récitées d'une voix trop enthousiaste, elle se demanda combien de temps s'écoulerait avant qu'elle se sente aussi abattue que les autres filles.

Le désespoir s'infiltrait déjà. Trois longues journées avaient passé depuis son arrestation. Après s'être accusée des actes du GTC, elle avait enduré des interrogatoires infinis au sujet des meurtres de Ronny DeStefano et M. Creed. Bree avait gardé un silence sans faille et pris grand plaisir à constater l'irritation croissante du sergent Callahan. Puis il y avait les sessions quotidiennes de thérapie avec la Dr Walters, qui semblait décidée à relier son « besoin d'attirer l'attention » à sa relation avec ses parents. À elle aussi, elle n'accordait que peu de satisfaction. Même en prison, Bree ne pouvait s'empêcher de se rebeller contre l'autorité.

En attendant, c'était silence radio de la part de tous ceux à qui elle tenait. Bree ne savait pas ce qui était arrivé à Margot ni si Christopher avait tenu sa promesse de laisser le GTC tranquille.

De toute façon, elle ne s'était pas attendue à avoir de nouvelles d'Olivia ou de Kitty. Elles devaient profiter de cet armistice pour retrouver Christopher et la sortir d'ici. Elles représentaient sa seule chance de liberté.

Parce que son très cher papa ne viendrait pas à sa rescousse. La semaine précédente, il avait empêché son expulsion du lycée après le coup de poing qu'elle avait donné à Rex Cavanaugh. Il avait été très clair : « La prochaine fois, tu te débrouilleras. »

Et puis, il y avait sa mère. Bree cligna des paupières et contempla le mur, des blocs de béton peints en jaune beurre et rose bonbon. Est-ce qu'on lui avait dit ? Est-ce qu'elle en aurait quelque chose à faire ?

La gorge nouée, elle lutta contre l'émotion qui la submergeait. Malgré ses fanfaronnades, elle avait peur. Elle se sentait complètement seule, abandonnée par ses amis, sa famille, même John.

« Je sais que tu ne les as pas tués. »

Non, pas John. Il ne l'abandonnerait jamais. Ou bien si ?

Elle serra les dents si fort que les os de sa mâchoire grincèrent. Désormais, elle était prisonnière, soupçonnée de meurtre. Ses sentiments changeraient-ils ? Allait-il tourner la page si elle passait vingt ans derrière les barreaux ? Était-elle destinée à être oubliée, comme le reste de ses codétenues ?

— Bree ?

Elle sursauta. La Dr Walters se tenait sur le seuil.

— Viens avec moi, s'il te plaît.

Tous les regards convergèrent vers elle. Certains pleins d'agressivité, d'autres d'envie.

Tout sourire, la Dr Walters guida Bree jusqu'à son bureau.

— C'est une belle journée, n'est-ce pas ?

Apparemment, elle avait oublié qu'elle sortait Bree d'une pièce sans fenêtre.

— Euh, ouais.

Elle ferma la porte de son bureau derrière elles.

— Elle est sur le point de devenir encore plus belle pour toi.

De quoi parlait-elle ? Bree s'assit tandis que la docteure parcourait les papiers sur son bureau.

— Voici l'emploi du temps pour les patients du groupe de thérapies en consultation externe, déclara-t-elle en lui tendant une copie. Ça se déroule comme ici, tout ce dont nous discutons est complètement confidentiel et toutes les filles sont d'anciennes détenues de ce centre.

Bree saisit le papier, le cerveau toujours focalisé sur le mot « consultation externe ». Elle refusait d'y croire.

— Pardon, est-ce qu'on nous emmène quelque part pour la thérapie ?

— Non, Bree. Aujourd'hui, tu es libérée.

— Pardon ?

— Tu seras placée sous surveillance électronique à l'aide d'un bracelet, puis confiée à l'un de tes parents et assignée à résidence.

La Dr Walters lui décocha un sourire.

— C'est merveilleux, non ?

Oh, merde. Son père allait la défoncer. Peut-être qu'il avait déjà une cellule réservée au couvent de la côte Est dont il ne cessait de la menacer ? La bouche sèche, avec la sensation que sa langue était démesurément longue, Bree demanda :

— Quand est-ce que mon père vient me chercher ?

— C'est à ta mère que nous te confions.

QUATRE

Stupéfaite, Kitty dévisagea Ed.

— Comment ça, Christopher Beeman est mort ?

Olivia secoua la tête.

— C'est impossible.

— Vous croyez que j'aurais inventé un truc pareil ?

Il s'était douté qu'elles ne le croiraient pas. Il sortit un dossier de son sac à dos et le leur tendit.

— Regardez.

Olivia accrochée à son bras, Kitty parcourut la copie du certificat de décès de Christopher Beeman. Il vit la dure réalité s'abattre sur elles. Ces dernières semaines, elles avaient couru après un fantôme.

— Comment on a pu rater ça ?

— Comme tout ce qui concerne le mystérieux M. Beeman, toute information à son sujet a été éliminée du Net. Quelqu'un voulait qu'il disparaisse.

— Alors, comment tu l'as découvert ? demanda Olivia avec un regard en coin.

Vexé, Ed redressa les épaules.
— Je suis un professionnel !
— Ce qui veut dire ?
— Que j'ai soudoyé l'agent d'entretien pour qu'il me raconte tout ce qu'il savait à son sujet.
— Mort par strangulation, classée comme suicide.
Kitty scruta le certificat comme si elle n'y croyait pas vraiment.
— C'est arrivé l'année dernière, à peu près à la même époque que l'article au sujet de la disparition de Christopher.
— Comment... (Le visage pâle, Olivia déglutit.) Comment le corps a été...
— Il s'est pendu aux tuyaux de la chaufferie sous le gymnase d'Archway.
Ed évitait d'imaginer combien la mort de Christopher avait été horrible, dans le froid, le noir et la solitude.
Olivia inspira vivement et se précipita vers l'un des ordinateurs.
— Oh, mon Dieu ! Il faut qu'on empêche le mail d'arriver !
— Le mail ?
Kitty se passa la main dans les cheveux.
— Nous avons envoyé un mail anonyme au sergent Callahan avec toutes nos preuves contre Christopher Beeman.
Ed siffla tout bas.
— Ouais, ils vont le supprimer direct.
— Je ne comprends pas.
Olivia prit le dossier des mains de Kitty et le parcourut à nouveau.

— Tous les indices, les photos de l'annuaire scolaire manquant, les morts… Tout désignait Christopher Beeman.

— Quelqu'un voulait vous faire croire que c'était lui, dit Ed simplement. On vous a bien enfumées.

— Qu'est-ce qu'on va faire ?

— Garder notre calme, dit Kitty qui semblait faire tout le contraire. Le tueur ne sait pas qu'on est au courant.

Olivia se mordit la lèvre.

— D'accord…

— Alors, pendant qu'il se tient tranquille et croit que tout ça, c'est fini, on reprend la liste des suspects depuis le début.

— Ouais, ricana Ed. Bonjour la perte de temps !

— Tu as une meilleure idée ? demanda Kitty, l'air mauvais.

— En fait, ouais.

Il croisa les doigts et les posa sur son genou.

— Il vous manque les suspects les plus évidents.

Olivia pencha sa jolie petite tête.

— Je ne comprends pas.

— Je sais, répondit-il avec un sourire.

— Crache le morceau, Ed, cingla Kitty.

Ces filles n'avaient aucune imagination.

— Vous ne vous êtes jamais demandé si ce n'étaient pas les exploits du GTC qui vous revenaient en pleine figure ?

— Tu penses qu'une de nos cibles est derrière tout ça ?

— Après tout, toutes ces personnes ont une bonne raison de vous détester.

— Mais pourquoi tuer Ronny ? Et M. Creed ?

— Au moins, Christopher avait un motif valable, dit Olivia.

Ed claqua des doigts devant elle.

— On se réveille ! À moins que ce soit un esprit vengeur qui poursuit ses persécuteurs, Christopher Beeman n'a tué personne.

— Peut-être, répondit-elle, le front ombrageux.

Peut-être ?

— Mais si quelqu'un essayait de vous faire porter le chapeau en s'en prenant aux autres cibles du GTC ? Celles d'avant Creed et Ronny ?

— Ça vaut le coup de se renseigner, soupira Kitty.

Elle indiqua l'ordinateur le plus proche.

— Ed, montre-nous tes talents de Googleur.

Il se retourna et leva les doigts au-dessus du clavier.

— Commençons par la première cible du GTC. Wendy Marshall.

Le résultat fut immédiat.

— En terminale au lycée Saint Francis. A mis son Twitter à jour ce matin.

— C'est quasiment le bout de la rue, dit Olivia.

Kitty attrapa une feuille sur la rame de papier de l'imprimante et nota le nom de Wendy.

— Maintenant, Christina Huang.

— On dirait que ses parents l'ont envoyée en pension sur la côte Est.

— Toujours en vie ? demanda Olivia.

— Si on peut dire qu'être en pension à Choate Rosemary Hall, c'est être en vie.

— OK, dit Kitty. Mais c'est à des milliers de kilomètres. Ce n'est probablement pas notre tueuse.

— Essaie Xavier Hathaway, suggéra Olivia.

— Le connard qui me mettait la tête dans les toilettes et tirait la chasse quand j'étais en troisième ?

— On l'appelait pas le roi du tourbillon pour rien.

Xavier n'avait pas de page Facebook, alors Ed mit plus longtemps à trouver des informations. Toutefois, le résultat lui apporta une satisfaction inattendue.

— On dirait qu'il travaille à l'usine de traitement des eaux usées de Hayward ! C'est la meilleure des nouvelles !

— Et c'est peut-être un meurtrier, ajouta Kitty.

Elle n'appréciait clairement pas à sa juste valeur le retour de bâton merdique que s'était pris Xavier.

— M. Creed et Ronny sont morts, alors il en reste encore trois, dit Olivia en comptant sur ses doigts. Les jumeaux Gertler, Melissa Barndorfer et Tammi Barnes.

Ed haussa un sourcil.

— Ça fait quatre.

— Cherche ! s'écria Kitty.

— OK ! Les Gertler travaillent à une boutique de surf de Mountain View et, d'après Facebook, Melissa est à Prague avec un petit copain européen.

— Et Tammi ? demanda Olivia.

— Je cherche.

Il tapa furieusement au clavier et utilisa toutes ses méthodes d'espionnage par Internet. Une par une, elles restèrent sans réponse. Il s'affaissa sur sa chaise.

— Je ne trouve rien de récent sur elle.

— Rien du tout ? insista Kitty.

— Rien de rien.

Elle consulta sa montre.

— OK. On cherchera plus tard.

Elle dressa la liste des suspects.

— Wendy, Xavier, Maxwell et Maven Gertler, Tammi Barnes. Plus une ou des personnes inconnues, connectées à Christopher Beeman. Ce sont tous des suspects potentiels.

Olivia leva les bras de désespoir.

— On ne trouvera jamais ! Bree va pourrir en prison. Elle va se raser le crâne et diriger un gang !

— Ça ferait un super porno, ricana Ed.

— Écoute, dit Kitty, les mains sur les épaules d'Olivia. On ne doit ni paniquer ni baisser les bras. Il faut qu'on se batte pour Margot et pour Bree.

— Comment ?

— On commence par cette liste. On entre en contact, on voit ce qu'on apprend.

— OK, dit Olivia en reniflant.

— Et n'oublie pas Amber et Rex. On ne sait toujours pas ce qu'ils fabriquaient dans la chambre de Ronny le soir de sa mort.

Les lèvres serrées, comme si elle se préparait à une tâche désagréable, Olivia hocha la tête.

— Je vais faire de mon mieux.

— Quant à moi, déclara Ed avec un grand geste du bras, je vais mener des recherches sur les amis et la famille de Christopher.

Il ne confierait cette tâche à aucune d'entre elles. Kitty jeta un regard soupçonneux.

— On n'a pas besoin de ton aide.

Cette fois, son rire fut sincère.

— Oh si, plus que jamais.

— On devrait peut-être le laisser faire ? dit Olivia, la main sur le bras de Kitty. Margot… (Elle s'interrompit, la lèvre tremblante.) Margot lui fait confiance. Et pourtant, elle ne fait confiance à personne, d'habitude.

— Très bien. Mais d'abord il faut que tu fasses quelque chose.

— Un pacte de sang ? demanda-t-il, feignant l'excitation. Un rituel d'initiation ? Je reçois un badge GTC ou une bague à code secret ?

Kitty le força à se lever, prit une profonde inspiration et tendit la main.

— Moi, Kitty Wei, je jure solennellement qu'aucun secret ne quittera jamais ce carré.

Olivia attrapa le poignet de Kitty.

— Moi, Olivia Hayes, je jure solennellement qu'aucun secret ne quittera jamais ce carré.

Elles se tournèrent vers lui.

— J'adore ! Un serment secret. J'en suis.

Il attrapa le poignet d'Olivia et approcha son bras de Kitty pour qu'elle l'intègre.

— Moi, Ed-au-carré…

— Tu n'as pas de nom de famille ? demanda Kitty.

— Très bien, soupira-t-il.

Il se racla la gorge de façon dramatique.

— Moi, Edward Headley, je jure solennellement…

— Ed Headley ? Sérieusement ? Je comprends mieux d'où te vient ce surnom ! gloussa Olivia.

— Vous voulez que je finisse ou pas ?

— Désolée, dit-elle avec un sourire en coin.

— Moi, Edward Headley, je jure solennellement qu'aucun secret ne quittera jamais ce carré… triangle. Bref.

— Ça ira.

— Super ! s'exclama Ed avec un enthousiasme feint. Maintenant, on devrait se tirer avant que les gorilles des Maine Men pourrissent ce couloir avec leur merde de jour de la victoire.

Kitty ne répondit pas, mais son regard se durcit.

— On se retrouve à l'entrepôt ce soir pour un débrief, compris ?

Olivia acquiesça, Ed lui adressa un clin d'œil.

— Je prends ça pour un oui, déclara-t-elle. Maintenant, allons nous salir les mains.

CINQ

La sangle noire du bracelet de surveillance se referma à la base du tibia de Bree, juste au-dessus de la cheville. Le traqueur GPS donnait l'impression qu'un vieux téléphone à clapet avait été collé à sa jambe.

— La sangle est un circuit conducteur, expliqua le gardien. Si tu y touches, les autorités seront prévenues.

— Je peux le mouiller et le nourrir après minuit ? plaisanta-t-elle.

Impassible, il leva les yeux.

— Le traqueur résiste à l'eau.

— Oh.

Pas fan des Gremlins, apparemment. Ou aucun sens de l'humour.

— Le GPS est calibré sur la maison de tes parents. Si tu vas au-delà d'un rayon de cent mètres autour, les autorités seront prévenues.

Super. Prisonnière de sa propre maison. Mais ça valait toujours mieux que de rester coincée une journée de plus en centre de détention.

Une fois le moniteur installé, le garde mena Bree dans la salle d'attente, où une grande femme dans des vêtements de marque hors de prix se trouvait en pleine conversation avec un autre agent.

Bree ne la reconnut pas tout de suite. Sa peau très bronzée et ses cheveux blondis par le soleil la déstabilisèrent. Et le tailleur-pantalon donnait l'impression d'être face à une consultante en droit sur une chaîne d'information en continu plutôt qu'à une femme au foyer dilettante qui s'était enfuie dans le sud de la France.

Mais sa personnalité restait la même. La voix pétillante, le côté engageant... La mère de Bree avait le talent singulier de mettre tout le monde à l'aise, qu'il s'agisse d'un P.-D.G. ou d'un SDF. Son truc, avait observé Bree, c'était le flirt. Hommes, femmes, gays, hétéros ou autre, tout le monde était la proie du flirt éhonté de sa mère. Et ça lui permettait presque toujours d'obtenir ce qu'elle voulait.

— Il faudra qu'elle porte le bracelet tout le temps ? demandait-elle, les yeux écarquillés, d'une voix plaintive.

— Oui, madame, répondit le jeune agent.

— Je ne peux même pas l'emmener au restaurant ? Au cinéma ?

Il secoua la tête.

— Je crains que non.

Elle soupira de résignation, puis tourna la tête, et son regard se posa sur sa fille. Bree s'attendait à être reconnue mais, au bout de quelques secondes, sa mère consulta sa montre.

— Savez-vous quand ma fille sera prête ?

Le gardien contempla Bree.

— Euh…

— Salut, maman.

Elle espérait que sa voix exprimait son manque d'enthousiasme.

Sa mère sursauta et son regard revint lentement vers elle. Perdue, elle la dévisagea une bonne dizaine de secondes avant que son visage s'éclaire.

— Ma chérie !

Elle traversa la pièce en courant et serra sa fille dans ses bras, la noyant sous le mélange aromatique de parfum Jean Patou et de gin.

— J'étais morte d'inquiétude !

Si inquiète qu'il t'a fallu trois jours pour revenir d'Europe ?

— Laisse-moi te regarder.

Sa mère s'écarta et mit les mains de chaque côté de son visage.

— Quand t'es-tu coupé tes cheveux ? C'est à cause de la prison ?

Bree plissa les yeux.

— Il y a six mois.

— Oh. Pas étonnant que je ne t'aie pas reconnue.

Oui, et aucun rapport avec le fait que tu ne sois pas rentrée depuis Noël.

— Madame, dit l'agent de sortie. Il y a quelques papiers à signer pour accepter la garde de votre fille.

Avec un soupir dramatique, comme si apposer son nom une demi-douzaine de fois était un sacrifice suprême, la mère de Bree s'acquitta de la partie administrative et toutes deux furent escortées en dehors du bâtiment.

Bree ne prononça pas un mot. Elle refusait de faciliter la vie de sa mère en engageant la conversation, et Mme Deringer semblait se satisfaire du silence.

Une énorme Cadillac Escalade noire aux vitres teintées était garée juste derrière le grillage. Le genre de voiture dont se servent les cartels de la drogue. Dès que le portail s'entrouvrit, un homme blond d'une taille proportionnelle à la voiture en jaillit.

On aurait dit un dieu nordique : peau bronzée, cheveux flottants et des muscles qui déchiraient presque le tissu tendu de sa veste noire. La cravate fine autour de son cou donnait l'impression d'un fil dentaire qui essayait de retenir un ballon à hélium. Quand il contourna la voiture, Bree aurait juré que la terre tremblait à chacun de ses pas puissants.

Sans un mot, il ouvrit la portière arrière et tendit la main à la mère de Bree qui l'accepta avec une coquetterie écœurante.

— Merci, Olaf.

Olaf ?

Il acquiesça et, sans montrer la même courtoisie à Bree, claqua la portière devant son nez. Bree contourna la voiture d'un pas furieux.

— Ouais, merci, Olaf.

Dès que le SUV s'éloigna du trottoir, sa mère changea complètement d'attitude.

— Veux-tu bien m'expliquer pourquoi tu t'es dit qu'avouer un meurtre était une bonne idée ?

— Deux meurtres. (Avec un sourire mielleux, Bree tira sa ceinture de sécurité.) Et je n'ai rien avoué du tout.

Sa mère leva les yeux au ciel.

— Bien sûr.

Elle appuya sur un bouton de la portière et un minibar s'ouvrit entre les sièges passagers. Des décanteurs en cristal emplis de liquides clairs ou foncés tintèrent et se balancèrent avec le mouvement de la voiture, mais la mère de Bree se servit un cocktail dans un verre à Martini sans renverser une seule goutte. Elle lâcha deux olives dedans.

— Quel endroit épouvantable ! Il faudra que je brûle cet ensemble quand nous serons rentrées.

Bree essayait de boucler sa ceinture sans succès, elle se défaisait à chaque tentative. Elle se mit à la recherche d'une autre boucle.

— Désolée de t'avoir dérangée, dit-elle froidement. N'hésite pas à retourner à Nice ou Cannes ou je ne sais où.

— Villefranche-sur-Mer, répondit sa mère avec mélancolie. Tu n'as donc pas lu mes cartes postales ?

Pas avant de les jeter.

— Retournes-y, dit Bree, les dents serrées.

Elle lâcha la ceinture, agacée de ne pas parvenir à l'attacher.

— J'ai pas besoin de toi.

— Bien sûr que non ! s'exclama sa mère avec un rire. Je t'ai élevée pour que tu puisses toujours te débrouiller seule.

Le mot « élevée » était un peu exagéré, étant donné le peu de temps que sa mère avait passé auprès d'elle, surtout depuis le départ de Henry Jr à l'université.

— Et pour le moment, il faut que quelqu'un soit là pour garder l'œil sur toi. Et puisque M. le sénateur a tant de travail fictif à Sacramento, c'est sur moi que c'est tombé.

— Tout cet amour, maman, c'est trop…

Sa mère haussa un sourcil parfaitement épilé.

— Oh, comme si tu mourais d'excitation à l'idée de passer les prochaines semaines coincée à la maison avec Olaf et moi !

— Olaf reste ?

— Bien sûr ! s'exclama sa mère, comme surprise par le manque d'imagination de Bree. Je ne peux pas vivre sans mon Olaf. Qui va conduire la voiture ? Repousser les journalistes ? S'occuper de mon massage quo…

Avant qu'elle termine, l'Escalade braqua violemment sur la gauche. La voiture fit un demi-tour complet et Bree fut projetée contre la vitre. Olaf fit vrombir le moteur. Les pneus crissèrent de protestation, une odeur âcre de caoutchouc brûlé emplit le siège arrière. Le SUV vira de bord.

Bree hurla, agrippée de toutes ses forces à la poignée de la porte. Sans ceinture de sécurité, elle était arrachée à son siège par la force de la manœuvre. Durant le tête-à-queue, un camion jaune vif passa à toute vitesse, si près qu'elle vit le conducteur en détail, casquette de base-ball et lunettes d'aviateur comprises.

Le camion continua de foncer, des klaxons résonnèrent d'au moins six directions et le SUV rebondit violemment lorsque Olaf roula sur le terre-plein central. La tête de Bree heurta le plafond, sa mère poussa un cri étouffé. Puis soudain le bruit de moteur redevint normal et le chaos prit fin.

La mère de Bree inspira.

— Oh, mon Dieu !

Bree massa le point douloureux sur sa tête.

— Ça va, haleta-t-elle, je ne me suis pas fait mal.

— Regarde ça ! (Sa mère tendait son verre de Martini.) Je n'en ai pas renversé une goutte !

Puis elle leva le verre à ses lèvres et vida ce qu'il restait de son cocktail.

Ravie de voir que tu as les bonnes priorités.

— Qu'est-ce qui s'est passé ?

— Camion griller feu rouge, dit Olaf, dont l'accent trahissait les origines scandinaves.

— On devrait pas faire demi-tour ? Appeler la police ? Faire une déclaration ? Ce type pourrait être dangereux.

Ce type pourrait être un tueur.

Bree savait qu'elle se montrait paranoïaque mais, après ce que Christopher Beeman leur avait fait subir ce dernier mois, elle se sentait justifiée. Elle jeta un coup d'œil à sa boucle défectueuse. Était-ce une coïncidence qu'elle ne fonctionne pas et qu'un camion ait failli les faire sortir de la route ? Ce serait le meilleur moyen de tuer quelqu'un et de le maquiller en accident.

Elle s'accroupit sur son siège et examina la boucle. Même avec les mouvements de la voiture, elle voyait clairement les griffures autour du bouton rouge, comme si quelqu'un avait essayé de le retirer avec un tournevis.

Le sang de Bree se glaça. On avait trafiqué la ceinture.

— Personne blessé. Olaf utiliser manœuvre évasive, dit-il, complètement impassible alors qu'ils avaient frôlé la mort.

— Olaf était dans la Légion étrangère française, dit fièrement sa mère en sortant le shaker de la console centrale.

Bree examina le mastodonte au volant.

— C'est pas, genre, des mercenaires ?

Sa mère agita les épaules et porta lentement le verre de Martini à ses lèvres.

— Je louerais bien ses services pour quelques heures...

Pour la seconde fois en autant d'heures, Bree ravala son envie de lui vomir dessus.

SIX

Christopher Beeman est mort.

Olivia n'arrivait pas à intégrer cette vérité. Pendant qu'elle traversait les couloirs, un sentiment de malaise familier grandit en elle.

Elle secoua la tête, se força à repousser la paranoïa. Le tueur, ou la tueuse, avait rejoint les ombres, alors c'était le moment idéal pour découvrir son identité.

Mais elle devait commencer par trouver quel était le lien d'Amber et Rex avec Ronny DeStefano.

À contrecœur, elle soupira et fit demi-tour en direction de la classe de leadership.

Comme Kyle et Tyler l'avaient sous-entendu, Rex était seul. Appuyé à un bureau, il écrivait furieusement sur son téléphone.

— Toc, toc, ronronna Olivia pour se donner des airs de séductrice.

Rex leva d'un coup la tête. Son expression agressive se transforma en celle d'un vieux dégoûtant.

— Eh bien, eh bien. On dirait que mes prières ont été entendues.

Olivia se força à sourire.

— Kyle et Tyler ont dit que tu avais besoin d'aide.

Il se dirigea vers elle d'un pas nonchalant, jusqu'à la coincer contre le mur.

— Je ne refuserai jamais un coup de main de ta part, Liv. Si tu vois ce que je veux dire.

Super. De zéro à pervers en une demi-seconde. Ce devait être un nouveau record. Elle glissa les mains entre eux et le poussa à bout de bras.

— Et Amber ?

— On a rompu.

Elle le savait déjà, mais c'était la perche qu'il lui fallait.

— Tu plaisantes ! Mais vous formiez le couple parfait !

Rex haussa les épaules, puis s'appuya contre ses bras tendus.

— J'ai toujours attendu quelque chose de mieux.

Les coudes d'Olivia cédèrent et Rex s'écrasa contre elle. Elle détourna la tête juste à temps pour éviter ses lèvres. Il déposa alors un baiser baveux dans son cou.

— Tu es délicieuse, dit-il.

Elle retint l'envie de lui cracher dessus. Tout en luttant contre ses mains baladeuses, elle essaya de ne pas perdre le fil.

— Je suis très surprise. Amber s'est vantée que tu ne romprais jamais avec elle. Tu sais, parce qu'elle gardait ton secret.

— Quoi ?

Rex s'écarta d'un coup.

— Qu'est-ce qu'elle a dit ?

— Je ne sais pas. C'était au sujet de Ronny DeStef…

Sans prévenir, il l'attrapa par les épaules et la plaqua contre le mur. Elle en eut le souffle coupé.

— Qu'est-ce que cette pute a raconté ?

Olivia ne l'avait jamais vu aussi violent. Les narines écartées, les doigts enfoncés dans sa chair, le visage de plus en plus rouge. De la rage pure, enflammée en une seconde. Le genre de fureur qui rend capable de tuer.

Elle essaya de se libérer, il fallait absolument qu'elle s'échappe.

— Je…

— Monsieur Cavanaugh.

La voix du père Uberti arrivait du couloir.

— Je voulais vous parler de…

Il s'arrêta net après avoir passé le seuil.

— Suis-je en train d'interrompre quelque chose ?

Olivia n'avait jamais été aussi heureuse de voir le vieil Abruti.

— Non, pas du tout, mon père, couina-t-elle.

Rex relâcha sa prise et Olivia longea le mur jusqu'à la porte.

— Elle, euh, s'est évanouie, mentit Rex sans regarder le père Uberti dans les yeux.

— Je vois, répondit-il avec un hochement de tête, tout à fait satisfait de cette explication.

— Il faut que j'aille en cours de français.

Les mains tremblantes, elle attrapa son sac par terre et s'enfuit en courant.

Elle avait toujours su que Rex était un connard de première, mais soudain il semblait carrément dangereux. Lorsqu'il l'avait plaquée contre le mur, il y avait eu une étincelle meurtrière dans ses yeux. Elle n'avait aucun mal à l'imaginer en train d'attraper une batte de base-ball et d'éclater la tête de Ronny.

Il faudrait qu'elle soit plus prudente à l'avenir. Elle ne pourrait plus aborder ce sujet. Rex serait sur ses gardes. Mais lorsqu'elle se retrouva devant son casier, un plan se forma dans sa tête.

Ed entrouvrit la porte des toilettes des garçons et regarda Olivia puis Kitty sortir du laboratoire informatique. Dès que cette dernière fut hors de vue, il se glissa dans le couloir et revint sur ses pas.

Christopher Beeman. Ed doutait que Kitty, la cheffe sans peur et sans reproche du GTC, ou Olivia, la noob de l'informatique, soient capables de découvrir le lien entre le meurtrier et Christopher et sa famille. Et de toute façon, il ne leur aurait pas confié une tâche aussi importante. Il n'avait pas oublié qu'elles étaient au moins en partie responsables de l'état de Margot.

Alors, s'il restait quelque chose sur Internet, il voulait le trouver en premier.

Il commença par une recherche Google rapide par nom, puis ajouta petit à petit des informations pertinentes sur sa cible. La purge de Christopher sur la Toile avait été minutieuse, en dehors de la publication de sa disparition.

Les yeux rivés à l'article, il s'affaissa dans sa chaise. Pourquoi ? La réponse était évidente : pour donner l'impression que Christopher était un tueur en liberté. Sauf que non. Il était mort et enterré et…

La dernière sonnerie retentit, mais il ne réagit pas. Les cours se trouvaient tout en bas de la liste de ses priorités pour le moment. *Enterré.* Christopher était allé à St Alban avec Bree Deringer, ce qui signifiait peut-être que sa famille était catholique. Dans ce cas, il avait dû y avoir un genre de messe l'année précédente, un rassemblement familial, une prière, une veillée. Même si « Christopher Beeman » avait été effacé du Web, il restait peut-être encore une référence à ses funérailles ou à sa famille.

Pourquoi tu n'y as pas pensé plus tôt ?

Ed effectua une recherche rapide sur la paroisse locale de Christopher. Après tout, les messes pour les morts étaient une spécialité catholique. Il scruta les billets de nouvelles de l'église, en commençant par le jour où on avait découvert le corps de Christopher dans la chaufferie d'Archway. Il n'eut pas à chercher bien longtemps. Ce dimanche-là, l'intention de prière de la messe de onze heures était « pour Brant et Wanda, à la mémoire de leur cher Christopher ».

Le pouls d'Ed s'accéléra. Le tueur avait raté cette référence aux parents de Christopher : sa première erreur.

Nouveaux critères de recherche : « Brant et Wanda ».

La réponse fut instantanée. Ils avaient une vie sociale très active dans toute la région de Menlo Park. Wanda était une huile de l'association caritative Junior League et on mentionnait le couple sur la liste d'invités d'une douzaine d'événements caritatifs, une poignée de cocktails ultra sélects et…

Ed se figea lorsqu'il lut une annonce vieille de vingt ans dans le journal local, au sujet d'une remise de diplôme. Pas n'importe laquelle : l'académie de police. Il parcourut le petit texte une fois, deux fois, trois fois de suite.

Les Beeman connaissaient quelqu'un au commissariat. Un membre de la famille ? Un ami ? Quelqu'un qui aurait eu un lien avec Christopher Beeman et, peut-être, le désir de venger sa mort ? Ça expliquerait tellement de choses au sujet de l'enquête.

Il glissa sa main droite dans la poche de sa veste, où se trouvait le bout de papier qu'il gardait toujours avec lui. Tous ses espoirs et son excitation s'envolèrent.

Est-ce que quelqu'un l'a déjà vu ?

Lentement, il reposa les doigts sur le clavier. En quelques manipulations habiles, il pirata d'abord la base de données du journal, puis l'article lui-même dont il effaça les noms de Brant et Wanda.

Sur le seuil, Bree contempla la façade à colonnes de la demeure Deringer. Le malaise qu'elle ressentait depuis que le camion avait presque envoyé la voiture à la casse fut remplacé par une horrible appréhension.

Sa mère la rejoignit.

— Une prison. Pour toutes les deux.

Au moins, je suis là par altruisme, songea Bree. Un concept que sa mère ne comprendrait jamais.

— Ah, tant pis, dit celle-ci avec un joyeux soupir. Il vaut mieux prendre les choses de façon positive. Olaf ? Un massage dans ma chambre, puis je ferai une sieste après dîner.

Bree lui jeta un coup d'œil en coin.

— Il est 8 h 30 du matin.

— Ce qui signifie que c'est l'heure de l'happy hour en France.

Et sans expliquer son calcul incompréhensible, elle entra dans la maison d'un pas théâtral.

Olaf suivit sa maîtresse à pas lourds, portant une poubelle en plastique étiquetée « Deringer, Bree ». Ses affaires. Tout ce qu'elle avait sur elle quand elle avait été arrêtée. Y compris son téléphone.

Elle suivit l'ancien légionnaire dans la maison, en le surveillant de loin. Elle retira ses chaussures dans l'entrée et le regarda déposer la boîte dans le bureau de son père, puis monter l'escalier, direction la chambre de sa mère.

Elle chassa l'image dégoûtante de sa mère et Thor en pleine action et entra dans le bureau de son père sur la pointe des pieds. Elle fit attention à ne pas toucher la porte, au cas où le personnel de ménage aurait oublié de huiler les gonds. Elle refusait de prendre ce risque. Elle avait besoin de son téléphone.

Il était dans la poche avant de son sac des surplus de l'armée, là où elle l'avait laissé. Heureusement, elle avait eu la présence d'esprit de l'éteindre après avoir envoyé son dernier message à Olivia et Kitty. Avec de la chance, il resterait un peu de batterie, juste assez pour envoyer quelques textos à John. Il serait à sa première heure de cours, mais il consulterait sans doute ses messages au déjeuner et viendrait après le lycée. Ou mieux encore, peut-être qu'il sécherait l'EPS ! Avec des papillons dans le ventre, elle appuya sur le bouton.

Le succès fut instantané. L'écran s'alluma et la mélodie électronique d'un smartphone qui démarre brisa le silence. Elle le serra contre sa poitrine, avec l'espoir que personne n'avait entendu. Impatiente, elle attendit que l'appareil détecte un signal et se connecte au réseau.

Le téléphone bipa pour prévenir que la batterie était sur le point de mourir. Les doigts tremblants, elle envoya très vite des messages à John.

Sortie de détention. Assignée à résidence.
Comment va Margot ? Elle a survécu ?
Mon téléphone n'a plus de batterie, mais j'ai vraiment envie de te voir.

— Pas téléphone !

Son cœur s'arrêta. Elle lâcha son portable sur la moquette épaisse et se retourna d'un coup. Olaf se tenait sur le seuil, les pieds écartés à la largeur des épaules, les mains sur les hanches. On aurait dit un sergent instructeur, sauf qu'il était presque complètement nu. Son torse imberbe brillait de sueur ou d'huile pour bébé, elle n'aurait su dire. Ses cuisses musclées ressortaient d'un minuscule poum poum short doré.

Même de la javel n'aurait pu effacer cette image de son cerveau.

— C'est quoi, ces fringues ?

Elle n'avait pu s'en empêcher. On aurait dit le boy-toy du Dr Frank-N-Furter dans *The Rocky Horror Picture Show*.

— Uniforme de massage d'Olaf, dit-il simplement.

Il ramassa le téléphone et l'éteignit.

— Le sénateur Deringer dire téléphone pas autorisé. Ordinateur pas autorisé. Rien autorisé.

— Vous pouvez pas prendre mon téléphone ! J'ai seize ans ! Autant me couper les mains !

— Olaf avoir des ordres.

Puis il disparut de nouveau à l'étage.

SEPT

Mme Miles siffla à la seconde où Kitty pénétra dans le gymnase après l'échauffement.

— Rassemblement, mesdemoiselles ! J'ai une annonce à faire.

— D'autres exercices de passe ? ironisa Mika tout bas alors qu'elles se dirigeaient vers l'entraîneuse.

— Seulement si on a de la chance, ricana Kitty.

— J'ai appris hier soir, commença Mme Miles de son ton bourru habituel, que la ligue de sport lycéenne de Caroline du Nord va sponsoriser un tournoi ce week-end, à Bishop DuMaine, où se trouveront des recruteurs de tous les gros programmes de l'association des sports universitaires.

Des recruteurs ? Quelle rare opportunité ! Bishop DuMaine avait l'un des meilleurs programmes de volley féminin du pays. Toutes les grandes universités seraient là. Kitty leva le poing vers Mika, qui tapa dedans. Elles savaient toutes les deux qu'il s'agissait d'une occasion en or.

— Ça signifie certaines de nos amies habituelles, continua Mme Miles. Mitty, St Francis et Gunn.

Kitty retint son souffle. Barbara Ann Vreeland allait à Gunn. Depuis que Kitty l'avait accidentellement fait virer de Bishop DuMaine en troisième, elle avait cherché un moyen de réparer son erreur. Au lycée, Barbara Ann avait été l'une des meilleures joueuses du pays avant de renoncer au volley. Si Kitty pouvait la convaincre de s'inscrire dans l'équipe de Gunn, elle était certaine que son ancienne coéquipière attirerait l'attention des recruteurs.

— Alors vous allez vous entraîner deux fois par jour, jusqu'au tournoi. Nous sommes les championnes de l'État et je veux que chacune d'entre vous reçoive une invitation d'une université avant le dîner dimanche, compris ?

— Cheffe, oui, cheffe ! aboya l'équipe en un chœur bien rôdé.

— Parfait.

Elle siffla deux fois.

— Pause hydratation, puis match d'entraînement. Cinq minutes.

Les filles se dirigèrent vers la fontaine à eau en dehors du gymnase, Kitty fermant la marche. Elle avait enfin l'occasion de faire amende honorable. Mais Barbara Ann l'écouterait-elle ? La dernière fois qu'elles s'étaient vues, à la veillée commémorative de Ronny, elle avait donné l'impression de vouloir lui arracher les yeux. Il y avait peu de chances qu'elle écoute calmement ce que Kitty voudrait lui dire.

Mais elle écouterait peut-être Mika.

— Mika, dit Kitty alors qu'elle faisait la queue. Tu es toujours amie avec Barbara Ann, non ?

Elle haussa les épaules.

— On traîne pas vraiment ensemble, mais je la croise au Coffee Clash.

— Tu crois… qu'elle envisagerait de s'inscrire à l'équipe de volley de Gunn ?

— Ça m'étonnerait, répondit Mika en secouant tristement la tête. Il semblerait qu'elle en ait fini avec le volley.

Kitty fronça le nez. Elle ne voulait pas renoncer si facilement.

— Qu'est-ce que tu fais après les cours ?

— Pourquoi ? cingla Mika.

— Désolée, fit Kitty, surprise. Je me disais qu'on pourrait aller au Coffee Clash lui parler de…

— Je peux pas.

Mika la remplaça à la fontaine à eau.

— Je suis prise.

Prise ?

— OK, et demain soir ?

— Non plus. Désolée.

Elle avala une longue gorgée d'eau, puis lui tourna le dos.

— Il faut que je change mes genouillères. Pour le match d'entraînement. À plus.

Et elle retourna dans le gymnase d'un pas rapide.

Après l'entraînement, Kitty se dirigea vers le bureau de Mme Miles. Peut-être que, si elle appelait Gunn, elle pourrait faire en sorte que Barbara Ann soit dans l'équipe à temps pour le tournoi ? Ça valait le coup d'essayer.

Mais lorsqu'elle sortit du vestiaire, elle s'arrêta net. À l'autre bout du couloir, Mika et Donté discutaient, penchés l'un vers l'autre.

Elle ouvrit la bouche pour les saluer, mais les mots moururent sur ses lèvres. Leur attitude avait quelque chose d'étrange. Donté était tendu, les épaules de Mika rentrées. Lorsque celle-ci se tourna pour jeter un regard furtif derrière elle, Donté lui effleura la paume.

— Salut ! s'écria Kitty en se dirigeant rapidement vers eux.

Ils se séparèrent d'un coup, comme s'ils avaient reçu une décharge électrique.

— Kitty ! couina Mika.

Elle les scruta tour à tour. Mika avait l'air effrayé, Donté affichait clairement son malaise.

— Qu'est-ce que vous faites ? demanda Kitty d'un ton innocent.

— Ri.. Rien, bredouilla Mika.

Son regard fuyant erra dans le couloir. Le sol, le plafond, puis un point sur le mur par-dessus l'épaule gauche de Kitty.

— On dirait que j'interromps quelque chose.

Kitty fit volte-face. Elle avait la tête qui tournait, elle se sentait déséquilibrée, comme si son monde avait explosé. Sa meilleure amie et son petit ami ? C'était le pire cauchemar d'une fille.

— Bébé !

Donté lui courut après et l'attrapa par le bras.

— Arrête. Tu n'interrompais rien du tout.

Il l'attira contre lui et l'enlaça, puis souffla à son oreille :

— C'est promis.

Ses jambes la lâchèrent, mais une petite voix insistante l'empêcha de se laisser aller dans les bras de Donté.

Ils te mentent. Ils te cachent quelque chose.

Mika se racla la gorge.

— Il faut que j'y aille. On, euh, discutera plus tard.

Elle se retourna et disparut dans le couloir. Dans la direction opposée à celle des vestiaires.

Donté attendit qu'elle soit partie avant de regarder Kitty.

— Ça va ?

Elle haussa les épaules.

— Ouais.

Mais elle ne cessait de songer à la scène à laquelle elle venait d'assister. Elle les avait manifestement coupés dans une conversation secrète, au moment où elle aurait dû être en train de se changer. Donté et Mika avaient-ils choisi un moment où elle n'était pas censée les surprendre ?

Il s'écarta et prit son visage entre ses mains.

— Kitty, qu'est-ce qui ne va pas ?

Je t'ai surpris main dans la main avec ma meilleure amie ?

— Qu'est-ce qui ne va pas ? répondit-elle avec un rire tendu. Qu'est-ce qui ne va pas chez toi ?

Avec un sursaut, Donté la lâcha.

— Comment ça ?

— Je ne suis pas idiote, dit-elle d'une voix tremblante. Il se passe quelque chose. Entre nous. Quelque chose que tu ne me dis pas.

Elle regarda le bout du couloir où Mika venait de disparaître.

— Si tu as l'intention de rompre avec moi, je préfère que tu le fasses tout de suite.

Donté écarquilla les yeux.

— Rompre ? Tu es folle ?

— Euh…

Kitty marqua une pause. Elle s'était préparée à l'inévitable « j'ai rencontré quelqu'un d'autre » ; pourtant, il semblait horrifié.

Il lui tendit la main.

— Kitty Wei, je ne veux pas rompre avec toi. Qu'est-ce qui te fait croire une chose pareille ?

Hésitante, elle lui prit la main, mais contempla ses pieds.

— Je ne sais pas. Je me disais que peut-être…

Tu t'étais rendu compte que j'étais nulle ? Que tu peux faire mieux ?

— Kitty. Je suis vraiment désolé. Je te jure qu'il ne se passe rien entre Mika et moi. Je sais de quoi ça avait l'air, mais ça n'a aucun rapport avec toi. Ou nous. Rien du tout.

Kitty leva les yeux vers lui. Il lui cachait quelque chose.

— Donté, qu'est-ce qui se passe ?

Une expression de douleur troubla son regard.

— Je…

Il hésita et détourna les yeux. Il avait beau prétendre qu'elle n'était pas le problème, il lui cachait vraiment quelque chose. Pas seulement un ennui scolaire ou familial dont il ne voulait pas parler, mais un véritable secret. Elle lisait la honte dans ses yeux, la lutte intérieure tandis qu'il cherchait quoi lui raconter.

— Il faut que je retourne à l'entraînement, dit-il enfin.

Kitty lui serra la main plus fort.

— Donté, tu peux me faire confiance.

— Bien sûr que oui.

Il s'approcha et se pencha, les lèvres à quelques centimètres de son oreille.

— Mais pour le moment, il faut que toi, tu me fasses confiance.

Le pouls de Kitty battait encore à tout rompre lorsque Donté disparut dans le vestiaire des garçons. Une douleur sourde vibrait en elle, comme si elle avait reçu un coup de poing dans l'estomac. Elle ne pouvait pas tout à fait chasser l'impression qu'elle venait de perdre son petit ami.

Avec un profond soupir, elle détourna les yeux du vestiaire et se traîna jusqu'au bureau de Mme Miles.

La porte était fermée, pourtant elle entendait un bruit de clavier. Elle ne voulait pas prendre le risque d'interrompre son entraîneuse irascible, alors elle jeta un coup d'œil par la fenêtre pour voir s'il était occupé.

Theo Baranski tapait furieusement sur le clavier d'ordinateur de Mme Miles.

Sans frapper, elle ouvrit grand la porte et, avec satisfaction, elle le vit bondir.

— Kitty ! s'écria-t-il, écarlate. Qu'est-ce que tu fais là ?

C'est plutôt à moi de te poser la question.

— Je suis venu parler à Mme Miles.

— Oh, dit-il en jouant avec la souris. Oui. Bien sûr.

Avant qu'il ferme complètement la fenêtre ouverte sur l'écran, Kitty vit qu'il avait accédé au logiciel de messagerie interne du lycée. Ce qui n'avait rien de louche. Alors pourquoi paraissait-il si effrayé ?

— Je… Je vérifiais mes mails, dit-il enfin.

— Ouais, ouais.

Il éteignit l'unité centrale, puis sauta du siège et se précipita dans le couloir. Les mains tremblantes, il fourra quelque chose dans sa poche.

— Il faut que j'y aille.

Mais qu'est-ce qui leur prenait à tous ?

HUIT

La seule chose qu'il y avait de bien, peut-être, au sujet de Rex Cavanaugh, c'était qu'il était prévisible. Olivia était consciente de ne pas être pas aussi intelligente que Margot, ni aussi vive que Kitty ni même aussi culottée que Bree. Mais, comme toute comédienne, elle était observatrice.

Raison pour laquelle elle savait que, durant l'heure d'EPS en fin de journée, Rex laisserait son iPhone dans sa veste Bishop DuMaine, à côté du grillage qui entourait les cours de tennis.

C'était pareil tous les jours, comme s'il risquait de rater un appel capital s'il laissait son téléphone dans son casier le temps du cours. Son ego monstrueux permettrait à Olivia de lui piquer son portable pour y jeter un rapide coup d'œil.

Accroupie derrière un arbre près des courts de tennis, elle soupira. Si seulement Bree avait été là ! Elle était bien plus douée pour tous ces trucs de criminelle.

Le rôle d'Olivia avait toujours été celui de leurre et d'informatrice. Mais voler ? Elle doutait d'en avoir le courage.

Les faire-valoir de Rex sortirent en premier du vestiaire. Kyle et Tyler scannèrent la cour comme des agents des services secrets préparant le terrain avant l'arrivée du président, puis ils s'écartèrent et suivirent Rex sur le bitume jusqu'au court du fond où ils jouaient toujours.

— Deux contre un, aboya-t-il. Je vais vous botter le cul, les fillettes.

Puis le geste qu'elle avait attendu. Rex retira sa veste, l'enroula avec soin autour de son téléphone et déposa le paquet dans un coin du court, à côté de la barrière.

Si prévisible.

Maintenant, le plus dur. Dos à elle, Rex ne risquait pas de la surprendre en train de sortir des buissons, à moins qu'elle ait la poisse et qu'une balle perdue roule vers elle pendant qu'elle passait la main à travers le grillage. Le problème venait de Kyle et Tyler, qui l'avaient dans leur champ de vision. La ligne des arbres s'arrêtait quelques mètres avant le grillage. Dès qu'elle en sortirait, elle deviendrait parfaitement visible. Il faudrait qu'elle attende et espère que le jeu trop agressif de Rex enverrait une balle voler dans les courts voisins. Pendant que les regards suivraient le tir perdu, elle aurait peut-être tout juste le temps d'attraper le téléphone.

— À toi de servir, mon pote, dit Rex en lançant une balle à Kyle.

Celui-ci la rattrapa au vol.

— Je suis nul au service.

— Je sais, répondit Rex avec un grand sourire.

Avec une moue, Kyle fit rebondir la balle plusieurs fois, la lança au-dessus de sa tête et frappa très fort. La balle retomba devant lui.

— Il frappe et il rate ! ricana Rex.

Kyle courut après la balle et la ramassa d'un coup. Il reprit sa position, frappa à nouveau, rata.

— Merde !

Rex mit une main en coupe autour de sa bouche.

— Deuxième balle !

La mine renfrognée, Kyle donna un coup de pied dans la balle qui cogna le grillage.

— Crétine de balle.

— Allez, mec, encouragea Tyler. Tu peux y arriver.

Les lèvres pincées, Kyle lança la balle, courba le dos et frappa aussi fort que possible.

À la stupéfaction d'Olivia, la balle passa le filet.

Rex bondit tout de suite et la renvoya de toutes ses forces. La balle jaune vola par-dessus le filet, par-dessus celui du court derrière eux et enfin rebondit plusieurs fois avant de s'arrêter trois terrains plus loin.

— *Homerun !* s'exclama Kyle avant d'éclater de rire. Quinze à zéro !

Rex lui jeta un regard mauvais.

— Va chercher cette putain de balle, OK ?

Puis il tendit sa raquette vers Tyler qui essayait de retenir ses gloussements pas très virils.

— Me regarde pas, connard. Je vais te mettre mon poing dans la gueule.

Les bras croisés sur la poitrine, Rex s'approcha du filet tandis que Kyle et Tyler allaient chercher la balle au petit trot. Olivia tenait sa chance. Aussi silencieusement que possible, elle se glissa derrière l'arbre, courut jusqu'à la grille et passa la main entre les maillons. Il ne lui fallut que quelques secondes pour trouver le téléphone de Rex dans les plis de sa veste. Elle l'en sortit soigneusement et se dépêcha de retourner à l'abri des arbres, haletante.

Bree serait si fière de moi.

Le téléphone de Rex avait un code d'accès, mais pas besoin des outils de piratage high-tech de Margot. Elle l'avait vu le rentrer des dizaines de fois : 6969. Tout en classe et en subtilité. L'écran se déverrouilla tout de suite. Elle commença par les textos. Des conversations avec Kyle, Tyler et une demi-douzaine d'autres membres du gang de Maine Men. Elle ne s'arrêta pas. Amber, bien sûr. Elle regarderait ça en dernier. Elle continua à dérouler les messages, à la recherche du nom de Ronny, ou plus probablement, d'un numéro de téléphone sans contact enregistré.

Elle ne trouva rien d'inhabituel, alors elle remonta jusqu'à la conversation avec Amber et ouvrit les cinq cents messages du fil.

En parcourant les derniers jours de leur relation, Olivia se sentit presque mal pour sa meilleure ennemie. Rex était vraiment un salaud, et même si Amber l'avait plaqué, elle faisait tout pour le récupérer. Elle avait vraiment dû l'aimer.

Au bout de cinquante textos, quelque chose attira l'attention d'Olivia. Rex venait de traiter Amber de salope frigide, ce qui fut suivi d'une salve de réponses.

Ah ouais ? Et si je révélais ton sale petit secret, hein ?
Je suis sûre que Kyle, Tyler et le reste des gars adoreraient tout savoir sur Christopher.
Peut-être que tu devrais retourner auprès de lui ? Je suis sûre que vous feriez un très beau couple.

Enfin ! C'était donc ça que Ronny savait au sujet de Rex. Olivia se rappela l'échange de mails entre Christopher et Ronny que Margot avait découverts. Christopher avait dit être sorti avec quelqu'un à St Alban. Pouvait-il s'agir de Rex ?

Olivia passa à l'écran suivant, où la réponse de Rex dévoilait sa terreur qu'elle mette ses menaces à exécution.

Espèce de salope.
Si tu dis un mot, je te le ferai regretter.
Oublie pas que je sais où t'étais le soir de la mort de Ronny.
Tu veux que je dise aux flics où se trouve la Rolex disparue de ton père ?

Olivia sentit ses doigts la picoter. Les pièces du puzzle commençaient enfin à s'assembler.

Elle regarda autour d'elle. Si seulement il y avait eu quelqu'un avec qui partager cette découverte ! D'habitude, c'était Margot, Kitty ou même Bree qui trouvaient la réponse au mystère, mais là, c'était au tour d'Olivia de jouer à Miss Détective et de gérer comme une pro. Il fallait qu'elle retrouve Kitty et qu'elle lui dise…

Au loin, la sonnerie retentit.

Merde ! Elle n'avait pas vu le temps passer. Bree ne se serait jamais laissé distraire.

Olivia referma la messagerie de Rex et jeta un coup d'œil au court, cachée derrière son arbre. Trop tard. Rex trotta jusqu'à sa veste, la fourra sous son bras et partit.

C'était le moment ou jamais. Vive et silencieuse, elle se précipita jusqu'au grillage et déposa soigneusement le téléphone sur le bitume, comme s'il était tombé quand il avait ramassé sa veste. Elle retrouva l'abri des arbres juste à temps. Rex n'avait pas quitté les terrains lorsqu'il mit la main dans sa veste, à la recherche de son téléphone. Il s'arrêta, la déroula et la secoua, puis fit demi-tour.

Il courut à toute vitesse vers son téléphone, comme s'il craignait qu'un voleur invisible ne s'en empare avant qu'il arrive. Il le ramassa, le fourra dans sa poche et repartit en direction des vestiaires.

Puis il s'arrêta. Lentement, il se retourna et scruta la zone boisée. Le cœur battant la chamade, Olivia s'accroupit encore plus bas. Elle attendit ce qui lui parut une éternité avant d'entendre le crissement des baskets qui s'éloignaient.

NEUF

Allongée sur son lit, Bree contemplait le plafond. Maintenant qu'on avait confisqué son téléphone et modifié le mot de passe du wi-fi, elle était isolée du reste du monde.

Six heures qu'elle avait été libérée et elle ne savait toujours pas dans quel état se trouvait Margot ni ce qu'il était advenu de Christopher Beeman. Ses amies étaient-elles en sécurité ? Ou les avait-il encore attaquées ? Elle s'était à moitié attendue à trouver une autre enveloppe kraft provocatrice sur son lit à son retour et avait été presque déçue de ne voir que son couvre-lit et ses oreillers. Au moins, cette enveloppe aurait prouvé qu'elle existait encore.

Bree soupira et roula sur le ventre, la tête dans le creux de son bras. Il lui fallait un point d'ancrage. Quelqu'un qui serait ses yeux et ses oreilles à l'extérieur. Si John avait reçu ses textos, peut-être qu'il…

Ding dong.

Bree sauta de son lit. Il y avait quelqu'un à la porte. Elle consulta son réveil. Il était presque quinze heures. Les cours avaient fini vingt minutes plus tôt.

Elle descendit les marches quatre à quatre, fit de l'aquaplaning sur le tapis persan du couloir, puis s'arrêta net. Le corps massif d'Olaf bloquait la porte grande ouverte.

— Quoi vouloir ? demanda-t-il.

— Je viens voir Bree.

— John ! s'écria-t-elle.

À sa voix, son cœur avait bondi dans sa poitrine.

— Pas de visiteurs, déclara Olaf.

Et sans attendre de protestation, il claqua la porte au nez de John et poussa le verrou.

— Ça va pas, non ? hurla Bree.

Elle se précipita vers la porte, mais les bras massifs d'Olaf se refermèrent autour de sa taille avant qu'elle touche la poignée. Il la jeta par-dessus son épaule comme un sac de patates.

— Pas de visiteurs, répéta-t-il en traversant le couloir.

Elle se tortilla pour se libérer, mais c'était inutile. Son bras était comme un étau qui la plaquait à son épaule. Il monta l'escalier deux marches à la fois et déposa Bree sur son lit où elle rebondit lourdement.

— Olaf suivre ordre.

Il sortit en claquant la porte derrière lui.

— Olaf suivre ordre, se moqua Bree d'une voix grave et profonde. Connard.

— Olaf entendre ça, lui parvint une voix étouffée de l'autre côté de la porte.

Urgh. Bree s'affaissa sur son lit. Serait-elle prisonnière de cette maison pour un temps indéfini avec Olaf le gorille comme garde-chiourme ? Ce serait insupportable.

Tap. Tap-tap.

Bree se tourna vers la fenêtre de sa chambre à temps pour voir quelques petits cailloux rebondir sur la vitre. *Tap, tap.*

John ! Elle ouvrit la fenêtre. Il se trouvait en bas, sur le chemin de graviers à côté de la maison.

— Salut ! lança-t-il dès qu'elle passa la tête. J'ai eu tes messages. J'ai essayé d'appeler, mais je suis tombé direct sur le répondeur. Ça va ? Tu es libre pour de bon ? Et qui était ce connard à la porte ?

Bree mit le doigt sur ses lèvres. Apparemment, Olaf avait l'ouïe fine. Elle indiqua l'entrée de service. Avec un peu de chance, il n'y aurait pas encore pensé.

John leva les pouces et se mit à contourner la maison. Bree n'avait plus qu'à s'y rendre aussi.

Elle traversa sa chambre sur la pointe des pieds et entrouvrit la porte. Juste assez pour voir que le couloir n'était pas bloqué par quatre-vingt-dix kilos de muscles. Elle guetta le bruit de sa respiration puis, encouragée par le silence, elle ouvrit suffisamment sa porte pour passer la tête dans le couloir.

Un rapide coup d'œil à gauche et à droite lui confirma que la voie était libre.

Elle descendit l'escalier en un éclair, traversa la lingerie jusqu'à l'entrée de service qu'elle ouvrit grand. De l'autre côté, John lui souriait.

— Je n'étais pas sûr que…, commença-t-il.

Bree se jeta à son cou.

La force de l'impact le fit tituber et reculer avec elle dans le jardin. Presque immédiatement, une alarme résonna :

— *Avertissement* ! cria une voix électronique depuis le capteur à côté de la porte. *Violation de périmètre. Porte arrière. Avertissement ! Violation de périmètre. Porte arrière.*

En boucle.

— C'est quoi ce truc ? s'exclama John sans lâcher Bree.

Elle se laissa retomber jusqu'à toucher le béton. Elle leva la jambe de son pyjama où une lumière rouge clignotait sur son bracelet.

— Putain ! Ils ont branché le GPS au système de sécurité de la maison !

Cent mètres, tu parles ! Quelqu'un voulait s'assurer qu'elle ne sorte pas du tout.

— Merde, dit John.

Il passa les bras autour de sa taille et l'attira vers lui.

— Je suis désolé.

— *Avertissement ! Violation de périmètre.*

— Oh, la ferme ! s'écria Bree, énervée.

Comme si elle avait obéi, l'alarme se tut et Olaf apparut.

— Pas de visiteurs, radota-t-il. Olaf…

— Ouais, ouais. Olaf suivre ordre. J'ai compris.

John chuchota à son oreille.

— D'où il sort, ce type ?

— Il est compris dans ma liberté conditionnelle.

Avec un soupir, Bree le regarda dans les yeux.

— Je ne sais pas quand je pourrai te revoir.

— Je ferai tout pour.

— C'est promis ?

Les yeux pétillants, John se mit à fredonner les paroles d'une des chansons préférées de Bree.

— *And if I had to walk the world, I'd make you fall for me*[1].

— Maintenant ! aboya Olaf.

Bree se retourna pour entrer, puis se rendit soudain compte qu'elle avait le messager qu'elle cherchait. Elle se remémora l'accident presque mortel du retour, la boucle de ceinture trafiquée. Si Christopher se cachait derrière tout ça, elle devait prévenir les filles et John était son meilleur moyen. Elle se jeta à nouveau son cou et le serra très fort.

— Transmets un message pour moi, chuchota-t-elle.

— Hein ?

— Olaf porter toi maintenant.

Elle sentit ses mains immenses sur ses épaules, mais serra John une seconde de plus.

— Dis à Olivia Hayes qu'il n'en a pas fini avec nous.

Puis elle le lâcha et le vit la dévisager, perdu, tandis qu'Olaf l'entraînait dans la maison.

---

1. « Et même si je dois traverser la terre entière, je te rendrai folle de moi. »

DIX

Ed vérifia l'adresse sur son téléphone pour la énième fois, puis scruta la ruelle déserte. On se serait cru dans un film post-apocalyptique. Un unique éclairage projetait des ombres inquiétantes sur ce quartier industriel à moitié abandonné, jonché d'ordures, mélange d'entrepôts condamnés et de terrains saisis par les huissiers. D'après l'expertise cinématographique d'Ed, c'était un lieu de reproduction pour les zombies, les vampires ou les gangs de motards meurtriers.

Sérieusement ? C'était ça, le QG secret du célèbre GTC ? Il avait du mal à imaginer Olivia traverser la chaussée fissurée en talons.

Il se dépêcha de rejoindre le bâtiment suivant et plissa les yeux pour lire l'adresse. *C'est ici.* Un grand entrepôt, où était écrit « mobilier d'import et sur mesure ». Il rangea son téléphone dans sa poche et levait la main pour frapper quand il se figea.

Au loin, il entendit clairement un bruit de pas.

C'était très léger, comme des chaussures qui écrasaient les graviers. Il resta figé à la porte, scrutant l'obscurité. Un calme mortel régnait.

Super. Toute cette histoire de GTC le rendait paranoïaque.

Il se retourna vite vers la porte et frappa.

— Qui est-ce ? demanda Kitty derrière le battant.

Ed leva les yeux au ciel.

— Jack l'Éventreur. À ton avis ?

Il y eut une pause, puis un bruit de métal qui raclait lorsqu'elle tira le verrou. La lourde porte s'entrouvrit et Ed se faufila à l'intérieur

— Tu veux pas faire plus de bruit ?

Malgré ses mots agressifs, l'attitude de Kitty était détendue.

— Tu as dû réveiller tout le quartier.

— Qui, les rats ? Ou le SDF installé dans la ruelle ?

Kitty ferma la porte et la verrouilla.

— Hilarant.

— Merci, je fais de mon mieux.

Il la suivit entre les tables de salle à manger et les bureaux, les armoires et les lits de princesse, tous plus ou moins en chantier. Au fond de l'entrepôt, une table non terminée se trouvait sous un néon dans une petite clairière au milieu des meubles. Plusieurs fauteuils anciens dépareillés avaient été placés en demi-cercle. Dans l'un d'entre eux, Olivia s'admirait dans un miroir de poche. Elle leva les yeux avec un sourire lumineux.

— Au moins, je n'étais pas la dernière !

— Pour une fois, marmonna Kitty.

— Je ne suis pas toujours en retard !

— Vraiment ? Cite-moi une fois avant celle-ci où tu n'étais pas la dernière arrivée.

— Euh… (Olivia redressa le menton.) OK, d'accord. Mais c'est à cause des transports en commun.

— C'est quoi, l'heure du thé ? demanda Ed. J'ai des choses à voir et des gens à me faire.

— Tu ne veux pas dire des gens à voir et des choses à faire ? corrigea Kitty, les sourcils haussés.

— Non, pas du tout, rétorqua-t-il en s'installant dans un fauteuil.

— D'aaaccord…

Elle n'avait pas compris la blague. Elle s'appuya contre la table, les doigts repliés sur le bord.

— Commençons. Nous avons eu deux jours pour suivre nos pistes, est-ce que quelqu'un a appris quelque chose de nouveau ?

— Ooooh, moi ! Moi ! s'écria Olivia, la main levée.

Kitty rit.

— Mademoiselle Hayes ?

Olivia se leva comme une bonne élève et croisa les mains devant elle.

— Aujourd'hui, j'ai appris…

Clic.

— Chut !

Tous les sens en alerte, Ed leva les mains. Cette fois, il était persuadé d'avoir entendu quelque chose. Le bruit de deux bouts de bois qu'on frappait légèrement l'un contre l'autre, suivi de ce qui ressemblait à nouveau à des pas.

— Qu'est-ce qu'il y a ? chuchota Olivia.

Ed ne répondit pas tout de suite. Il guetta un mouvement dans les profondeurs sombres de l'entrepôt, puis secoua la tête. Il perdait la tête ou quoi ?

— Je croyais que… (Sa phrase resta en suspens, il renifla l'air.) Vous sentez cette odeur de fumée ?

Avant que Kitty ou Olivia réponde, des flammes surgirent au fond de l'entrepôt.

On aurait dit que tout se déroulait au ralenti : un instant, il faisait complètement noir à l'exception du néon au-dessus, l'instant suivant, le mur brûlait. L'entrepôt formait une véritable poudrière, les meubles en cours de fabrication crépitaient alors que les flammes sautaient de commodes en armoires. Des langues orange et jaune couraient sur le sol comme si elles suivaient un chemin et enflammaient tout sur leur passage.

Kitty réagit.

— Prenez vos affaires !

Elle saisit son sac de sport, força Olivia, stupéfaite, à se lever et la jeta presque dans les bras d'Ed.

— À la porte !

— Qu'est-ce qui se passe ? s'écria Olivia, son sac à main serré contre sa poitrine.

Ed enfila son sac à dos.

— Je crois que l'entrepôt brûle.

— On se bouge ! aboya Kitty.

Il attrapa Olivia par la main et la traîna en direction de la porte de métal par laquelle il était entré quelques minutes plus tôt. La fumée avait déjà envahi l'entrepôt et il sentait la chaleur du feu à chaque inspiration. Il regarda par-dessus son épaule, le fond était dévoré par les flammes. Comment le feu s'était-il propagé si vite ? Et comment avait-il démarré ? Les meubles, ça ne s'enflammait pas aussi facilement !

Au moment où ils atteignaient la sortie, le système d'extincteurs à eau automatique se mit en marche. Mais c'était comme utiliser un tuyau d'arrosage contre un feu de forêt : l'eau se changea en vapeur sans ralentir la progression du feu.

La porte de métal était déjà brûlante. Ed tira les manches de sa veste sur ses mains et s'appuya de tout son poids contre la barre de métal qui verrouillait la porte de l'intérieur. À côté de lui, pliée en deux, Olivia toussait de façon incontrôlable à mesure que les flammes consumaient l'oxygène. Il sentit un soubresaut dans sa poitrine, son nez et sa gorge saisis par la chaleur de l'air qui devenait un peu plus irrespirable à chaque seconde. Avec une grande inspiration, il poussa contre la barre de métal de toutes ses forces, mais ses jambes le lâchèrent et il s'affaissa.

Soudain, une vague d'air frais le balaya. Il ouvrit la bouche et en emplit ses poumons. Un bras fort autour de sa taille le força à se lever. Il tituba vers l'avant, ses tennis crissèrent sur le sol inégal de la ruelle. Il sentait encore la chaleur de l'incendie contre sa peau, mais elle devenait moins intense. Dix pas, vingt pas. Le bras le lâcha et il s'effondra par terre.

— Merci, monsieur le pompier, haleta-t-il.

Heureusement que les pompiers étaient arrivés si vite !

Kitty toussa et le tapa dans le dos.

— C'est moi qui t'ai sauvé, idiot.

— Oh.

Ed se releva. Au loin, ils entendirent le hurlement d'une sirène.

— On aurait pu mourir, gémit Olivia.

Sur ses joues, des larmes traçaient un chemin brillant à travers la suie et la cendre qui couvrait son visage.

— On aurait pu se faire tuer, corrigea Kitty, la voix tendue.

— C'est ce que j'ai dit.

— Non. C'est très, très différent.

À son ton inquiétant, Ed tourna la tête d'un coup. Elle contemplait la façade de l'entrepôt, que la puissance des flammes à l'intérieur faisait briller d'un orange lumineux. Il se raidit.

Des lettres brillaient, de plus en plus fort à mesure que la chaleur s'intensifiait à l'intérieur. On devinait tout juste les mots lorsque les flammes se mirent à dévorer le mur.

Je suis de retour.

ONZE

Bree s'affaissa sur le canapé de la salle télé et zappa d'un geste absent. Pourquoi les émissions étaient-elles si nulles, le matin ? Elle avait le choix entre les actualités, les nouvelles sportives, des talk-shows, des sitcoms ou *Le Juste Prix*. Elle éteignit la télé et s'allongea sur le ventre. L'assignation à résidence était encore plus ennuyeuse que le centre de détention...

On sonna à la porte. Son carillon électronique brutal faillit la faire tomber du canapé. Elle s'appuya sur les coudes et consulta l'horloge à pendule. Neuf heures du matin ? Qui viendrait voir sa mère à une heure pareille ?

Bree attendit plusieurs secondes qu'Olaf le gorille ouvre la porte. Mais apparemment, c'était aussi trop tôt pour lui. On sonna à nouveau. À contrecœur, elle se laissa rouler par terre et se traîna dans le couloir.

Elle ouvrit la porte. Ce n'était ni un vendeur porte-à-porte ni un évangéliste, mais le sergent Callahan.

— Bonjour, dit-il avec un geste de la tête.

— Qu'est-ce que vous faites là ?

— Ravi de te revoir aussi, Bree.

— Pas de visiteurs !

La voix retentissante d'Olaf emplit l'entrée. Bree se retourna. Le dieu blond était appuyé contre la balustrade, enroulé dans un kimono en soie de sa mère.

— Olaf avoir des ordres.

Le sergent Callahan força le passage devant Bree.

— Bonjour. Est-ce que Mme Deringer est disponible ?

— Mme Deringer encore dormir.

Olaf agrippa la ceinture de son kimono trop petit, comme s'il voulait s'assurer qu'il ne s'ouvre pas. Il faisait bien. C'était la dernière chose que Bree avait envie de voir.

— Pouvez-vous lui dire que le sergent Callahan est ici pour interroger Bree ?

— Encore ? protesta-t-elle.

Il fit la sourde oreille.

— Et il faut qu'elle soit présente.

Olaf grogna, ce qui devait être une sorte d'accord. Il repartit à pas lourds dans le couloir.

Bree garda la main sur la porte ouverte, un signal explicite qu'elle se montrerait aussi peu coopérative que possible.

— Tu peux refermer la porte, Bree, dit le sergent avec un sourire pincé. Je ne m'en vais pas.

Bree haussa les épaules et poussa la porte du bout de l'index. Le battant se referma lentement, puis s'enclencha.

— Y a-t-il un endroit où nous pouvons discuter ? demanda Callahan avec un calme incroyable.

Toujours sans dire un mot, Bree s'engagea dans le couloir, d'un pas lent et indifférent, puis entra dans le bureau de son père. Elle se laissa tomber sur l'énorme fauteuil de cuir et balança les jambes par-dessus le bras rembourré. Elle s'allongea et joua avec une mèche de ses cheveux.

— Tu te rends compte que ça ne t'aide pas ? Ce silence entêté ?

En fait, c'est la seule chose qui m'aide.

— J'espère que ta mère pourra te raisonner.

Vous ne connaissez pas ma mère.

— Avant que cette situation dégénère. Le procureur reçoit des pressions pour que tu sois jugée comme une adulte.

Bree continua à jouer avec ses cheveux.

— Et je ne peux pas t'aider si tu refuses de me parler.

De l'exaspération. Elle l'entendait dans sa voix. Pouvait-elle le faire craquer ? Ça valait le coup. Elle le regarda droit dans les yeux et lui adressa un grand sourire railleur.

— Si vous aviez une véritable preuve, vous m'auriez déjà mise en examen.

Le sergent Callahan se leva d'un bond.

— Mais merde !

Bree se tourna vers le mur. Elle l'avait enfin poussé à réagir, mais c'était une victoire sans gloire. Elle était dans une situation dangereuse et elle le savait. Si on ne trouvait pas le véritable tueur, même sans preuves contre elle, le bureau du procureur pourrait imposer un procès.

Il se mit à faire les cent pas.

— Tu ne prends donc rien au sérieux ? Deux personnes sont mortes, Bree ! Une fille est plongée dans le coma. Sans parler de l'incendie volontaire dans le quartier des entrepôts…

Bree se redressa d'un coup. La fille dans le coma était Margot, elle en était certaine ; première véritable nouvelle qu'elle avait de son amie. C'était cette seconde déclaration qui lui nouait le ventre.

— Le quartier des entrepôts ?

Ça ne pouvait pas être l'atelier de l'oncle de Kitty, quand même ? Le sergent Callahan lui jeta un regard perçant.

— Oui, répondit-il, à nouveau calme.

— Est-ce que… (Elle déglutit.) Est-ce qu'il y a eu des victimes ?

Il secoua la tête.

— Non… Il était vide.

Les pensées de Bree s'enchaînèrent alors que le sergent continuait à la scruter. Ce pouvait être une coïncidence, non ? Il y avait beaucoup d'entrepôts dans cette zone, la plupart abandonnés. Peut-être juste des squatters qui cherchaient à rester au chaud.

Ou peut-être Christopher.

Comment allaient Kitty et Olivia ? Peut-être qu'elles s'étaient réunies là pour un meeting et avaient réussi à sortir avant l'arrivée des pompiers. Il lui fallait plus d'informations ! Était-ce un avertissement ou est-ce que Christopher avait attenté à la vie de ses amies ?

Bree contempla le policier. Peut-être qu'elle pouvait lui dire la vérité ? S'il y avait un lien entre l'incendie de l'entrepôt et la ceinture de sécurité sabotée, peut-être qu'il valait mieux en parler à la police avant qu'il y ait une autre victime.

— Écoute…

Le sergent Callahan se pencha plus près, comme s'il allait lui confier le secret de la vie.

— Si tu me dis ce que tu sais, ce sera mieux pour toi. On pourrait négocier un accord, s'assurer que tu t'en sortes avec un simple rappel à la loi. Tu n'étais pas vraiment coupable, n'est-ce pas, Bree ? Quelqu'un d'autre est forcément impliqué…

Elle se raidit. Elle avait été trop bête de croire qu'il serait de leur côté. Le sergent ne l'écouterait pas au sujet de Christopher. Il cherchait seulement une solution rapide, que Bree trahisse ses amies pour sauver sa peau.

Jamais de la vie.

Elle haussa les épaules et se détourna.

— J'espère que vous trouverez le coupable.

— Chérie !

La mère de Bree débarqua avant que le sergent réponde. Elle était vêtue du kimono dans lequel Olaf s'était montré. Bree grimaça. Elle se demanda ce qu'il portait désormais, du moins s'il était habillé. Sa mère prit la main du sergent et l'embrassa sur les deux joues.

— Ça fait si longtemps !

— Vous êtes magnifique, Diana.

Et il était sincère. Son regard caressa le contour de sa silhouette.

Beurk.

La mère de Bree lui adressa un clin d'œil, puis tourna sur elle-même pour s'asseoir dans un fauteuil. Elle tapota l'ottomane près d'elle.

— À quoi devons-nous le plaisir de votre visite ?

— Je regrette de ne pas être venu dans des circonstances plus joyeuses.

Il s'assit sur l'ottomane comme un courtisan offrant ses hommages à la reine.

— C'est au sujet de votre fille.

— Bree ?

Bree se tapa le front. Comme si elle en avait une autre !

— Euh, oui.

Sa mère se pencha vers le sergent.

— A-t-elle de gros ennuis ?

— C'est possible.

Elle poussa un cri étouffé et porta la main à sa gorge.

— Oh, non ! Ma pauvre petite chérie !

Sa voix trembla, ses yeux s'embuèrent. Bree dut se détourner pour ne pas éclater de rire.

— Ne pleurez pas, Diana, dit le sergent avec tendresse. Je fais tout ce que je peux pour l'aider. Mais votre fille s'obstine à refuser de coopérer.

— Oui, cela lui arrive.

— Pouvez-vous faire quelque chose pour la convaincre de parler ? Je ne peux pas l'aider si elle refuse de me dire quoi que ce soit.

La mère de Bree posa la main sur le genou du sergent et baissa d'un ton.

— Est-ce qu'elle sera accusée de meurtre si elle ne coopère pas ?

— En fait… (Il se racla la gorge.) Nous, euh, n'avons aucune preuve qui la relie au crime.

Je le savais !

— Merveilleux ! (Sa mère bondit du fauteuil et tapa dans ses mains.) Alors vous pouvez retirer le bracelet et lui permettre de reprendre les cours.

Le sergent se leva.

— Euh, en fait, Diana…

— Je serai de retour en France à temps pour le week-end.

Elle se précipita dans le couloir.

— Olaf ? Fais les bagages ! Et vois si Johan peut nous obtenir un fauteuil en première classe sur un vol pour demain.

Et sur ces mots, elle disparut à l'étage. Le sergent soupira.

— C'est tout pour aujourd'hui, on dirait.

Bree sauta de son fauteuil et le raccompagna jusqu'à la porte. Elle ne pouvait s'empêcher de se sentir mal pour lui, un autre homme emporté par la tornade Diana Deringer.

Elle tint la porte ouverte, puis souleva la jambe de son pyjama.

— Alors, quand est-ce que je peux retirer ce truc ?

Il avait reconnu qu'on n'avait aucune raison de la garder prisonnière. Désormais, elle avait plus que hâte de sortir de la maison.

— Le bracelet ?

Non, mon pied.

— Euh, ouais.

— Oh, ce n'est pas de notre ressort.

Bree n'aimait pas du tout son sourire narquois.

— Comment ça ?

— Ce n'est pas le département de police de Menlo Park qui t'a assignée à résidence. C'est un ordre de ton père.

Puis il tira la poignée et claqua la porte au nez de Bree.

DOUZE

Les yeux plissés pour se protéger du soleil, Olivia traversa la cour intérieure à grands pas. Il faisait bon, pourtant elle frissonnait.

La peur était de retour.

Elle voulait s'en cacher, s'enfermer loin du tueur qui traquait le GTC. Mais tout au fond d'elle, elle savait que, même si elle passait son temps à courir, jamais elle ne lui échapperait

Tout sentiment de sursis, toute impression que le tueur s'était mis en retrait depuis que Bree s'était rendue avait disparu en un instant horrible, en quatre mots brillant sur la façade de l'entrepôt réduit en cendres. *Je suis de retour.*

Toute sa panique et ses craintes s'étaient réveillées. Le tueur ne les laisserait pas tranquilles, il ne se contenterait pas de l'aveu de Bree. Il en voulait plus. Il voulait les détruire.

Ed, Kitty et Olivia s'étaient enfuis du lieu de l'incendie avant l'arrivée des pompiers. Elle ne savait pas ce que les enquêteurs trouveraient, mais elle espérait plus qu'elle ne croyait qu'il y aurait un indice de l'identité du coupable. Jusque-là, il avait effacé ses traces de façon méticuleuse. Il n'y avait aucune raison de penser qu'il avait commis une erreur cette fois-ci.

Il ne restait qu'une solution : le trouver avant qu'il frappe à nouveau.

Olivia prit une profonde inspiration. Elle se prépara au show épique qu'elle se préparait à jouer et se força à sourire lorsqu'elle se rapprocha de la table de pique-nique où se trouvaient Amber et Jezebel. Si elle voulait savoir ce qui était arrivé à la Rolex, il fallait absolument qu'Amber lui fasse confiance et la réintègre dans son cercle d'intimes.

Elle s'assit en face de Jezebel qui dévorait un burrito de la taille d'une bûche. À côté d'elle, Amber grignotait ce qui ressemblait à du carton. Le contraste était fascinant.

— Où est Peanut ? demanda Olivia.

— Elle se purge, j'espère.

Amber coupa un tout petit bout de ce qui était peut-être une galette de riz et la plaça avec délicatesse dans sa bouche.

— On dirait qu'elle a pris trois kilos depuis la semaine dernière.

— Tu ne lui as pas dit, quand même ? s'horrifia Olivia.

Une remarque d'Amber sur son poids serait le moyen le plus rapide pour que Peanut tombe dans l'anorexie.

— Bien sûr que si, rétorqua-t-elle en rejetant ses cheveux en arrière. C'est ça, l'amitié.

Jezebel dévora sa dernière bouchée de tortilla aux fèves et au fromage et acquiesça.

— L'amitié, c'est dire à ses amis quand il y a un problème.

— Nous avons une réputation à maintenir, continua Amber, la tête haute comme une reine à son couronnement. On nous admire, et nous devons le mériter.

À la table derrière eux, un groupe de garçons éclata de rire. Olivia se retourna. Rex et son gang de Maine Men imitaient la pause royale d'Amber.

— Tu es mieux sans Rex, déclara Olivia lorsque le masque d'indifférence de son amie se fendilla.

Jezebel dénicha une barre énergétique dans son sac.

— Il commençait à t'impliquer dans des trucs chelous.

Chelous ? Voilà qui était prometteur. Olivia écarquilla les yeux d'innocence feinte.

— Vraiment ? Comme quoi ?

— Rien !

— Pourtant le soir où…

Amber lui donna un coup de coude.

— J'ai dit : rien.

— Aïe !

Jezebel se frotta l'abdomen.

— Très bien. Rien.

Merde. Elle y était presque.

Le silence se fit. Olivia était sur le point de la relancer en sautant du coq à l'âne par « Ton père a une Rolex, non ? » quand quelque chose attira son attention à l'autre bout de la cour. John Baggott, près du bâtiment des sciences, qui agitait les bras au-dessus de sa tête dans sa direction.

Quand il comprit qu'elle l'avait vu, il lui fit signe de le suivre. Pourquoi voulait-il lui parler ?

Olivia prit le temps de réfléchir. John avait été l'un de leurs suspects, et même Bree avait douté de son innocence à un moment. Le tueur venait d'annoncer qu'il était de retour, peut-être qu'il s'agissait vraiment de John ? Peut-être qu'il essayait de l'éloigner de ses amis pour faire d'elle sa prochaine victime ?

D'un autre côté, si quelqu'un pouvait avoir des nouvelles de Bree, c'était lui.

— Je vais au petit coin. Je reviens tout de suite.

Il attendait au fond du bâtiment des sciences, près d'une alcôve, devant ce qui devait être le labo de physique.

Il ne va pas te tuer, se répéta Olivia.

Elle resta quand même au milieu du couloir, à au moins trois mètres de lui.

— Tu voulais me voir ? fit-elle en jouant au mieux les pétasses.

John s'appuya contre le chambranle de la porte du labo et sourit, narquois.

— Wouah, on se croirait dans *Lolita malgré moi.*

Olivia était trop bonne actrice pour lâcher son personnage.

— Qu'est-ce que tu veux ?

— OK, très bien. On passe aux choses sérieuses.

Il s'écarta du mur et leva les paumes.

— Je viens en paix. Avec un message de Bree.

Olivia sentit l'excitation bouillonner en elle et tenta désespérément de ne pas l'afficher. Il fallait qu'elle prévienne Bree que le tueur était de retour. S'il avait provoqué l'incendie, qui savait de quoi d'autre il était capable ?

Mais pouvait-elle faire confiance à John ? Est-ce que ça en valait la peine ?

— Je ne vois pas pourquoi Bree Deringer voudrait me parler.

— C'est bon, Olivia. Je sais que tu fais partie du GTC.

Elle se figea. Comment le savait-il ? Seul le meurtrier était au courant. John sembla lire dans ses pensées.

— J'ai vu comment tu as réagi quand Bree s'est rendue. En plus, j'ai trouvé la photo de vous quatre en troisième. Alors arrête de faire l'innocente. C'est sérieux, ces conneries.

D'abord, Ed-au-carré, maintenant John Baggott ! Elle flippait à l'idée que tant de gens connaissent leur secret soigneusement gardé. Mais, après tout, Bree faisait confiance à John. Peut-être qu'elle devrait l'imiter.

— Qu'est-ce qu'il y a ? C'est quoi, son message ?

— Elle m'a dit de te dire : « Il n'en a pas fini avec nous. »

Olivia écarquilla les yeux. Comment le savait-elle ? S'était-il aussi attaqué à elle ?

— C'est tout ?

— Oui. Elle se faisait embarquer par un bodybuilder nordique du nom d'Olaf.

Olivia pencha la tête sur le côté.

— Il y a des bodybuilders nordiques, en détention ?

Peut-être qu'elle avait des préjugés…
John rit.
— Non. Elle a été libérée hier. Elle est assignée à résidence.
— Oh, mon Dieu !
C'était fantastique ! Assignée à résidence, ça ne voulait pas dire qu'elle était libérée de tout soupçon, mais au moins elle n'était plus en prison. Olivia se jeta au cou de John.
— C'est la meilleure des nouvelles !
— Qu'est-ce que vous faites ? retentit une voix.
Olivia le lâcha et se retourna. À l'entrée du couloir, Amber vacillait sur ses sandales plates-formes, les poings serrés.
John jeta un coup d'œil à Olivia.
— Euh, rien ?
Amber s'arrêta net, haletante, et mima l'indifférence, comme si elle n'avait pas suivi Olivia, mais qu'elle était tombée sur eux par hasard lors d'une promenade dans le bâtiment des sciences.
— Salut, John. Comment vas-tu ?
— Biiiiien, répondit John lentement.
Amber continua de lui sourire, les sourcils haussés dans l'attente d'une suite.
— Euh, et toi ?
Elle gloussa.
— Je vais pas mal ! Et bien plus mieux maintenant que je t'ai vu.
Elle marqua une pause, consciente que sa phrase n'avait aucun sens.
— Je veux dire, encore mieux maintenant. Enfin…
Elle ondula jusqu'à lui et lui prit la main.

— Je veux dire, salut.

Waouh. Amber la jouait mignonne choupinette avec John ! La dernière fois qu'Olivia l'avait vue aussi désespérée de choper un garçon, ça avait été au bal de Homecoming en troisième. Elle s'était jetée sur Rex et avait refusé de le lâcher tant qu'ils n'avaient pas échangé leur salive et été officiellement étiquetés « couple ». Ce n'était pas le moyen le plus sexy de se trouver un petit ami, mais sa persévérance forçait l'admiration.

John réussit enfin à se libérer de sa poigne.

— Désolé, Amber. Il faut que j'y aille.

Elle se rapprocha de lui et le coinça dans l'alcôve.

— Où ça ?

— N'importe où sauf ici ?..., répondit-il, mal à l'aise.

John et Amber en couple. Quelle étrange idée...

Olivia se figea. John et Amber. La chance qu'elle n'aurait jamais. S'il faisait semblant d'être intéressé, peut-être qu'il réussirait là où elle avait échoué et découvrirait ce qui s'était passé entre Amber et Ronny le soir de son meurtre ? Ça valait le coup d'essayer.

— Vous êtes trop mignons, tous les deux !

— N'est-ce pas ? demanda Amber en lui jetant un coup d'œil par-dessus son épaule.

Derrière elle, John, le visage renfrogné, articula en silence : « Qu'est-ce que tu fous ? »

— Absolument !

Amber décocha un sourire rayonnant à John tandis qu'Olivia lui jetait un regard dur et significatif.

« Fais-moi confiance, prononça-t-elle silencieusement à son tour. Pour Bree. »

D'abord perdu, il scruta tour à tour Olivia et Amber. Après un soupir, il sourit à cette dernière.

— Je t'accompagne au théâtre ?

TREIZE

Sourire aux lèvres, Olivia suivit Amber et John jusqu'au théâtre. Amber babillait sur divers sujets dont Olivia ne l'avait jamais entendue parler dans toute l'histoire de leur amitié, y compris son amour pour les musiciens, sa compréhension profonde de l'âme d'artiste et le fait qu'elle devait être avec quelqu'un qui comprenne cet aspect de sa personnalité. John ne put en placer une, ce qui valait mieux, étant donné son expression. Amber, elle, était ravie de son escorte. Lorsqu'elle s'assit à côté de Jezebel et Peanut, elle ne tenait pas en place tant elle était excitée.

— Du calme, dit M. Cunningham à l'instant où les échos de la cloche cessèrent de résonner. Malheureusement, j'ai de mauvaises nouvelles. Vous avez tous travaillé très dur pour que *La Nuit des guerriers* soit prête à temps pour le soir de la première. Nous avons tous espéré reprendre cette semaine.

Pourtant, je suis désolé de vous annoncer l'annulation du reste des représentations.

— Quoi ! s'écria Amber dont la bonne humeur s'évapora illico. Vous ne pouvez pas faire ça ! Mes parents ont financé cette production !

— J'ai les mains liées, mademoiselle Stevens, dit M. Cunningham, les paumes levées. Cette décision a été prise par l'archidiocèse à la suite de ce qui est arrivé à la pauvre Mlle Mejia. Je ne peux rien faire.

Avant, Olivia aurait été dévastée à l'idée d'annuler toute une production après le soir de la première. Pour une comédienne, il n'y avait pas pire cauchemar, hormis une vieille blague de Broadway sur l'annulation à l'entracte à cause de premières critiques trop mauvaises.

Or, après tout ce qui s'était passé, elle ressentait presque du soulagement.

— Voyons ! ne désespérez pas ! poursuivit M. Cunningham avec un sourire. J'ai aussi de bonnes nouvelles ! Durant les deux prochaines semaines, nous accueillons un invité de marque.

Il indiqua les ailes du théâtre. Fitzgerald Conroy arriva sur scène d'un pas déterminé.

— Non ! s'exclama Amber.

— Si ! rétorqua celui-ci en imitant son ton à la perfection.

Il portait un haut à col roulé sous un blazer à bordure noire et arborait une coupe Pompadour moderne.

— Mesdames et messieurs, je suis à votre disposition. Je me retrouve avec un trou inattendu dans mon emploi du temps. J'ai décidé de rester ici en Californie, grâce à l'hospitalité de mon cher ami Reginald qui a cédé à ma curiosité et m'a permis d'observer ses classes en personne.

— Ça ne pose aucun problème, Fitzgerald, déclara M. Cunningham, rayonnant. Je te l'assure.

— J'ai saisi l'opportunité de me familiariser plus en profondeur avec *La Nuit des guerriers* de Reginald en travaillant avec la distribution d'origine... puisque nous mettrons la pièce en scène à Aspen cet été.

— Oh, mon Dieu ! s'écria Olivia. Félicitations !

Elle savait combien M. Cunningham avait désiré que son spectacle attire l'attention de Fitzgerald Conroy.

M. Cunningham inclina la tête.

— Merci, mademoiselle Hayes.

— Lèche-cul, marmonna Amber.

Olivia faillit rétorquer : « C'est celui qui le dit qui y est », mais réussit à se contenir.

— Je suis simplement là pour observer, je ne souhaite piétiner aucune plate-bande.

— Une plate-bande ? répéta M. Cunningham. Allons ! Il ne manquerait plus que je prive ma classe de ton savoir et ton expérience. *Mi clase es tu clase.*

Fitzgerald renversa la tête en arrière et rit de bon cœur.

— Excellent !

Il tapa dans ses mains et attira l'attention de tout le monde.

— Commençons tout de suite, alors. Mademoiselle Hayes, voulez-vous bien me rejoindre sur scène pour un petit exercice ?

Amber grogna, écœurée, et Olivia saisit sa chance.

— Je ne me sens pas très bien aujourd'hui. Peut-être qu'Amber pourrait prendre ma place ?

— Très bien. Amber ?

Celle-ci se leva d'un geste royal en jetant à Olivia un coup d'œil, mélange de scepticisme et de confusion. Comme si Olivia la piégeait en lui cédant cette leçon privée si convoitée avec le célèbre metteur en scène. Incapable de trouver une explication, elle se dépêcha de monter sur scène et commença un exercice de posture avec Fitzgerald.

Olivia regarda, mais ne faisait qu'à moitié attention. C'était si étrange de revenir ici. Ce théâtre était comme son deuxième foyer, l'endroit où elle se sentait le plus vivante. Mais après ce qui était arrivé à Margot, il lui semblait sombre et hostile. Et elle n'arrivait pas à chasser l'angoisse logée au creux de son ventre.

Elle s'appuya contre le dossier de son siège et observa la scène. Fitzgerald ne cessait de manipuler et de donner des coups de doigt à Amber, en reprenant sa posture paresseuse. Et ses critiques constantes commençaient à agacer la jeune fille. Olivia sourit intérieurement. Amber avait eu la même expression au moment du rappel le soir de la première, quand M. Cunningham avait insisté pour qu'Olivia fasse le dernier salut tant convoité.

Elle avait quitté la scène en furie. Ce qui aurait pu lui donner le temps d'attaquer Margot.

Mais était-ce vraiment le cas ? Il était bien plus logique que Margot ait été agressée pendant le dernier tableau, lorsque la musique couvrait tout bruit en provenance des coulisses.

Fitzgerald convoqua la classe entière sur scène. Olivia resta en arrière, le regard rivé aux ailes du théâtre. Elle essaya de se rappeler qui se trouvait là pendant la dernière danse : le groupe, l'équipe technique et les acteurs.

— Moi aussi, je n'arrête pas d'y penser, déclara quelqu'un près d'elle.

Olivia sursauta et se retourna d'un coup. Logan. Elle avait été si perdue dans ses pensées qu'elle ne l'avait même pas entendu s'installer derrière elle.

— À Margot ?

Logan grimaça de douleur et Olivia fut tout de suite navrée d'avoir été si brutale dans sa question.

— Est-ce que tu l'as vue ? demanda-t-elle d'une voix douce.

Elle espérait que son désir d'avoir des nouvelles de son amie ne se remarquerait pas. Logan cligna rapidement des paupières.

— Seule la famille est autorisée à lui rendre visite, en soins intensifs.

— Oh.

— Mais je parlais du soir de la première, enchaîna-t-il vite. Je n'arrête pas de penser à ce qui s'est passé.

— Moi aussi.

Logan contempla la scène, le regard dans le vide.

— Tu te souviens de ce qu'a dit la police ? Qu'on devait signaler le moindre truc bizarre qu'on aurait vu ?

Olivia se tendit. Aurait-il remarqué quelque chose ?

— Oui ?

— Je… (Il marqua une pause, puis secoua la tête.) C'est rien.

— Qu'est-ce que tu as vu ?

Le regard de Logan passa sur elle, puis vers la scène.

— Je sais pas. C'est un peu flou. Je l'ai dit au flic, mais je crois pas que ça l'ait intéressé. Mais quand même…

Il marqua une nouvelle pause, cherchant ses mots, puis soudain il se tourna vers elle, très animé, et dit à toute vitesse :

— Tu sais, quand tu n'arrêtes pas de penser à un truc et tu te dis : « Mec, peut-être que t'es cinglé ? » Bizarrement tu sais que tu l'es pas, et pourtant quand même peut-être un peu.

Olivia ne comprenait rien à ce qu'il racontait, mais acquiesça pour l'encourager.

— C'est comme ça. J'ai vu un truc. De la scène. Et j'arrive pas à chasser le sentiment que, je sais pas, c'est important.

Olivia avait la gorge serrée. C'était peut-être la chance qu'elles attendaient.

— Qu'est-ce que tu as vu, Logan ?

Il prit une profonde inspiration.

— Je sais que c'est carrément stupide, mais il y a ces deux gars, des frères, qui travaillent là où je fais cirer ma planche. Je leur ai parlé de la pièce, parce que avant ils allaient à Bishop DuMaine. Je les ai invités, ils ont rigolé et dit que jamais ils remettraient les pieds sur ce campus.

Les mains d'Olivia la picotèrent. Des frères qui travaillaient dans une boutique de surf et allaient à Bishop DuMaine ? Non…

— Maxwell et Maven Gertler ?

Logan écarquilla les yeux.

— Tu les connais ?

— Pas vraiment.

— Oh. Bon, bref. Je crois qu'ils ont eu des problèmes quand ils étaient au lycée ici, et ils se sont fait virer. Ou arrêter. Je sais plus.

Des problèmes, c'était un euphémisme. Le GTC avait balancé les Gertler parce qu'ils vendaient des photos de leurs camarades poitrine nue à un site porno russe. Lorsque le GTC avait révélé leurs pseudonymes, ils avaient passé six mois en camp de réhabilitation plutôt qu'en centre de détention et leurs parents avaient obtenu un règlement à l'amiable du litige lorsqu'ils avaient été poursuivis en justice par les parents des victimes. Aucune action du GTC n'avait jamais eu de conséquences aussi terribles.

Jusqu'à la mort de Ronny.

— Je crois que je m'en souviens, mentit Olivia.

— Ouais, eh ben, vu qu'ils s'étaient foutus de ma gueule, je m'attendais vraiment pas à les voir au théâtre le soir de la première.

Olivia cilla. D'anciennes cibles du GTC auraient-elles vraiment été présentes ce soir-là ?

— Tu en es sûr ?

— Absolument. Je les ai vus descendre l'allée très vite pendant la scène finale.

— Et le sergent Callahan ne t'a pas pris au sérieux ?

Olivia n'en croyait pas ses oreilles. Il aurait dû suivre chaque piste !

— Pas vraiment. Le gars n'est pas sympa. Il m'a dit que je n'avais probablement pas bien vu de la scène, avec tous ces projecteurs dans les yeux.

— Mais on voit les huit premiers rangs à la perfection.

Elle connaissait ce théâtre mieux que quiconque, ses lignes de mire et ses angles morts. Si les Gertler avaient été assis dans les premiers rangs, ou s'ils avaient quitté la scène par la porte de côté, Logan les aurait remarqués sans difficulté.

Si seulement il existait un moyen de voir ce qui se passait sur scène pendant la scène finale, comme une photo ou une vidéo…

Olivia inspira vivement.

— Qu'est-ce qu'il y a ? demanda Logan.

— La vidéo, dit-elle d'une voix tremblante. L'enregistrement de la première. M. Cunningham les fait toujours filmer pour qu'on les regarde plus tard.

Pourquoi n'y avait-elle pas pensé avant ? Si elle mettait la main sur l'enregistrement, elle verrait peut-être qui avait attaqué Margot.

— Viens !

Elle remonta l'allée en courant, jusqu'à la dernière rangée où M. Cunningham se trouvait seul, en train de parcourir les pages de son éternel porte-bloc.

— Monsieur Cunningham !

— Mademoiselle Hayes, monsieur Blaine. Tout va bien ?

— Oui, dit-elle, essoufflée d'excitation. On discutait juste de l'enregistrement de la première.

— L'enregistrement de la première ? répéta-t-il, son accent britannique plus distingué que jamais.

Olivia acquiesça avec enthousiasme.

— J'adorerais voir, euh, ce qu'a donné la dernière scène avec toute la chorégraphie.

Les yeux levés, il poussa un soupir d'extase.

— Ah oui. C'était un spectacle merveilleux. Que nous devons absolument regarder en classe.

— Quand ? s'enquit Logan.

— Hélas, je ne sais pas. La police a confisqué la caméra et, bien qu'on m'ait promis de me la rendre au plus vite, je n'en ai pour le moment aucune nouvelle.

Pas de bol. Il fallait absolument mettre la main sur cet enregistrement.

— Monsieur, commença-t-elle de sa voix la plus mignonne, les yeux écarquillés. Pensez-vous pouvoir appeler le sergent Callahan et demander quand… ?

— Mademoiselle Hayes ! Vous voilà !

Olivia se retourna. Fitzgerald descendait les marches côté jardin. Derrière lui, tout le monde avança, le torse bombé, les bras en première position de ballet, en essayant de ne pas se rentrer dedans. Zut ! Elle n'avait pas été attentive et, maintenant, Fitzgerald allait la prendre pour une diva capricieuse.

— Je suis vraiment désolée, monsieur, dit-elle en se précipitant vers lui. Je parlais de la vidéo de la première avec M. Cunningham et je n'ai pas entendu vos instructions.

Fitzgerald agita la main avec dédain.

— Peu importe. Ce n'est pas vraiment un exercice dont vous avez besoin.

Olivia sourit à ce compliment, fière qu'il ait remarqué sa maîtrise de la scène.

— Monsieur Blaine, par contre…

Il montra la scène du pouce.

— Oui, répondit Logan. Désolé.

Il descendit vite les marches, après un dernier regard à Olivia.

— J'espérais vous parler après les cours aujourd'hui, continua Fitzgerald dès que Logan ne fut plus à portée de voix. Afin de discuter des détails de votre stage cet été.

Olivia se figea. Elle oublia momentanément les Gertler. Fitzgerald avait parlé du stage lors de la première. Il était monté sur scène pendant le dernier salut, lui avait fait un baisemain et dit :

— Vous feriez une excellente recrue pour notre compagnie à Aspen.

Elle n'avait encore jamais reçu de proposition officielle. Cette fois, elle y était. Le début de sa carrière professionnelle. Travailler avec un metteur en scène tel que Fitzgerald Conroy lui ouvrirait les portes des cercles théâtraux. De plus, elle profiterait de toute l'étendue de son expérience. Pour la première fois depuis des jours, elle oublia le meurtrier qu'elle poursuivait et ne songea qu'à elle-même.

— Bien sûr !

— Retrouvez-moi au théâtre.

Elle acquiesça avec enthousiasme.

Fitzgerald lui adressa un clin d'œil et se tourna vers la scène.

— Dans ce cas, à tout à l'heure.

QUATORZE

Bree attendit plusieurs heures avant de parler à sa mère. Depuis le départ du sergent Callahan, elle répétait le discours dans sa tête : *C'est la faute de papa si on est toutes les deux prisonnières ici, ce sont ses règles qui nous isolent du monde. Tu ne crois pas que ce serait un « va te faire foutre » glorieux si tu me rendais mon téléphone ?*

Il fallait qu'elle contacte le GTC. C'était une question de vie ou de mort.

Dans la bibliothèque, la mère de Bree secouait un shaker à cocktails dans une cacophonie assourdissante de glace et de métal, comme une joueuse de maracas professionnelle. En silence, Bree la regarda verser un flot de liquide clair dans un verre à Martini. Elle but une première gorgée, fronça le nez et attrapa, dans un saladier en cristal sur le plateau, deux olives qu'elle jeta dans le verre. La seconde gorgée se révéla plus satisfaisante. La mère de Bree ferma les yeux et inspira profondément tandis que la liqueur faisait son effet.

Au bout de quelques secondes, elle sembla remarquer la présence de sa fille.

— Oh ! Tu m'as fait peur.

— Désolée.

Elle contempla Bree un moment, comme si elle ne savait comment se comporter. Puis elle s'assit dans le fauteuil bergère en cuir près du bow-window et croisa les jambes, prête à recevoir.

— Alors, dit-elle, le verre de Martini en équilibre sur son genou. Est-ce que tu, euh, t'amuses bien ?

S'amuser ? Bree était prisonnière dans sa propre maison, gardée par un body-builder à moitié analphabète qui parlait de lui-même à la troisième personne. C'était comme la prison de San Quentin avec un lit plus confortable et une cuisine plus goûteuse.

— Ouais, répondit-elle pourtant d'un ton enjoué.

Il fallait que sa mère reste de bonne humeur.

— Je sais que rester enfermée à la maison avec Olaf et moi, c'est loin de valoir un été dans les Hamptons..., continua sa mère avant de prendre une petite gorgée de son cocktail.

Bree n'avait jamais passé d'été dans les Hamptons, mais elle voulait bien la croire.

— Ce n'est que temporaire. Bientôt, nous serons toutes les deux de retour à notre place.

— À notre place ? s'exclama Bree.

Qu'est-ce que tu fais ? Ne la braque pas ! Mais elle ne put se retenir.

— Ta place, ce n'est pas ici ? Avec ta famille ?

Sa mère parut sincèrement prise de court.

— J'ai une famille en France aussi.

— Vraiment ? demanda Bree, les mains sur les hanches. Tu es bigame, maintenant ? J'ai des frères et sœurs que je ne connais pas ?

Sa mère agita la main avec dédain.

— Ne sois pas ridicule. Je veux dire que…

— Va te faire foutre, maman. Tu m'entends ? Va te faire foutre. Retourne bronzer, va te faire masser par tes garçons de plage. Je ne veux pas de toi et je n'ai pas besoin de toi.

Tant pis pour son téléphone, le GTC et Christopher Beeman ! Lorsqu'elle sortit de la pièce comme une furie, des larmes brûlantes inondèrent son visage. Elle ne ressentait que de la colère.

Olivia se dirigea vers le bureau de M. Cunningham après les cours. Elle avait tellement hâte de mettre la main sur la vidéo de la première de *La Nuit des guerriers* ! Elle espérait convaincre son professeur d'en demander une copie à la police. Elles s'étaient endormies sur leurs lauriers pendant que le tueur planifiait quelque chose de plus terrible encore. Peut-être que ce serait à elle qu'il s'attaquerait ensuite ? Ou à Margot à l'hôpital ? Il n'y avait pas une seconde à perdre. La vidéo leur apporterait peut-être la clé du mystère.

En passant le coin, elle se cogna contre quelqu'un qui sortait du bureau.

— Peanut !

Son amie sursauta et émit un petit bruit entre le couinement et le cri étouffé, puis elle s'étrangla et se plia en deux pour tousser.

Olivia passa le bras dans le sien.

— Est-ce que ça va ?

— Oui !

Elle se redressa, le visage encore rougi par la toux.

— Je voulais parler à M. Cunningham, expliqua Olivia.

— Il n'est pas là !

— Alors qu'est-ce que tu fais dans son bureau ?

— Rien !

Olivia haussa un sourcil.

— Tu es sûre ?

Peanut prit une profonde inspiration, puis les mots sortirent de sa bouche d'un coup, l'un à la suite de l'autre.

— Désolée. Je, euh, ne me sens pas très bien. Ma mère me fait faire un régime détoxifiant et l'absence de calories me rend un peu dingue. Elle pense que le stress de tout ce qui s'est passé a perturbé mes troisième et huitième chakras, alors il faut que je purge les toxines de mon sang.

Olivia avait toujours été sceptique quant aux pratiques médicales alternatives de Mme Dumbrowski, qui semblaient à peine plus scientifiques que les saignées et les sangsues.

— Ça marche ?

— Je sais pas, mais si je perds du poids au passage, c'est un bon point.

Elle se libéra d'Olivia.

— Il faut que j'y aille. À demain !

Elle traversa le couloir presque en courant. Ça ressemblait déjà plus à la Peanut qu'Olivia connaissait et adorait, à l'ouest et décalée.

Avec un petit rire, elle retourna vers le théâtre, dans l'espoir d'y trouver M. Cunningham. Mais elle tomba sur John qui se dirigeait vers elle d'un pas furieux.

— Tu veux bien m'expliquer, dit-il, les dents serrées, pourquoi tu m'as jeté en pâture à Amber ?

Olivia esquissa un sourire moqueur. Elle n'avait pas oublié son expression quand Amber l'avait entraîné au cours de théâtre.

— Elle est célibataire, et toi aussi. Qu'est-ce qu'il te faut de plus ?

— Je ne suis pas célibataire, rétorqua John, le visage dur.

Le sourire de Bree se sacrifiant pour les sauver lui revint en mémoire. Olivia se sentit tout de suite coupable.

— Comment va-t-elle ?

— Aucune idée. Je l'ai vue à peine vingt secondes avant que ce gorille la traîne à nouveau dans la maison.

— C'est quand même curieux que les Deringer aient un gorille...

Ils avaient beau être riches, ça paraissait un peu excessif.

John cligna des yeux.

— Écoute, tu peux me dire ce qui se passe ? J'ai l'impression qu'Amber croit qu'on sort ensemble, maintenant. Elle m'a même forcé à lui donner mon numéro de téléphone !

Olivia soupira. Malgré ce qu'elle avait espéré, il ne se contenterait pas de jouer le jeu sans poser de questions.

— Très bien. Mais d'abord, il faut que tu fasses quelque chose.

Il lui jeta un regard en coin.

— Tu vas pas me draguer aussi, hein ?

Beurk !

— Non !

Après une vive inspiration, Olivia tendit la main.

— Attrape mon poignet et répète après moi.

— Est-ce que je vais devoir donner mon premier-né ?

Elle n'avait vraiment pas la patience pour ça.

— Fais-le !

Sans un mot, John attrapa sa main droite avec sa gauche, puis elle l'imita, créant ainsi une version à deux du carré du GTC.

— Moi, Olivia Hayes, je jure solennellement qu'aucun secret ne quittera jamais ce carré.

Elle serra son poignet.

— À toi.

— Vous faites vraiment ce truc ? se moqua John.

— Ça fait beaucoup plus cool quand on est quatre, répondit Olivia, les yeux plissés.

— Je te crois. J'ai du mal à imaginer Bree tenir la main de quelqu'un.

La première sonnerie de la cinquième heure de cours retentit.

— Grouille !

— Désolé.

Il se racla la gorge.

— Moi, John Baggott, je jure solennellement… Euh, c'était quoi après ?

— « Qu'aucun secret ne quittera jamais ce carré. »

— … qu'aucun secret ne quittera jamais ce carré. Contente ?

— Ravie.

Elle le lâcha et se rapprocha d'un pas.

— Amber et Rex se trouvaient avec Ronny le soir de sa mort.

— Quoi ?

— Chut ! fit Olivia, en posant un doigt sur ses lèvres.

— Pardon. (Il secoua la tête, stupéfait.) Pourquoi vous n'en avez pas parlé à la police ?

— Euh…

C'était une explication beaucoup trop longue au goût d'Olivia.

— Nous n'avons pas la preuve qu'Amber et Rex sont coupables. On n'est même pas sûres de savoir ce qu'ils faisaient avec lui ce soir-là. C'est juste une supposition.

John inspira profondément.

— C'est là que j'entre en scène.

— Exactement.

Heureusement, il pigeait. Moins elle donnait d'explications, mieux ça valait.

— Je suis presque certaine qu'ils essayaient d'acheter Ronny avec une des Rolex du père d'Amber. Si on la retrouve, on aura peut-être la preuve de l'innocence de Bree.

— Alors tu crois que, si je fais les yeux doux à Amber, elle crachera le morceau ?

Ça paraissait bien moins crédible quand c'était lui qui le disait.

— J'espère.

— OK, mais seulement parce que ça aidera Bree.

Il commença à s'éloigner, puis s'arrêta et se retourna.

— D'ailleurs, tu veux que je lui passe un message ? Ils ont confisqué son téléphone et j'imagine qu'elle n'a pas Internet pour le moment.

Olivia retint son souffle.

— Tu vas la voir ?

— C'est le plan.

— Comment tu vas contourner le gorille ?

John tapota son sac à dos.

— Fais-moi confiance.

Olivia attrapa un bout de papier en se demandant ce que John pouvait bien avoir dans son sac. Des bananes ? Un tranquillisant ?

Elle plia le mot en trois et le lui tendit.

— Ne lis pas.

Il haussa un sourcil.

— Promis. Tu attends une réponse ? demanda-t-il d'un ton formel.

Olivia soupira.

— J'espère bien.

QUINZE

Bree ne savait pas depuis combien de temps elle pleurait. Des sanglots incontrôlables la secouèrent pendant ce qui lui parut une éternité.

Si sa mère ne voulait pas de sa fille, alors Bree ne voulait pas d'elle non plus.

Ce qui était faux. Complètement faux.

Tout au fond d'elle, Bree avait toujours accusé son père d'être responsable de l'absence prolongée de sa mère. Le sénateur était un homme froid et déterminé, cela n'avait rien d'un secret. Bree pouvait compter sur les doigts de la main le nombre de fois où il avait étreint son épouse avec une affection sincère. Elle comprenait que sa mère veuille mettre autant de distance que possible entre eux.

Elle comprenait moins l'abandon de sa plus jeune enfant, et elle ne pouvait plus se voiler la face.

Tap, tap tap tap.

Bree essuya ses larmes et traversa sa chambre en courant.

— John !

Elle ouvrit grand la fenêtre, elle n'avait jamais été aussi heureuse de voir quelqu'un.

— Qu'est-ce que tu fais là ?

— Je suis Luke Skywalker. Je viens à votre secours.

— Quoi ?

John sourit.

— Je crois que la réponse exacte est : « Vous quoi ? » Mais ça fera l'affaire.

Les larmes de Bree recommencèrent à couler. Elle n'arrivait pas à les retenir. Après toute la douleur et la tristesse de ces derniers jours, son meilleur ami lui rappelait que quelqu'un tenait à elle en une citation de *Star Wars*.

Le sourire en coin de John disparut.

— Ça va ?

— Oui, répondit-elle en reniflant. Je suis juste heureuse de te voir.

— Ah ah !

Il lâcha son sac à dos sur les graviers et l'ouvrit.

— Alors si ma simple présence te fait fondre en larmes, il ne vaut peut-être mieux pas que je te montre ça ?

D'un geste flamboyant de magicien, John sortit d'un coup ce qui ressemblait à un tas de cordes.

— C'est quoi ?

— Recule, et tu verras.

Bree s'écarta de la fenêtre. Elle entendit John grogner, puis un bruit sourd, comme si quelque chose de mou avait cogné la façade.

— Merde, dit-il d'une voix étouffée.

Un autre grognement, un autre coup sourd. Cette fois, Bree l'entendit jurer tout bas.

— Vous voulez que je sorte pour pousser ? fit Bree avec un sourire, citant à son tour *Star Wars*.

La voix de John lui parvint par la fenêtre, avec la réponse attendue.

— Pourquoi pas ?

Un troisième grognement, et cette fois le bout d'une corde vola par la fenêtre. Bree l'attrapa avant qu'elle glisse.

— Tire ! ordonna John.

Une main après l'autre, Bree remonta la corde. Elle était plus lourde qu'elle n'aurait cru. Elle dut s'appuyer contre le mur. Au bout de trois mètres, deux crochets de métal apparurent au-dessus du rebord. Soudain, elle comprit de quoi il s'agissait.

Elle bloqua les crochets à la fenêtre et passa la tête par la fenêtre. Sous elle, une échelle se déroulait jusqu'au chemin de gravier.

— Excellente idée, dit-elle, impressionnée.

John enfila son sac à dos et attrapa les barreaux.

— OK, souhaite-moi bonne chance.

Un instant plus tard, son bras pâle passa par-dessus le rebord de la fenêtre et, avec un profond grognement, John se hissa et se laissa tomber dans la chambre de Bree.

Sous le choc, elle le vit se relever vite et épousseter son jean et sa chemise noire. Il lui sourit avec embarras et le malaise d'un millier d'émotions non dites s'abattit sur eux. Bree ne savait pas si elle voulait blaguer comme d'habitude ou se jeter à son cou et l'embrasser.

— Je... J'arrive pas à croire que tu sois là, dit-elle enfin.

John s'approcha lentement, calmement, comme d'un chaton effrayé. Il posa la main sur sa joue et, de son pouce calleux, essuya une larme rebelle. Elle ferma les yeux et inspira profondément son odeur d'après-rasage et de transpiration, après l'effort qu'il venait de fournir.

Puis elle sentit la chaleur de son souffle près de son visage et son cœur s'arrêta. Elle se rappela la première fois qu'il avait failli l'embrasser. À l'époque, elle n'avait pas compris à quel point elle en avait eu envie. Désormais, après tout ce qu'ils avaient vécu, après que des « je t'aime » avaient été prononcés, elle voulait plus que jamais sentir ses lèvres sur les siennes.

Elle leva le menton vers lui.

— S'il te plaît, chuchota-t-elle, elle-même surprise de s'entendre.

Elle sentit ses doigts remonter derrière sa tête, ses lèvres contre les siennes. Elle l'embrassa passionnément, les mains pressées contre son torse. Puis John l'enlaça et la serra contre lui.

Avec un gémissement, il referma les poings sur sa robe. Avant que Bree comprenne ce qu'elle faisait, elle avait déboutonné sa chemise, l'avait retirée et embrassait le dessin musclé de sa poitrine.

— Bree, dit John d'une voix rauque et pâteuse.

Elle l'entendit à travers un brouillard.

— Oui ?

Il mit les mains de chaque côté de son visage et la regarda droit dans les yeux.

— Tu es sûre ? Attends, tu as beaucoup souffert et je ne veux pas que tu croies que je suis venu là pour…

Il laissa sa voix en suspens et une touche de rouge colora son visage.

Il était tellement adorable.

— John, je t'aime.

— Je t'aime aussi.

Le cœur de Bree s'emballa.

— Voilà ta réponse.

SEIZE

Quand Olivia arriva après les cours, Fitzgerald était assis au premier rang à lire un numéro de *American Theatre*.

— Mademoiselle Hayes ! s'exclama-t-il à son approche.

Il jeta le magazine à côté de lui et se leva d'un bond.

— Je serai ravi de vous avoir à Aspen cet été.

Olivia tenta de contrôler son excitation grandissante.

— Merci, monsieur.

— Ce seront six semaines éprouvantes, dit-il, la tête penchée vers elle. Emplies de rires, de larmes, de chagrin et d'euphorie. Et vous ne serez pas traitée différemment parce que vous êtes lycéenne.

— Je ne m'y attendais pas.

— Et vous vous sentirez seule.

— Seule ?

— Loin de vos amis. Et de votre mère, ajouta-t-il, les yeux baissés.

Seule n'était pas le mot qu'Olivia aurait choisi. Elle aurait plutôt parlé de vacances. Elle ouvrit la bouche pour le rassurer, lorsqu'il l'interrompit.

— Comment cela se passe-t-il chez vous, si je puis me permettre ?

— Bien.

Comment ça se passait chez elle ? On aurait dit la question d'un conseiller d'orientation.

— Et votre mère ? Comment se porte-t-elle ?

— Bien aussi.

— Quelle étrange coïncidence ! Autrefois, j'étais le metteur en scène de votre mère et, aujourd'hui, je serai le vôtre.

Avec un rire nerveux, il consulta sa montre.

— Souhaitez-vous que je vous ramène à la maison ?

— Euh, je croyais que nous allions discuter de mon stage ?

Fitzgerald agita la main.

— Bien sûr, bien sûr. Dans la voiture, ma chère.

Puis il passa le bras sous le sien et l'entraîna jusqu'au parking.

Ils s'engagèrent dans DuMaine Drive en silence, l'adresse d'Olivia programmée dans le GPS de la voiture de location. Au bout de deux pâtés de maisons, Fitzgerald se racla la gorge et lui jeta un coup d'œil en coin.

— Croyez-vous que votre mère sera là ?

Elle se crispa. Allait-il lui demander un paiement en nature contre ce stage à Aspen ? Est-ce qu'il savait qu'elle n'avait que seize ans ?

Elle serra son tote bag contre elle et, lentement, en silence, elle plongea la main dans ses profondeurs jusqu'à saisir ses clés. Quand ils arriveraient, elle sortirait à toute vitesse de la voiture et elle monterait l'escalier en courant jusqu'à l'appartement. Elle se serait enfermée avant même qu'il comprenne ce qui se passait.

— Elle est toujours là à mon retour, bluffa-t-elle.

Il y avait une chance sur deux que sa mère ne soit pas encore partie travailler.

Elle scruta Fitzgerald en s'attendant à ce qu'il semble déçu mais, au contraire, son visage s'éclaira.

— Je serai ravi de la revoir.

Ses yeux pétillaient. Un instant, il sembla même rajeuni. Elle l'avait déjà vu avec cette expression, dans la loge avant l'ouverture du rideau de *La Nuit des guerriers*, lorsqu'il était tombé sur son ancienne protégée, June Hayes.

Un sourire naquit sur les lèvres d'Olivia lorsqu'ils se garèrent devant son immeuble. Ce n'était pas avec elle qu'il voulait passer du temps. C'était avec sa mère.

Sa voiture était encore là.

— Vous devriez venir lui dire bonjour, déclara-t-elle.

Des fantasmes à la Cendrillon défilèrent devant ses yeux. Sa mère sauvée de la pauvreté par le metteur en scène le plus coté de Broadway !

— Ma mère parle tout le temps de vous. Votre *Nuit des rois* est restée sa pièce préférée.

Fitzgerald sourit largement.

— Vraiment ?

— Absolument !

Allez, mords !

— D'ailleurs, hier, elle disait qu'elle espérait vous revoir bientôt, mentit Olivia.

Il tira sur le frein à main et coupa le moteur.

— Dans ce cas, je serai enchanté de la saluer.

Olivia prit de l'avance dans l'escalier. Elle pria pour que sa mère soit effectivement debout et prête à aller travailler, plutôt qu'en train d'hiberner sur le canapé-lit après s'être fait porter pâle. Lorsqu'elle passa la porte d'un bond, elle poussa un soupir de soulagement. Le lit était fait, le sac et la veste en cuir de sa mère posés dessus.

C'est parti !

— Maman ? cria-t-elle. Maman, tu as de la visite !

— Quoi ? répondit sa mère depuis la salle de bains.

Olivia se tourna vers Fitzgerald qui entrait d'un pas hésitant.

— Elle arrive tout de suite, dit-elle avec un rire nerveux.

Fitzgerald hocha la tête. Son regard balaya le petit appartement, se posa sur la peinture écaillée près du plafond de la cuisine, la moquette tachée et l'espace réduit où la mère d'Olivia dormait. Il n'y avait aucune désapprobation sur son visage, rien que de la curiosité.

Puis la curiosité se changea en surprise. Olivia suivit son regard, la table basse en ligne de mire. Là, parmi des piles de magazines et diverses télécommandes, se trouvait un assortiment de médicaments.

Olivia fut sous le choc. Elle savait que sa mère prenait des antidépresseurs, et on lui avait prescrit des anxiolytiques en cas d'attaque de panique. Mais il y avait au moins une demi-douzaine de cachets différents sur la table, trois fois plus que d'habitude, tous soigneusement étiquetés par la pharmacie.

Elle chercha désespérément un moyen de détourner l'attention de Fitzgerald de cet étalage pharmaceutique.

— Nous, euh, ne recevons pas beaucoup !

— Ne vous en faites pas, ma chère. (Il lui sourit chaleureusement.) C'est la vie d'artiste.

— Il y a quelqu'un avec toi ? cria sa mère.

La porte de la salle de bains s'ouvrit et elle sortit dans le salon en refermant la ceinture de son jean noir moulant.

— Si c'est Anthony, dis-lui que j'aurai le reste du loyer…

— Bonjour, June.

La mère d'Olivia se figea. Stupéfaite, Olivia vit son joli visage devenir blanc comme un linge.

— Fitz, dit-elle, à peine un murmure.

— Comment vas-tu ?

— Bien. Et toi ? demanda-t-elle d'une voix étranglée.

— Bien aussi, répondit Fitzgerald avec un sourire.

Ils se regardèrent longuement en silence. Olivia connaissait à peine Fitzgerald Conroy, mais elle reconnaissait cette expression : il avait un crush sur sa mère.

Elle s'attendait à moitié à ce qu'ils se jettent l'un dans les bras de l'autre et s'avoue leur amour caché depuis des décennies. Puis il emporterait la mère d'Olivia loin de cet appartement, dans sa voiture de location de luxe, comme Richard Gere à la fin de presque tous ses films.

Alors elle fut stupéfaite lorsque sa mère attrapa son sac à main et sa veste et passa devant lui avant de s'arrêter à la porte.

— Oui, dit-elle, clairement troublée. Bien, il faut que j'aille travailler, et tu as sûrement des choses à faire. C'était gentil à toi de passer.

Refusant de le regarder dans les yeux, elle lui ouvrit la porte.

On aurait dit qu'elle l'avait giflé.

— Oh ! Oui, bien sûr. Désolé de cette intrusion.

Il sortit et dévala l'escalier avant qu'Olivia proteste.

— Qu'est-ce qui t'a pris ? demanda-t-elle dès que sa mère eut fermé la porte.

Au lieu de s'excuser, elle se retourna vivement contre elle.

— Ne ramène plus jamais cet homme à la maison. Tu m'entends ?

— Pourquoi ?

— Tu m'entends ? répéta-t-elle, les dents serrées.

Il y avait quelque chose de violent dans son regard, ce n'était ni de la colère ni de la peur, un mélange des deux qui semblait surgir de nulle part.

— Est-ce que ça va ? s'inquiétait Olivia.

— Bien sûr que oui ! Pourquoi ?

— C'est juste que…

Elle jeta un coup d'œil aux médicaments sur la table.

— C'est la nouvelle prescription de la Dr Kearns ?

Sa mère haussa les épaules.

— Qu'est-ce que j'en sais ? Elle appelle la pharmacie, je vais les chercher.

Elle fit un pas vers sa fille et lui attrapa le bras.

— Tu ne m'as pas répondu.

— Promets-moi de ne plus jamais ramener Fitzgerald Conroy ici.

Olivia grimaça lorsque ses doigts s'enfoncèrent dans sa chair.

— D'accord. Mais pourquoi ?

Au lieu de s'expliquer, sa mère tourna les talons et sortit de l'appartement en claquant la porte.

DIX-SEPT

Encore dégoulinante de sueur après son entraînement, Kitty se dépêcha de monter les marches du gymnase privé. Elle y avait donné des leçons de volley tous les étés, et en plus d'un petit salaire, elle recevait un pass annuel. Ce qui était inutile la plupart du temps, étant donné l'équipement de pointe de Bishop DuMaine mais, ce jour-là, il allait bien lui servir. L'été précédent, Kitty avait remarqué une vieille camarade de classe qui y faisait du sport tous les après-midi autour de dix-sept heures. Quelqu'un que Kitty connaissait très bien : la toute première cible du GTC, Wendy Marshall.

À vrai dire, Kitty avait un faible pour Wendy. La reine ultra critique du campus de Bishop DuMaine lui avait inspiré la formation du GTC. Bien que ce plan n'ait pas été leur meilleur, il la faisait encore frissonner d'excitation. La première fois était toujours la meilleure.

Cette mission avait été très simple, et assez idiote quand elle y réfléchissait, mais elles n'avaient pas encore affiné leurs fonctions respectives. Pirater la webcam de Wendy pendant sa session de jeu de rôle avait été le mieux qu'elles puissent faire. Cette image de Wendy déguisée en cowgirl steampunk en compagnie de son groupe de rôlistes avait été fantastique. Encore une fois, Kitty admirait la façon dont Wendy s'impliquait dans son rôle à cent pour cent. Dans d'autres circonstances, elles auraient pu être amies. Après tout, Kitty elle aussi avait enfilé un uniforme de Poudlard et couru partout un balai entre les jambes, en faisant mine d'être l'attrapeuse de Serdaigle. Mais Wendy terrorisait toutes les filles de Bishop DuMaine parce qu'elles ne portaient pas de vêtements de marque ou qu'elles ne s'habillaient pas assez bien, et cette hypocrisie avait écœuré Kitty.

Les photos de Wendy en pleine action dans son costume maison avaient mis un terme définitif à son règne.

Kitty montra sa carte de membre et monta les marches jusqu'à la salle de musculation. Un coup d'œil suffit pour constater qu'elle tombait bien : Wendy Marshall se donnait à fond sur un vélo elliptique.

En regardant cette petite brune s'entraîner comme pour un marathon, Kitty avait du mal à la croire capable de meurtre, d'incendie et d'une demi-douzaine d'autres crimes. D'un autre côté, c'était peut-être la clé de son succès : on la sous-estimait.

Wendy jeta un coup d'œil à Kitty lorsqu'elle monta sur la machine voisine, sans ralentir pour autant. Kitty resta là un instant, les chaussures sur les repose-pieds, les doigts autour des poignées, et scruta le tableau. Le tapis de course était la seule machine qu'elle ait jamais utilisée, et il était bien plus simple que cet appareil de torture médiévale. Entrer la vitesse, commencer à courir... Mais à quoi servaient tous ces boutons ? Programme libre, défi cardio, défi brûlegraisse...

— Pousse le bouton vert, dit Wendy, haletante.

— Oh.

Kitty trouva le bouton de démarrage rapide et le tableau de commande s'illumina.

— Merci.

— De rien.

Bien, la conversation avait été lancée. Maintenant, qu'était-elle censée dire ?

— Tu ne serais pas Wendy Marshall ? lança-t-elle, comme s'il s'agissait d'une célébrité plutôt que d'une reine de campus disgraciée.

Wendy ralentit.

— Ouais..., dit-elle, sceptique.

— Tu étais à Bishop DuMaine, non ?

Waouh, tu ne pouvais pas trouver mieux, Kitty ?

Wendy arrêta son vélo elliptique d'un coup.

— Oui, dit-elle d'un ton sec. Et avant que tu sortes les blagues, oui, je continue le jeu de rôle avec la Ligue de l'Ouest des Individus de l'Étrange.

— Je ne...

— Et j'en suis fière. Et même, cette dernière année, j'ai vendu mes fanfics. Plus de cent mille téléchargements. Tu sais combien de fric je me suis fait ?

— Euh...

— Quatre-vingt-dix centimes par téléchargement. Fais le calcul.

Wendy attrapa sa serviette pendue à l'appareil et la jeta sur son épaule.

— Alors, réfléchis un peu avant que vous autres connards de Bishop DuMaine vous recommenciez à vous foutre de moi, et je t'emmerde.

Puis, sans un autre mot, Wendy sortit du gymnase.

Une sonnerie électronique se déclencha dès qu'Olivia poussa la porte d'Aquanautics, la boutique de surf et de sports d'eau où Maxwell et Maven Gertler avaient trouvé un emploi après leur « réhabilitation ».

La boutique était petite, mais bourrée à craquer. Des portants de tee-shirts, de shorts et de sweats à capuche masculins aussi bien que féminins occupaient le centre de la pièce, tandis qu'une large sélection de chaussures habillait le mur du fond. De l'autre côté, des combinaisons allant de la taille bébé à la taille adulte pendaient au plafond comme de la viande dans une chambre froide. Dans tous les coins, des écrans télé diffusaient une compétition de surf sur le spot de Mavericks, non loin de là. Des bodyboards et des planches de surf étaient suspendues à des poutres sur toute la longueur du plafond, et des kayaks appuyés contre la caisse.

L'effet était plutôt accueillant. Il faisait anormalement chaud. Entre l'odeur entêtante de la noix de coco et de la cire d'abeille et la bande-son du bruit des vagues, on avait l'impression que la plage était sur le pas de la porte.

Olivia scruta la caisse au fond de la boutique. Il n'y avait personne, ce qui la rendait nerveuse. Elle aurait été bien plus à l'aise s'il y avait eu d'autres clients. Et si les Gertler étaient bien les coupables ? Et qu'elle se trouve seule avec eux ?

Oh, et puis zut !

Olivia se précipitait vers la sortie lorsqu'elle entendit :

— Je peux vous aider ?

Elle reconnut tout de suite la voix profonde et rocailleuse de l'un des jumeaux.

OK, d'accord. Elle pouvait y arriver. Elle se dirigea vers le portant de chemises hawaïennes le plus proche.

— Je cherche un cadeau d'anniversaire pour mon petit ami, dit-elle en s'assurant que la sortie de secours était dégagée, au cas où. Mais je ne sais pas trop quoi lui prendre.

Maxwell ou Maven, quel qu'il soit, soupira, comme si aider une cliente était la dernière chose dont il avait envie. Il se dirigea tranquillement vers elle.

— C'est un surfeur, un skateur ou… Olivia ?

Elle se retourna d'un coup vers lui, en faisant d'abord mine d'être perdue, puis de le reconnaître, surprise.

— Maxwell ?

— T'es la seule qui fasse la différence entre nous !

Avec un sourire rayonnant, il tendit les bras et la serra très fort contre lui. Il passa les mains dans son dos d'un geste presque déplacé.

— Ça fait tellement plaisir de te voir !

Olivia se tortilla pour se libérer et tira sur sa robe au passage.

— Comment vas-tu ?

— Bien. Tu sais. C'était un peu dur après l'arrestation. Mais la boutique appartient à notre cousin et il nous laisse la gérer. C'est plutôt cool.

— C'est génial, dit Olivia en faisant de son mieux pour paraître impressionnée.

— Mais on est toujours dans le coup, dit-il lentement, comme s'il parlait en code.

— Le coup ?

De quoi il parlait ? De coups et blessures ? De meurtre ? D'incendie ?

— Ouais. On a notre propre studio, maintenant.

Maxwell recula et la jaugea de la tête aux pieds.

— Tu as quel âge ?

Beurk !

— Seize ans.

Maxwell esquissa un demi-sourire malin. Il se rapprocha d'elle et baissa la voix.

— Tu as déjà songé à faire des photos ?

Sérieux ? Il lui faisait ce genre d'avances ? Pressée de changer de sujet, Olivia reporta son attention sur les chemises.

— Je me demande si mon petit ami aimerait…

Maxwell passa le doigt sur son bras nu et chuchota à son oreille.

— Tu sais, il y a un marché énorme pour des photos sexy d'une fille comme toi. Europe, Asie. Personne ne saurait rien…

Elle avait beau vouloir lui mettre un coup de genou bien placé et partir en courant, elle était là pour une bonne raison. Il fallait qu'elle ramène la conversation à la pièce de théâtre. Elle battit des cils.

— C'est drôle de tomber sur toi ici. Amber Stevens disait justement aujourd'hui qu'elle avait cru vous voir, ton frère et toi, à la première de la pièce de théâtre du lycée la semaine dernière.

Maxwell ricana.

— À Bishop DuMaine ? Pas question. On mettra plus jamais les pieds dans ce trou à rats.

— Tu es sûr ? Elle semblait persuadée que…

— Il a dit qu'on n'y était pas !

Elle se retourna d'un coup. Maven Gertler se tenait au fond de la boutique, les bras croisés sur le torse. D'où sortait-il ?

Involontairement, Olivia recula vers la porte.

— Oh, désolée ! Amber a dû se tromper.

— Oui, dit Maxwell.

Son affabilité s'était envolée, remplacée par un visage dur et méfiant.

— On ne violerait pas les termes de notre liberté conditionnelle en s'approchant d'une école, pas vrai, Mave ?

Maven secoua la tête.

— Absolument pas.

Alors ils n'avaient pas le droit de s'approcher d'une école ? Si on se basait sur les cinq dernières minutes, elle comprenait pourquoi, mais ça leur donnait une sorte d'alibi.

— En plus, ajouta Maxwell, c'est pas facile d'y voir, depuis la scène, avec ces projecteurs dans la figure, non ?

Olivia se figea. Des projecteurs ? Comment savait-il qu'Amber jouait dans la pièce ?

Soudain, elle mourut d'envie de fuir.

— Oh, mon Dieu ! s'écria-t-elle, les yeux baissés sur son poignet où une montre brillait par son absence. Regardez l'heure ! J'ai raté mon bus.

Elle sortit et courut à l'autre bout de la rue aussi vite que ses talons le lui permettaient.

DIX-HUIT

Bree était allongée sur le côté, le bras de John enroulé autour de son ventre nu. Collé derrière elle, il la serrait tout contre lui. Jamais elle ne s'était sentie aussi protégée et aimée. Elle soupira profondément et s'enfouit dans ses bras.

— Ça va ? demanda-t-il.

Elle rit.

— Ça fait au moins un million de fois que tu me poses la question en une heure.

— Je sais, c'est juste que…

Il lui caressa le bras du bout des doigts. Sa peau la picota d'excitation.

— Il se passe beaucoup de choses dans ta vie.

Bree éclata de rire. Elle ne put s'en empêcher. C'était l'euphémisme du siècle. John leva les yeux au ciel.

— Pourquoi ça te fait rire ?

— Désolée, dit-elle entre deux hoquets. Mais on peut pas nier que c'est hilarant.

Elle se tourna sur le dos et compta sur ses doigts.

— Je suis assignée à résidence, soupçonnée de meurtre, au lit avec mon meilleur ami et quelqu'un a peut-être voulu me faire sortir de la route hier matin. « Beaucoup de choses », c'est un euphémisme.

— Quelqu'un a voulu te faire sortir de la route ?

— Je suis sûre que c'était rien.

Elle regretta tout de suite d'avoir laissé échapper cette information. Elle ne voulait pas que John soit plus impliqué qu'il ne l'était déjà.

— N'essaie pas de dédramatiser, lui reprocha-t-il.

— N'essaie pas de dédramatiser, se moqua-t-elle.

Elle ne voulait pas penser à Christopher Beeman pour l'instant.

John lui jeta un regard noir, puis un sourire lent étira ses lèvres. Il sauta sur elle et l'embrassa sur la bouche. Ils roulèrent l'un sur l'autre sur les draps, les jambes de Bree autour de son torse. Puis elle le renversa sur le dos et s'assit sur lui à califourchon.

— Gagné !

John passa les mains de chaque côté de son corps.

— Non, dit-il doucement. C'est moi qui ai gagné.

Elle se penchait pour l'embrasser quand son téléphone bipa. Elle haussa un sourcil.

— Qui t'envoie un texto ? Ton autre petite copine ?

— Si tu savais.

John la repoussa sur le matelas.

— Amber Stevens a décidé de me mettre le grappin dessus.

— Attends. J'ai dû mal entendre.

C'était pire qu'une centaine de filles hystériques se jetant sur John quand il était sur scène.

— Tu viens de dire qu'Amber Stevens te court après ?

— Et c'est pas tout, ajouta-t-il, tâtonnant par terre à la recherche de son jean. Je suis censé jouer le jeu.

Ce fut au tour de Bree de reprendre son sérieux.

— Pardon ?

— Je sais, je sais. C'est Olivia qui me l'a demandé. D'après elle, Amber était avec Ronny le soir de sa mort.

Bree en resta bouche bée.

— Elle te l'a dit ?

Olivia n'était pas censée briser le code ! Tout le monde avait perdu la tête, ou quoi ?

John se redressa, jean à la main, et tendit sa main libre.

— Moi, John Baggott, je jure solennellement qu'aucun secret ne quittera jamais ce carré.

Bree n'en croyait pas ses oreilles.

— Elles t'ont fait prononcer le serment pour t'intégrer au groupe ?

— Ouais. Du moins, Olivia. Oh ! (Il se tapa le front.) Quel imbécile ! J'ai failli oublier. Elle voulait que je te transmette un message.

Bree inspira vivement. Enfin ! Elle n'avait eu aucune nouvelle du GTC. Est-ce que la police avait suivi la piste et enquêté sur Christopher ? Avait-on la preuve qu'il était le tueur ?

John sortit un bout de papier plié et le lui tendit. Elle l'ouvrit à la hâte. Elle s'attendait à des nouvelles sur l'enquête et l'arrestation imminente de Christopher

Beeman, mais ce qu'elle lut lui fit l'effet d'un coup de poing.

CB s'est suicidé l'année dernière.
Le meurtrier a incendié l'entrepôt. Sois prudente.

Le souffle lui manqua, un éclair noir l'aveugla momentanément. Christopher Beeman était mort ? Les mots dansèrent devant ses yeux et elle dut s'appuyer contre les oreillers. Autour d'elle, tout disparut dans le néant. Son vieil ami s'était suicidé et elle savait que c'était en partie sa faute.

La culpabilité la pétrifia, tout comme ce que cela impliquait pour le GTC. Si Christopher avait perdu la vie un an plus tôt, alors les provocations, les menaces, le coup monté pour les faire accuser de meurtre… tout cela était l'œuvre de quelqu'un d'autre. Elle secoua la tête et essaya de digérer l'information : Christopher Beeman était innocent.

— Ouais, c'est Amber, déclara John en lisant son texto. Elle me demande de dîner avec elle ce soir. Je lui dis que je répète avec le groupe.

Avec un sourire embarrassé, il leva les yeux.

— Tu sais que je ressens rien pour elle, hein ?

— Oui, se força-t-elle à répondre.

— Bree, ça va ?

Elle déglutit.

— Ouais, c'est juste… Le mot d'Olivia. Ce n'est pas ce que j'espérais apprendre.

— Oh. (Il enfila son jean et ramassa sa chemise.) Je crois qu'elle attend une réponse.

Une réponse ? Comme : « On est foutues ! » Ou : « Qu'est-ce qu'on va bien pouvoir faire, maintenant ? » C'était tout ce que son cerveau était capable d'imaginer pour l'instant.

Elle froissa le mot et le jeta dans la corbeille.

— Dis-lui que je suis à court d'idée.

C'était la vérité, pure et simple.

— Et je prie pour qu'elles en aient plus.

Depuis qu'elle avait proposé que le meeting suivant ait lieu chez elle, Kitty mourait d'appréhension, surtout après ce qui s'était passé à l'entrepôt. Mais elle n'avait pas vraiment le choix. Le GTC devait continuer à se retrouver, à partager les informations glanées, s'il y en avait, et à résoudre le puzzle avant qu'il ne soit trop tard. La meilleure solution serait de changer de lieu de réunion chaque fois. Ainsi, le tueur n'aurait pas l'occasion de les piéger.

Mais, à l'instant où elle arriva du gymnase, elle regretta sa décision. Une voiture de police stationnait devant chez elle.

Elle se gara en pleine panique. La police avait-elle trouvé ses empreintes digitales dans l'entrepôt ? Avait-on remonté la piste de l'incendie jusqu'à elle ? Avait-on compris qu'elle faisait partie du GTC ? Devait-elle faire demi-tour et s'enfuir avant que quiconque sache qu'elle était rentrée ?

Alors qu'elle hésitait encore entre rester ou repartir, la porte de côté s'ouvrit d'un coup sur Sophia et Lydia.

— Tu es rentrée ! s'écria Sophia en se précipitant vers sa voiture. Il y a un policier dans notre salon !

— C'est génial, non ? déclara Lydia, les mains croisées devant elle.

Kitty coupa le moteur. « Génial » n'était pas vraiment le mot qu'elle aurait choisi.

Elle ouvrit la portière et sortit de la voiture, aussi calme et indifférente que possible.

— Qu'est-ce qu'il fait chez nous ?

— C'est au sujet de l'incendie de l'entrepôt d'oncle Jer, répondit Lydia, les yeux écarquillés d'excitation. Ils interrogent maman.

— Pourquoi ?

Sa mère travaillait à mi-temps à l'entrepôt de son beau-frère. Elle se chargeait de la comptabilité, mais elle n'y avait pas été ce soir-là. Comment pouvait-elle détenir des informations utiles à la police ?

— Tu crois qu'ils vont l'arrêter ? demanda Sophia avec un enthousiasme perturbant.

— Bien sûr que non ! cingla Kitty.

— Mais on pourrait alors partir en cavale ! Être des fugitives !

— Et on devrait changer de noms, ajouta Lydia, tout de suite emportée par ce nouveau jeu de rôle.

— Et se couper les cheveux !

— Et déménager au Nouveau-Mexique !

D'habitude, Kitty adorait l'imagination débordante de ses sœurs mais, cette fois, on s'approchait un peu trop de la réalité. Elle attrapa son sac de sport sur le siège arrière.

— Rentrez. Laissez maman tranquille.

Mais au lieu d'obéir, les filles traversèrent l'allée en courant.

— On va chez Yolanda pour tout lui raconter ! lança Lydia.

Super.

Quelque part, Kitty aurait voulu se joindre à elles, s'en aller n'importe où plutôt que de regagner sa maison où se trouvait un fleuron de la police de Menlo Park. Mais le mieux, c'était de la jouer paisible, alors, son sac sur l'épaule, elle entra d'un pas tranquille.

— Maman ? appela-t-elle d'une voix calme, mais soucieuse. J'ai vu Sophia et Lydia devant. Tout va bien ?

— Bonjour, Kitty, dit une voix familière lorsqu'elle passa la porte du salon.

Ses paumes se firent moites. Le sergent Callahan se tenait devant la cheminée, carnet à la main.

— Ravi de te revoir.

Ravi de me revoir ? Il ne lui avait parlé qu'une fois, lors de l'interrogatoire massif au lycée après le meurtre de Ronny DeStefano. Il avait dû interroger des dizaines d'élèves, ce jour-là. Pourquoi se souviendrait-il d'elle en particulier ?

— Euh, ouais, marmonna-t-elle. Pareil.

— Je posais des questions de routine à ta mère, au sujet de l'incendie à l'entrepôt de ton oncle hier soir.

— Oh.

Elle jeta un coup d'œil à sa mère. Celle-ci se tenait parfaitement immobile sur le canapé, le dos droit comme un I, les mains croisées sur ses genoux.

Il lui adressa un grand sourire.

— Tu n'aurais pas des informations à ce sujet, par hasard ?

Son expression affichait peut-être une bonne humeur désarmante, mais son regard perçant ne la quittait pas. Est-ce qu'il tentait sa chance au hasard ? Ou est-ce qu'il avait de véritables soupçons ?

Elle lutta contre l'envie de détourner les yeux.

— Non, aucune.

Son sourire s'élargit.

— Je me disais bien que tu n'aurais rien à me dire.

Quelque chose dans le ton de sa voix, sa désinvolture forcée et le choix de ses mots mit tout de suite Kitty sur ses gardes. Elle se tourna vers sa mère.

— J'ai des camarades qui viennent travailler sur un exposé. Ça ne t'embête pas ?

— Bien sûr que non, répondit-elle doucement. Le dîner est à dix-neuf heures. Dis-moi s'ils se joindront à nous.

— Je ne vais pas vous déranger très longtemps, madame Wei.

Le sergent Callahan garda le silence jusqu'à ce que Kitty entre dans sa chambre à l'autre bout du couloir. Elle n'avait pas l'intention d'y rester. Elle ferma la porte assez fort pour qu'il la pense hors de portée de voix. Puis, aussi furtivement que possible, elle se faufila dans la salle de bains commune à sa chambre et à celles de ses sœurs, se rapprocha de la porte et tendit l'oreille. Elle devait apprendre ce qu'il savait, c'était crucial.

— Vous n'avez aucune idée de qui pourrait en vouloir à votre beau-frère ou à son entreprise ?

— Il conçoit et importe des meubles sur mesure, répondit la mère de Kitty avec une touche de dérision. Pas de la drogue.

— Un client mécontent ? Un ancien employé ?

— Rien ne me vient.

Il marqua une pause. Kitty l'imagina gribouiller dans son éternel carnet.

— Y a-t-il quelque chose à savoir sur les finances de la compagnie ? demanda-t-il enfin.

— Je ne vois pas de quoi vous parlez.

— Avez-vous des dettes ? Votre beau-frère risquait-il de perdre son entreprise ?

— Absolument pas !

— Il faudra que j'examine les comptes de la compagnie, continua-t-il. J'imagine que vous avez une copie quelque part ?

— Oui.

Kitty entendit le sofa crisser lorsque sa mère changea de position.

— À l'entrepôt.

— Pratique.

Kitty serra les dents. Elle n'aimait pas du tout le sarcasme dans la voix du sergent.

— Est-ce que vous sous-entendez que mon beau-frère a déclenché cet incendie lui-même ? demanda sa mère en coupant court.

— Je ne sous-entends rien du tout, dit le sergent Callahan, pince-sans-rire. Mais l'entreprise de votre beau-frère est très bien assurée et l'enquêteur spécialisé dans les incendies a trouvé des traces d'accélérant sur place.

— Ce qui signifie ?
— Que l'incendie n'était pas un accident.
La porte s'ouvrit.
— Bonne fin de journée, madame.

DIX-NEUF

— C'est si gentil à toi d'avoir demandé à la police de nous accueillir, déclara Ed à l'instant où il fut installé sur la chaise de bureau de Kitty.

La dernière chose qu'il s'était attendu à voir à son arrivée, c'était le sergent Callahan quittant la maison.

Sur le lit, Olivia croisa les jambes.

— Tout va bien ?

— Il interrogeait ma mère au sujet de l'incendie de l'entrepôt. Il pense que mon oncle l'a déclenché volontairement.

— Oh non !

Ed siffla.

— Un incendie volontaire, c'est une peine minimum de dix ans, sans parler de la rupture de son contrat d'assurance.

— Ce n'est pas très réconfortant, dit Kitty avec une grimace.

— Désolé.

— Je crois qu'il me soupçonne, continua-t-elle, les sourcils froncés.

Olivia inspira vivement.

— D'avoir déclenché l'incendie ? De faire partie du GTC ? D'avoir tué Ronny, M. Creed et…

— Je ne sais pas trop, l'interrompit Kitty. On dirait qu'il sait que je cache quelque chose. Mais c'est juste une impression.

— S'il te pensait vraiment responsable, dit Ed pour la rassurer, tu ne crois pas qu'il t'emmènerait au poste pour t'interroger ?

— Possible.

Il se força à rire.

— C'est une enquête pour meurtre, et sur un incendie criminel en plus, histoire de rigoler. J'imagine qu'il ne prendrait pas de pincettes.

— Peut-être.

Kitty n'avait pas l'air convaincue.

— Mettons-nous au boulot, OK ?

— OK, répondit Ed, ravi de changer de sujet. J'ai quelque chose qui pourrait vous réconforter. J'ai rendu une petite visite à l'usine de traitement des eaux usées Hayward. J'ai pu voir notre vieux pote Xavier à l'œuvre.

— C'était comment ?

— Merveilleux. Il surveille littéralement de la merde. (Il soupira de bonheur.) C'était peut-être le plus beau moment de ma jeune vie.

— Je voulais dire, est-ce que tu as appris quelque chose ? Pourrait-il être responsable de tout ça ?

— Je n'ai pas eu l'occasion d'avoir un contact direct, mais je l'ai suivi jusque chez lui. Il vit avec sa mère, ce qui est un point en faveur de son identité de tueur en série.

— Peut-être que tu peux prendre la suite ? dit Kitty à Olivia. Xavier pourrait être réceptif à, euh, ton approche.

— Je peux essayer, répondit-elle avec un profond soupir. Je me suis déjà fait reluquer par Maxwell Gertler aujourd'hui. Ça ne pourrait pas être pire.

— Tu as rendu visite aux Gertler ?

Ed scruta Olivia.

— Oui !

Elle se redressa dans un regain d'énergie.

— J'ai parlé à Logan au cours de théâtre. Il a cru voir les Gertler à la première.

— Il en est certain ?

Il y avait de l'empressement dans la voix de Kitty.

— Je crois. C'est dur à dire avec les projecteurs, mais ils travaillent à la boutique de surf où Logan fait cirer sa planche et…

— Ooooh, ricana Ed.

— Et il semblait assez sûr de lui. Quand je leur en ai parlé, ils ont nié, mais leur comportement était super louche.

— Génial, ironisa Kitty. Encore des suspects. Mais au moins, on peut barrer Wendy Marshall de la liste.

— Tu lui as parlé ?

— Je suis tombée sur elle « accidentellement », dit-elle en mimant les guillemets. Apparemment, elle vend des fanfics de jeu de rôle. Un truc du genre cent mille téléchargements.

Ed pencha la tête.

— Elle est célibataire ?

— T'es pas son genre.

— Si elle passe quelques années en prison pour meurtre, déclara-t-il, un doigt en pistolet, peut-être que si !

— La prison…, répéta lentement Olivia, comme si ce mot lui rappelait quelque chose. (Elle inspira soudain.) Oh, mon Dieu ! J'ai oublié de vous dire. Bree est sortie de détention !

— Quoi ? s'exclamèrent Ed et Kitty en chœur.

— Elle est assignée à résidence, mais elle est sortie. C'est une bonne nouvelle, non ?

Kitty se rassit contre son lit.

— La meilleure de toute la semaine.

— D'où tu tiens cette information ? demanda Ed.

— Promettez-moi de ne pas vous fâcher, dit-elle avec un sourire embarrassé.

— Pourquoi ? demanda Kitty.

— John m'aide à découvrir ce qu'Amber faisait avec Ronny le soir de son meurtre.

— Ah, oui, dit lentement Ed. Amber est tout émoustillée par John Baggott. Bree va être ravie. Je devrais prendre des paris sur ce crêpage de chignon le plus vite possible.

Olivia lui donna un coup dans le bras.

— C'est un sujet sérieux.

— Oh que oui, dit Kitty, les yeux plissés. Tu as parlé d'Amber et Ronny à John ?

— C'était pas un de vos suspects il y a genre une semaine ? remarqua Ed.

— Bree lui fait confiance. Assez pour lui dire d'entrer en contact avec nous. Je me suis dit que c'était une raison suffisante pour l'intégrer au GTC.

Il éclata de rire.

— Génial ! J'en avais marre d'être le seul pénis ici.

— Tu n'es peut-être plus le seul pénis, rétorqua Kitty, mais tu restes la seule tête de nœud.

Approbateur, il inclina la tête.

— Bien vu.

— Mais j'ai d'encore meilleures nouvelles ! annonça Olivia, les mains croisées devant son cœur. J'ai piqué le téléphone de Rex hier pendant l'EPS ! Christopher Beeman et lui ont eu une sorte d'aventure en sixième.

— Celle que Christopher mentionne dans ses échanges de mails avec Ronny ? demanda Kitty.

— Exactement.

— Rex Cavanaugh, ricana Ed. Les plus grands connards sont vraiment ceux qui cachent les plus grands secrets.

Kitty se mordit la lèvre.

— Alors, Ronny a découvert que c'était Rex et il le faisait chanter.

— Oui ! s'exclama Olivia. Et je suis à peu près certaine qu'Amber a essayé d'acheter le silence de Ronny le soir de sa mort.

— Avec quoi ? demanda Ed. Du cash ? Des actions en Bourse ? (Il agita les sourcils.) Un paiement en nature ?

Écœurée, Olivia fronça le nez.

— Une des Rolex de son père.

— Excuse-moi. (Il mit la main derrière son oreille.) Tu as dit « une des » ?

— Ouaip.
— Et elle, elle est célibataire ?
Kitty se leva et se mit à faire les cent pas devant la table.
— Ed, si Amber te donnait une montre à mille dollars…
— Dix mille, plutôt.
— Tant que ça ? souffla Olivia, les yeux écarquillés.
— Au moins.
— Ah ouais.
— OK, dit Kitty en inspirant profondément. Si Amber te donnait une montre à dix mille dollars, qu'est-ce que tu en ferais ?
— Je la garderais à mon poignet jusqu'à rendre mon dernier soupir, répondit-il sans hésitation.
— Exactement.
Elle se mordit à nouveau la lèvre.
— Quelqu'un se rappelle les photos de la scène de crime que Margot nous a montrées ?
— Elle a piraté la base de données du labo scientifique de la police ? s'étonna Ed.
Il savait qu'elle était bonne, mais pas à ce point. Soudain pâle, Olivia acquiesça.
— On a vu… (Elle déglutit.) Le cadavre.
— J'aimerais tant que Margot soit là, dit Kitty. Il faut qu'on voie ses photos.
— Pfouah, facile, fit Ed.
Il s'extirpa de sa chaise et sortit sa tablette de son sac à dos. Margot n'était pas la seule à avoir des super talents de hackeuse.
— Tu crois pouvoir y arriver ?

Sans répondre, il installa sa tablette sur le bureau de Kitty et déroula un clavier plat sans fil. Puis il se mit au travail. Les filles se rassemblèrent autour de lui. En quelques minutes, il avait ouvert la base de données du laboratoire, toutes les affaires en cours étiquetées par victime et par date. Il parcourut la liste et s'arrêta une demi-seconde sur celui intitulé « Mejia ».

Merde. Il aurait dû se douter qu'il serait dans la base de données. Il n'y avait plus qu'à espérer que les filles ne le remarquent pas. Il ne voulait pas qu'elles voient ce qui pouvait s'y trouver. Il fit vite défiler l'écran, puis localisa le dossier DeStefano.

— OK, dit Kitty en se penchant un peu plus près. On cherche des photos qui montrent les poignets de Ronny.

Ed fit défiler les clichés du cadavre de Ronny avec une grimace. Celui-là avait beau avoir mérité de payer pour ses actes, Ed se serait passé de la dure réalité de la scène de meurtre. Après avoir parcouru la première page, il trouva enfin une photo où il semblait y avoir un bras.

Une fois la photo agrandie, ils poussèrent tous les trois un cri étouffé.

— Oh, putain, chuchota Ed.

On voyait le corps de Ronny, face contre lit. Enfin, face contre lit était peut-être un peu exagéré, étant donné qu'il ne restait pas grand-chose de sa tête. Il s'agissait plutôt d'une masse sanglante de cheveux et de matière cérébrale, éparpillée sur les draps et les oreillers. Ed détourna les yeux de la blessure mortelle et jeta un coup d'œil rapide à l'un des bras, tendu sur l'un des côtés du matelas. Puis il ferma l'image.

— Pas… pas de Rolex à son poignet droit, dit-il en détournant vite les yeux.

Kitty lâcha un soupir.

— OK. J'ai presque peur de demander, mais est-ce qu'on a des photos de sa main gauche ?

Ed déroula la page rapidement, sans laisser son regard s'arrêter sur une photo plus d'une demi-seconde. Enfin, il trouva ce qu'ils cherchaient. On voyait la main gauche de Ronny, et par-dessus une carte de visite blanche où était écrit « GTC ».

— Merde. Quelqu'un a vraiment essayé de vous faire accuser.

— Pas de montre, dit Olivia. Il ne la portait donc pas au moment de sa mort.

— Ou alors, ajouta Kitty, le tueur l'a prise.

Ou les flics, songea Ed.

Elle le tapota sur l'épaule.

— Il y a moyen d'avoir la liste des preuves trouvées dans la chambre de Ronny ?

— Tes désirs sont des ordres.

Tous les trois scrutèrent la liste de des objets qu'on avait retirés de la chambre de Ronny, y compris les vêtements qu'il portait à ce moment-là. Une absence était notable : celle de la Rolex.

— Le tueur a dû partir avec, dit Olivia. C'est ce qu'ils font, non ? Garder un souvenir ?

Se pouvait-il qu'elle ait été volée par un agent de police avant d'être enregistrée comme preuve ? Absolument. Et dans ce cas, avait-elle été dérobée par avidité ou par quelqu'un, disons un membre de la famille Beeman, qui tentait d'entraver l'enquête ?

Parce qu'il pourrait être le meurtrier.

— Si on trouve la montre, dit Ed, on trouve le tueur.

— Ça indique clairement que…

Kitty s'interrompit et scruta l'écran.

— C'est quoi, ça ?

— C'est quoi quoi ?

Ed suivit son regard. Il avait été assez bête pour laisser la page de la liste des preuves ouvertes. Merde.

Kitty tapa l'écran du doigt.

— Ça.

Elle montrait le dossier intitulé « Mejia ».

— Rien qu'on ne sache déjà, dit Ed pour détourner son attention. Vous étiez là, quoi. On doit se concentrer sur…

— Ouvre-le ! s'écria Olivia. Il y a peut-être quelque chose qu'on reconnaîtra. Que les policiers n'auront pas vu.

— Ça m'étonnerait sincèrement que la crème de la crème de la police de Menlo ait besoin de notre aide pour…

— Ed ! s'exclamèrent Kitty et Olivia en chœur.

— Très bien !

Ed, tu n'es qu'un imbécile.

Il ouvrit le dossier et recula dans sa chaise.

Les filles se penchèrent sur le clavier et parcoururent les photos. Lui détourna les yeux. Il avait l'image du corps inconscient de Margot imprimée dans la tête, il n'avait pas besoin de la voir en haute définition.

— Arrête ! s'écria Olivia au bout d'une poignée de secondes. Reviens en arrière.

Kitty obéit et Ed jeta un petit coup d'œil à l'écran. Après quelques photos, Olivia tendit le doigt.

— Là !

C'était un cliché du script de souffleur de Margot, ouvert sur la dernière scène, et dont le coin avait été arraché.

— Une page déchirée ? demanda Ed, en essayant de paraître sarcastique. Super.

— J'ai vu Margot parcourir ce script des dizaines de fois. Elle était incroyablement soigneuse. Ce coin était forcément encore là avant la première.

— Ça ne prouve rien, dit Kitty.

Elle ferma le navigateur et se redressa.

— À part peut-être qu'elle l'a arraché quand elle a été attaquée.

— Peut-être. Mais je trouve ça bizarre.

— Mesdames, dit Ed en enroulant son clavier. Il se fait tard et Ed a besoin d'un bon sommeil réparateur.

— OK, dit Kitty. Avant, des nouvelles de Tammi Barnes ou de la famille de Christopher ?

— Non, répondit Olivia.

— Rien, mentit Ed.

Kitty hocha fermement la tête.

— Alors on continue à chercher. Et on se retrouve vendredi soir. D'accord ?

— D'accord, répondit Ed sans hésitation.

Kitty se leva et ramassa son sac.

— Viens, Olivia. Je te raccompagne.

Olivia était particulièrement maussade lorsqu'elle suivit Kitty jusqu'à sa voiture. La veille, elle avait été si heureuse de découvrir le lien entre Amber, Rex et Ronny. Mais, malgré cette information incroyable sur la Rolex, ils semblaient aussi loin de démasquer le tueur que quelques jours plus tôt. Le désespoir qui s'était abattu sur elle après le concert de Bangers and Mosh menaçait de la dévorer à nouveau. Elle avait besoin de tout son courage pour continuer à lutter.

Kitty et Ed éprouvaient-ils la même déception, ce même sentiment de futilité qui lui donnait envie d'abandonner ? Probablement, car personne ne prononça un mot en chemin.

Jusqu'à ce que Kitty ouvre la portière avant de sa Camry et pousse un cri étouffé.

— Qu'est-ce qui t'arrive ? demanda Olivia.

— C'est quoi, ce truc ? s'exclama Ed dans la rue.

Il regardait quelque chose sur le siège conducteur de sa voiture.

Le cœur d'Olivia se serra. Elle ne voulait pas regarder, elle savait ce qu'elle verrait. Ses yeux refusèrent de lui obéir.

Là, sur le siège passager, se trouvait une enveloppe kraft qui lui était adressée.

— Vous en avez une aussi ? demanda Ed.

— Oui, répondit Kitty d'une voix blanche.

Olivia contempla l'enveloppe à travers la vitre. Elle n'avait aucune envie de l'ouvrir et de la toucher. Mais Kitty avait déjà pris la sienne et l'avait décachetée.

— C'est un mot.

— Est-ce que j'ai envie de savoir ce qu'il dit ?

Ed arriva au petit trot derrière elle.
— Non, mais il va falloir.
Il lui mit la phrase tapée à la machine sous les yeux.

Je détruirai tout ce qui vous est cher.

VINGT

Lorsqu'elle arriva en cours de leadership le vendredi matin, Kitty était épuisée. À la vue de l'enveloppe dans sa voiture, son dernier espoir avait été réduit en miettes. Paniquée à l'idée que son oncle allait être accusé de l'incendie, elle n'avait pas dormi de la nuit.

Le tueur ne s'en prenait plus seulement à elles. Il s'attaquait à ceux qui leur étaient chers.

Elle se laissa tomber sur sa chaise de bureau, si troublée qu'elle faillit ne pas remarquer la vibration de son téléphone.

La moitié de la classe était arrivée lorsqu'elle sortit son portable et se rendit compte qu'elle avait reçu un mail. Il avait été envoyé depuis une adresse mail interne avec comme objet : « À LIRE ».

Des ajouts au règlement ? C'était la raison habituelle d'un message de l'administration. Elle ouvrit le mail et en parcourut le contenu.

Il n'y avait qu'une ligne de texte : une adresse Internet où le vieil Abruti téléchargeait du contenu destiné à tout le lycée, en général des conneries de catéchisme et des messages du pape. Sans réfléchir, elle cliqua dessus.

Une vidéo démarra presque tout de suite, mais au lieu de la tête mielleuse du père Uberti derrière son bureau, la vidéo montrait une fête d'anniversaire.

Hein ?

Deux douzaines de préadolescents étaient assis dans le salon de quelqu'un, certains sur des canapés et des chaises, d'autres allongés sur le tapis. Tous semblaient mourir d'ennui. La pièce était immense et l'ameublement de prix, une famille de quatre aurait pu manger dans la cheminée. Au-dessus se trouvait une immense peinture à huile d'une scène de chasse pastorale, au cadre sculpté d'or. Deux vases gigantesques montaient la garde de chaque côté de la grille, et on devinait un chandelier de cristal au plafond.

Une femme portant une minirobe à la limite de la décence et des talons hauts d'une dizaine de centimètres arriva devant la cheminée. Son brushing sortait tout droit d'un salon de coiffure et des diamants scintillaient à ses oreilles.

« Êtes-vous prêts pour le spectacle ? s'écria-t-elle.

— Ouais, répondirent quelques-uns avec un manque d'enthousiasme notable.

— Parfait, dit-elle sans paraître remarquer la mollesse de leur réaction. Où est mon adorable petit héros du jour ? »

Au fond de la salle, un des enfants se leva lentement. On ne voyait pas son visage, mais son pas traînant trahissait son désintérêt.

« Dépêche-toi, mon bébé ! » gazouilla-t-elle.

Puis elle éclata d'un rire léger, cristallin, qui rappela à Kitty le bruit d'une clochette.

L'enfant arriva enfin à sa hauteur. La mère l'attrapa fermement par les épaules et le fit tourner vers la caméra.

Kitty poussa un cri étouffé. Elle connaissait ce visage. Un renfrognement dédaigneux crispait déjà ses yeux et sa bouche. Elle n'avait qu'à l'imaginer plus âgé, plus colérique et bien plus vicieux, et elle tenait Rex Cavanaugh.

« Et maintenant, dit Mme Cavanaugh, le plat de résistance ! Venu spécialement de Montréal pour le treizième anniversaire de mon petit homme, la star du nouveau spectacle plébiscité du Cirque du Soleil, le pitre triste, Marcel Fontanable ! »

Rex afficha une expression de terreur lorsqu'un clown de plus de deux mètres surgit à l'écran. Il portait une perruque chauve et des poils brun-roux sortaient de chaque oreille. Son visage était un masque blanc, marqué de triangles rose vif au-dessus des sourcils et sur les joues. Un maquillage noir profond encerclait chaque œil. Il avait les lèvres bleues, comme s'il avait passé la nuit dans un congélateur, et agrandies à tel point qu'on aurait dit un accident de collagène.

Son costume se constituait d'une veste à pois serrée surmontée d'un col haut retombant et d'une culotte bouffante à volants. Des bottes lacées complétaient l'ensemble. Lorsqu'il commença à bouger, Kitty se rendit compte que sa taille excessive était due à de courtes échasses camouflées par les bottes.

Marcel fit une pirouette devant Rex, leva la jambe au-dessus de sa tête et termina en grand écart devant la cheminée, les bras grands ouverts. Des flammes surgirent de ses paumes.

Les spectateurs applaudirent avec plus d'enthousiasme qu'ils n'en avaient montré jusqu'ici. Tout le monde à part Rex. Ses genoux et son menton se mirent à trembler, son visage devint écarlate.

Sa mère ne sembla pas le remarquer ni s'en inquiéter. Elle poussa un cri ravi lorsque Marcel se releva de son grand écart aussi facilement que si une grue l'avait soulevé. Il tituba dans le salon comme un soûlard puis, comme par magie, sortit un cupcake surmonté d'une bougie à étincelles qu'il tendit à Rex.

On aurait dit que le temps s'était figé. Le clown, Mme Cavanaugh et les autres préados dévisageaient Rex, s'attendant à ce qu'il prenne le cupcake. Et, alors que tous les yeux étaient braqués sur lui, une tache sombre apparut sur son pantalon de toile. Elle grandit et descendit le long de sa jambe. Rex restait paralysé.

Le pauvre clown se releva, sortit de son rôle et se tourna vers Rex et sa mère d'un air perdu. Les préadolescents se mirent à ricaner en montrant Rex du doigt.

Soudain, comme si on avait appuyé sur un bouton, il tapa du pied et des poings contre sa cuisse et hurla : « Je te déteste ! » avant de sortir de la pièce en courant.

Un fondu au noir envahit l'écran, rien qu'une demi-seconde. Une nouvelle image apparut. Les mains de Kitty se glacèrent.

Une police de caractère de machine à écrire, noir sur blanc.

GTC.

— C'est quoi, ce truc ? interrogea quelqu'un.

— Aucune idée, répondit un autre.

Kitty leva les yeux, la classe se remplissait très vite. Rex, Kyle et Tyler s'étaient assis au premier rang, chacun son téléphone à la main, ouvert sur l'envoi anonyme.

— Je l'ai reçu aussi, dit Tyler en jetant un coup d'œil à ses potes.

— Vous croyez que c'est Bree Deringer ? demanda Kyle.

— Nan, répliqua Rex en ramenant ses cheveux en arrière. Cette pétasse est en prison, tu te souviens ?

Alors, d'un geste simultané, comme chorégraphié, Rex, Kyle et Tyler ouvrirent le lien.

Kitty essaya de détourner les yeux de Rex, sans y arriver. C'était comme regarder un train dérailler au ralenti : on sait que le carnage sera insupportable, mais impossible de ciller, encore moins de tourner la tête. Autour d'elle, les voix de Mme Cavanaugh et des invités sortirent d'une demi-douzaine de téléphones, l'une après l'autre.

« *Êtes-vous prêts pour le spectacle ?*

— *Ouais.* »

« *Êtes-vous prêts pour le spectacle ?*

— *Ouais.* »

Tous les élèves du cours de leadership avaient reçu ce mail. Est-ce qu'il avait été adressé à tout le lycée ?

— C'EST QUOI, CETTE MERDE ? rugit Rex.

Il se leva d'un bond, sa chaise bascula en arrière. Son visage s'empourpra un peu plus à chaque seconde. Il avait serré le poing, prêt à frapper la personne responsable de son humiliation. Tout comme le Rex de la vidéo. Les yeux brûlants d'un mélange de peur et de rage, il se retourna à la recherche d'un coupable.

— Qui a fait ça ? Hein ? Je vais lui défoncer la gueule !

— Ça peut pas être vrai, dit Tyler qui essayait de calmer son leader fou furieux.

— Ouais, renchérit Kyle. C'est faux, non ?

Sans répondre, Rex se pencha, renversa le bureau des deux mains avec une telle violence qu'il vola à l'autre bout de la pièce. Puis il sortit d'un pas furieux et claqua la porte derrière lui.

— On dirait que c'est sa réponse.

À son bureau, Mika souriait. Elle semblait savourer l'humiliation de Rex, tout comme, devina Kitty, 99 % du lycée.

Elle secoua la tête.

— C'est impossible.

Sa voix avait une tonalité étrange, lointaine et rauque, comme si elle ne lui appartenait même pas.

— Ça va ?

Mika posa la main sur le bras de Kitty. Son sourire avait disparu.

— Tu n'as pas l'air bien.

— Je crois que…

— Mais qu'est-ce qui se passe ici ?

Le père Uberti débarqua dans la classe, sa soutane volant derrière lui. Il arracha le téléphone des mains de Tyler.

— Qu'est-ce que vous regardez ?

Tout allait recommencer : la chasse aux sorcières des Maine Men, la présence de la police, les interrogatoires. Qu'est-ce qu'Olivia et elle allaient faire ?

Olivia. Il fallait qu'elle lui parle tout de suite. La sonnerie du début du cours résonna au moment où elle se levait et titubait vers la porte. Les jambes tremblantes, elle se força à avancer.

— Mademoiselle Wei ! cria le père Uberti. Où croyez-vous aller ?

Mais Kitty ne répondit pas. Elle se mit à courir en direction du labo informatique.

VINGT ET UN

Olivia ne prit pas la peine de frapper, elle ne se dit même pas que le laboratoire pouvait être fermé. Elle arriva à toute vitesse, se jeta au cou de Kitty et la serra dans ses bras.

— Dieu merci, tu es là ! Qu'est-ce qui se passe ?

Pleine de tension, Kitty s'écarta.

— Je ne sais pas.

— Tu crois qu'Ed…

À cet instant, Ed-au-carré débarqua dans la pièce.

— Qu'est-ce que vous avez foutu ? lança-t-il, hors d'haleine.

— Nous ? répéta Olivia, stupéfaite. Tu veux dire que ce n'est pas toi ?

Ed se montra du pouce.

— Moi ? Certainement pas. Je suis un homme d'affaires, pas un justicier.

— J'oubliais.

Kitty s'interposa entre eux.

— Partons du principe que personne ici n'est à l'origine de ça.

Un petit coup à la porte fit sursauter Olivia.

— Vous êtes là ? chuchota John.

— Juste ciel ! s'exclama Ed en se laissant tomber sur une chaise. Vous vendez des billets d'entrée ou quoi ?

Avec un petit sourire embarrassé, Olivia déverrouilla la porte. John pénétra dans la pièce et la lumière violente des néons le fit cligner des paupières.

Son regard passa d'Olivia à Kitty, puis Ed.

— Lui aussi ?

Ed allongea le cou d'un geste royal.

— J'étais là en premier.

— Oui, Ed, tu es le meilleur, répondit Olivia en levant les yeux au ciel.

— Comment tu as su où nous trouver ? demanda Kitty, méfiante.

— J'ai surpris Bree en train d'entrer et sortir discrètement du bâtiment des sciences.

Il haussa les épaules.

— C'est la seule pièce que personne n'utilise. Et quand j'ai vu cette vidéo, je me suis dit que c'était peut-être en rapport avec ce que j'ai reçu hier soir.

John retira son sac à dos et sortit une enveloppe beige.

— Merde, jura Kitty.

— Tu en as eu une aussi ?

— On en a tous reçu une.

Ed écarta grand les bras.

— Bienvenue au GTC !

— « Je détruirai tout ce qui vous est cher », dit John. C'est glauque.

— Ouais, ouais. Enveloppe flippante, message menaçant.

Ed leva l'index et le majeur.

— De mon point de vue, cette nouvelle action du GTC a deux explications. Soit le tueur essaie encore de vous faire accuser, soit vous avez un gros problème du genre : « Je suis Spartacus. »

John hocha la tête avec approbation.

— Joli.

— Hein ? fit Olivia, la tête penchée

— *Spartacus*, répondit Ed. Kirk Douglas. Stanley Kubrick.

Elle secoua la tête. John rit.

— C'est toi l'actrice, tu as forcément entendu parler de ce film !

— On est d'accord !

Ed leva le poing et John tapa tout de suite dedans. Olivia commençait à regretter d'avoir ouvert le club aux garçons.

— C'est un truc de mecs ?

Ed appuya les coudes sur les genoux.

— Spartacus est un esclave de la Rome antique qui incite ses congénères à la rébellion. Dans la scène où les soldats romains sont à sa recherche, ils menacent de tuer tout le monde à moins que quelqu'un le dénonce.

John s'assit à côté de lui et agita les mains d'excitation en décrivant la scène.

— Alors Kirk Douglas, Spartacus, lève la main pour que personne ne souffre à cause de lui, OK ?

Mais là, un autre gars fait : « Je suis Spartacus. » Et encore un autre : « Je suis Spartacus. »

— Je suis Spartacus ! cria Ed.

— C'EST MOI, SPARTACUS ! cria John encore plus fort.

— Chut ! souffla Kitty. Où vous voulez en venir ?

— Spartacus était important pour eux, dit Olivia en comprenant soudain. Ils le protégeaient.

— Lui et ce qu'il représentait, ajouta Ed.

John acquiesça.

— Quelqu'un essaie de vous protéger en perpétuant le nom de GTC.

Elle ne savait pas quoi penser d'un imitateur. Flattée, bien sûr. Mais cette action contre Rex Cavanaugh pourrait détruire toute chance de trouver le tueur.

— Attention, attention, élèves de Bishop DuMaine ! lança le père Uberti par les haut-parleurs.

Un tremblement dans sa voix traduisait sa rage à peine contenue.

— Tous les membres du groupe d'élèves Maine Men sont autorisés à quitter leur classe et doivent se rassembler dans la salle de leadership immédiatement. Je répète, tous les Maine Men et quiconque souhaiterait se joindre à eux sont convoqués dans la classe de leadership. Sur-le-champ.

Kitty consulta sa montre.

— Il faut que je retourne en cours.

— Mais qu'est-ce qu'on fait pour Rex ? demanda Olivia.

— On continue à se foutre de sa gueule ? proposa Ed.

— Tu n'aides pas.

Kitty passa son sac au-dessus de sa tête et montra John du doigt.

— Des nouvelles d'Amber et de la Rolex ?

Il secoua la tête.

— Jusqu'ici, je n'ai pas réussi à en placer une. Cette fille s'arrête à peine pour respirer, alors pour ce qui est de me laisser poser une question…

— Ne m'en parle pas, dit Olivia.

— Mets les bouchées doubles. Elle va se sentir vulnérable, alors peut-être qu'elle sera un peu plus désireuse de révéler ce qu'elle sait sur cette montre.

John exécuta un salut.

— À vos ordres, capitaine !

Kitty affichait la même concentration que durant les matchs, ce qui signifiait en général qu'elle avait un plan.

— Où est-ce que tu vas ? demanda Olivia.

Kitty sourit.

— Je vais infiltrer les Maine Men.

Des meutes de Maine Men se pressaient dans les couloirs. Kitty se glissa derrière un groupe d'élèves de terminale qui se dirigeaient vers la classe de leadership. Elle ne savait toujours pas si c'était une bonne idée. Elle avait passé la majeure partie de son temps à Bishop DuMaine à se battre contre la tyrannie et l'oppression, deux éléments qu'incarnaient les Maine Men. Pouvait-elle devenir l'un d'entre eux ?

Arrivée à la porte de la classe, elle prit une profonde inspiration. *Je suis sur le point de le découvrir.*

La classe était pleine à craquer. À leur bureau, les élèves de leadership, Mika compris, observaient l'armée de garçons avec malaise. Il s'agissait des têtes habituelles, les nouvelles recrues ne se bousculaient pas vraiment au portillon. Kitty en reconnut quelques unes, des élèves de troisième, identifiables à leur expression terrifiée, le *point guard* de l'équipe de basket de Donté, un type de son cours d'algèbre et, bizarrement, Logan Blaine, les mains dans les poches de sa veste, le regard baissé.

Rex n'était pas revenu.

Mika la vit à la seconde où elle entra. Elle se tourna vers la porte, les sourcils froncés d'inquiétude.

« Ça va ? » prononça-t-elle en silence.

Le père Uberti la remarqua aussi.

— Mademoiselle Wei. C'est bien gentil de votre part de nous rejoindre. Où avez-vous disparu après la sonnerie ?

Super, le vieil Abruti en avait après elle. Ça n'allait pas l'aider.

— Aux toilettes, dit-elle en sortant la première chose qui lui passa par la tête.

Puis elle se rappela qu'elle devait se montrer sensible à l'objectif du prêtre.

— Après ce qui s'est passé ce matin, je me suis sentie mal, vous savez. Je croyais qu'on était libérés de la menace du GTC une bonne fois pour toutes, mais maintenant…

Elle laissa sa phrase en suspens et secoua la tête d'un air tragique.

Le père Uberti mordit à l'hameçon.

— Oui, dit-il avec un gros soupir. Nous avons reçu un coup sévère aujourd'hui. Raison pour laquelle je vous ai tous convoqués.

Il se tourna vers l'assemblée d'élèves. Kitty s'assit. Mika se pencha vers elle.

— Joli, chuchota-t-elle. Le vieil Abruti te mange dans la main.

— Ouais, répondit Kitty du coin de la bouche. Carrément.

Merde. Que penserait Mika si elle se joignait aux Maine Men ? Son amie avait été l'une des organisatrices de la protestation étudiante contre le père Uberti et son escouade de brutes de compagnie. Elle avait été exclue une journée à cause de ça. La haïrait-elle à jamais ? Kitty pourrait-elle s'expliquer un jour ?

Et puis il y avait Donté. Il avait quitté les Maine Men, car il détestait leurs tactiques, détestait la façon dont ils harcelaient et réprimaient quiconque les contredisait. Comprendrait-il ce qu'elle faisait ? Ou la mépriserait-il ?

Kitty se mordit la lèvre tandis que le père Uberti ânonnait au sujet de la menace du GTC. Sa voix était la musique de fond de ses remous intérieurs. Mika et Donté. Était-elle prête à risquer de perdre sa meilleure amie et son petit ami ?

Elle songea à ce qui se passerait, si elle renonçait. Margot, inconsciente à l'hôpital. Bree, accusée de meurtre à tort. Et un assassin qui rôdait toujours, prêt à frapper à nouveau. *Je détruirai tout ce qui vous est cher*. Et si la prochaine cible était Mika ? Ou Donté ?

Se pardonnerait-elle un jour de ne pas avoir saisi l'occasion de démasquer le meurtrier ?

Le père Uberti tapa sur le bureau avec la croix pendue à sa ceinture, comme s'il fouettait le pauvre meuble innocent.

— De toute évidence, nous n'avons pas été assez vigilants. Ces criminels nous ont échappé, et ont désormais attaqué un autre élève. Il nous faut plus de soldats sur le front. Maine Men, il est temps de recruter. Vos amis, votre famille. Toute personne valide…

— Je m'engage ! lança Kitty.

Elle s'entendit à peine parler. Tous les regards se braquèrent sur elle.

— Je veux me joindre aux Maine Men.

Derrière elle, Mika poussa un cri étouffé.

— Euh…, fit le père Uberti, pris de court. Mais vous n'êtes pas… ce que je veux dire c'est que vous n'êtes pas du bon… (Il se racla la gorge.) Mademoiselle Wei, je ne crois pas que ce soit convenable.

Oh, sérieusement, il allait bloquer à cause de son genre ? On était en 1955, ou quoi ?

— Parce que je suis une fille ?

— Eh bien oui. Après tout, il s'agit des Maine *Men*.

— Moi, je suis pour, déclara Kyle en se levant.

Le père Uberti caressa sa barbe taillée en pointe.

— Peut-être que cela serait bon pour le moral du lycée.

— Qu'est-ce que tu fous ? grogna Mika entre ses dents.

Kitty se tourna à moitié et lui adressa un regard qui, elle l'espérait, transmettait qu'elle n'avait pas le choix. Elle sourit faiblement.

— Fais-moi confiance, chuchota-t-elle.

— Hein ?

Le père Uberti tapa sa croix sur le bureau trois fois, comme s'il s'agissait d'un marteau de juge.

— Les personnes qui soutiennent la candidature de Kitty Wei ?

Tous les membres du groupe levèrent la main.

— Les personnes qui s'y opposent ?

Kitty retint son souffle. On entendit les mouches voler.

— Très bien.

Le père Uberti sortit un polo bleu entouré de plastique de sous le bureau et le jeta à Kitty.

— Bienvenue dans l'équipe.

Se joindre aux Maine Men était une chose. Enfiler l'horrible polo en était une autre. Cela déclencha chez elle une sorte de réaction pavlovienne, elle eut un haut-le-cœur.

— Maintenant, mettons-nous au travail, dit le père Uberti en agrippant le bureau des deux mains.

Puis il se racla la gorge et se lança dans un discours sur les horreurs du GTC.

C'était le même discours qu'il avait récité au moins deux fois. Que le lycée devait se rassembler pour exorciser ce mal. Qu'il était de la responsabilité des élèves de s'épier les uns les autres. Que quiconque ayant des informations sur les complices de Bree Deringer serait récompensé. Bla, bla, bla. Kitty n'avait vraiment pas de temps à perdre avec ça. Ces tactiques rebattues n'avaient jamais fonctionné. Si elle voulait découvrir ce qui se cachait sous le nouveau GTC, un tueur, un copieur ou autre chose, elle devait leur faire prendre une tout autre direction. Alors elle inspira profondément et leva la main, en plein milieu du discours du père Uberti.

Peu habitué à être interrompu, il recula d'un coup.

— Mademoiselle Wei, avez-vous une question ?

— Un commentaire.

— Je suis tout ouïe.

Il n'en avait pas du tout l'air.

— C'est que nous avons déjà essayé tout ça, et ça n'a pas marché. Demander aux élèves de dénoncer, promettre des récompenses. Ça ne nous a rien apporté.

— J'imagine que vous avez une meilleure idée, dit le père Uberti, les yeux plissés.

— Oui.

Pourvu qu'elle ne creuse pas sa propre tombe ! Cette stratégie risquait de se retourner contre elle de façon spectaculaire...

— Oui, je crois bien.

Le père Uberti s'écarta alors avec un geste dramatique du bras.

— Alors, je vous en prie, mademoiselle Wei. Expliquez-nous où se trouve notre erreur.

Kitty avala sa salive et se leva. Après tout, c'était le plan. Infiltrer les Maine Men et s'en servir pour trouver un tueur. Et si le GTC avait des imitateurs, c'était le meilleur moyen de les protéger, non ?

En évitant soigneusement le regard de Mika, elle se dirigea vers le tableau et se tourna vers le groupe.

— Nous pensions que c'était terminé. Bree Deringer s'est rendue et nous espérions que tout allait s'arrêter là.

Plusieurs garçons hochèrent la tête. *OK, un bon début !*

— Une menace anonyme est ressortie des ombres, trop lâche pour montrer son visage. Et jusqu'ici personne n'a pu l'éclairer.

— Exactement, renchérit Kyle.

— Ni la police. Ni les Maine Men. Ni l'archidiocèse.

Mal à l'aise, le père Uberti s'agita.

— Ne mêlons pas l'archidiocèse à tout cela !

Kitty ne s'interrompit pas. Son public était pendu à ses lèvres, les yeux écarquillés, la bouche entrouverte. Tout le monde sauf Mika, dont l'expression passait lentement de l'incompréhension à la colère.

Mais les Maine Men buvaient ses paroles, attendaient la conclusion. Elle n'avait plus qu'à l'assener.

— Je crois, dit-elle en se penchant vers eux d'un air de conspiratrice, que Bree Deringer était bien la seule membre du GTC.

Tout le monde poussa un cri étouffé.

— Ce serait étonnant, intervint le père Uberti avec nervosité. Étant donné ce qui est arrivé aujourd'hui.

Il se rapprocha d'elle, comme s'il essayait de reprendre sa place sous le feu des projecteurs.

— Je suis convaincue, dit Kitty, qu'il s'agit de copieurs, d'élèves qui n'ont pas la même expérience que le GTC d'origine. Et vous savez ce que ça signifie ?

— Qu'ils sont moins méticuleux ! s'exclama Kyle.

Kitty le dévisagea, surprise. Il était plus intelligent qu'elle ne l'imaginait.

— Nous devons traquer leurs erreurs, continua-t-elle. Car je suis sûre qu'ils en ont faites. Où ont-ils trouvé ces vidéos ? Où les ont-ils mises en ligne ? Comment ont-ils obtenu une adresse mail de Bishop DuMaine ? Il y a forcément un indice sur leur identité. Nous devons juste la découvrir.

— Et ensuite, ajouta Tyler, toujours aussi alerte, on les attrape !

Kitty plaqua les mains sur le bureau.

— Alors, allez me trouver ce copieur !

Tout le groupe poussa des cris d'enthousiasme. Les membres des Maine Men, nouveaux comme plus anciens, se levèrent d'un bond, se tapèrent dans la main et torse contre torse, une démonstration de machisme navrant. Kitty était à moitié terrifiée par ce qu'elle avait réussi à accomplir. Elle avait guidé les Maine Men dans une direction spécifique qui, elle l'espérait, mènerait au meurtrier.

Elle n'avait plus qu'à prier pour qu'aucun de ces imbéciles malavisés ne devienne sa prochaine victime.

VINGT-DEUX

Olivia n'avait pas vu Amber de la journée. Elle avait cru qu'elle était partie prendre des nouvelles de Rex ou, plus probablement, rentrée chez elle pour éviter les ragots. Mais lorsqu'elle sortit dans la cour au déjeuner, son amie était assise à leur table habituelle, une jambe croisée sur l'autre. Le bas de sa jupe tailleur à la longueur limite autorisée par le règlement remontait dangereusement sur ses cuisses. Elle tenait salon devant un groupe de curieux.

Olivia sourit intérieurement. Elle aurait dû savoir qu'Amber ne raterait pas l'occasion de jouer les victimes devant tout le lycée.

Elle était flanquée de Jezebel et Peanut, et tout un public assemblé autour d'elle l'écoutait monologuer.

Elle tendit les mains devant elle, paumes vers le sol.

— J'ai su. Je l'ai senti au moment où je suis arrivée sur le campus ce matin. Tout mon corps me hurlait qu'il s'était passé quelque chose d'horrible.

Olivia se glissa sur le banc à côté de Peanut.

— Salut. Alors, ce spectacle ?

— Aucune originalité, répondit Jezebel en sortant un énorme sandwich de son emballage. J'ai l'impression de l'avoir déjà vu.

Amber lui jeta un coup d'œil sans se laisser désarçonner.

— Quand j'ai ouvert mes mails et que j'ai trouvé ce lien, j'ai su que ma vie en serait changée à jamais...

Jezebel leva les yeux au ciel. Olivia dut presser les lèvres pour ne pas sourire.

Amber décroisa les jambes et les balança tranquillement.

— Mon père va faire examiner la vidéo par des experts. Je suis certaine qu'elle a été falsifiée.

— Tu as appelé Rex ? demanda Kyle.

Tyler et lui se tenaient côte à côte, les bras croisés, dans la même attitude.

— Il va bien ? interrogea Tyler.

— Est-ce qu'il a demandé à me voir ?

— Et moi ?

— Je ne lui ai pas parlé. Mais ce n'est pas parce qu'on a rompu, ajouta très vite Amber, comme pour souligner qu'elle restait la personne la plus importante dans la vie de Rex. Je suis certaine qu'il a passé la journée en entretien avec la police.

Son regard s'éclaira, une nouvelle idée qui lui venait à l'esprit.

— Ou au palais de justice. Vous savez, l'un des meilleurs amis de M. Cavanaugh est l'assistant du procureur de la République. Je ne serais pas surprise que la Garde nationale ait été convoquée pour trouver le GTC. Ou l'armée. Ou le FBI.

— Ou l'Agence tous risques, marmonna Peanut.

Olivia étouffa un rire.

— Parce que…

Amber laissa la phrase en suspens. Sa poitrine se souleva et elle étouffa un sanglot feint.

— S'ils attaquent Rex Cavanaugh, qui sera la prochaine victime ? Il s'agit du garçon le plus populaire du lycée. Après qui en auront-ils ensuite ? Il faudrait que ce soit la *personne* la plus populaire du lycée.

Elle avait bien appuyé sur ce nom commun neutre.

Jezebel bâilla à s'en décrocher la mâchoire, puis, en bon faire-valoir, répondit à la question d'Amber.

— Toi ?

Amber plaqua la main sur sa bouche en inspirant au moins dix litres d'oxygène.

— Moi ?

Tyler passa tout de suite le bras autour de ses épaules. Olivia regretta à moitié que Rex ne voie pas son lèche-botte draguer son ex.

— T'inquiète, Amber. On les laissera pas te faire de mal.

— Ouais, renchérit Kyle.

Il scruta les épaules d'Amber, comme s'il cherchait de la place pour ajouter son propre bras bien musclé. Il lui prit la main à la place.

— On les laissera pas te faire de mal.

À côté d'elle sur le banc, Olivia sentit Peanut se tendre lorsqu'il lui caressa les doigts amoureusement. Eurgh. Pauvre Peanut.

— Vous croyez vraiment qu'ils oseraient ? demanda Amber en regardant tour à tour chacun de ses prétendants.

C'était plus qu'Olivia ne pouvait en supporter. Elle chercha une issue de secours. N'importe quelle excuse pour fuir. John sortit alors de la cafétéria, le nez fourré dans un comic.

Elle agita le bras pour attirer son attention. Lorsqu'il leva les yeux, elle indiqua Amber de la tête.

John s'arrêta et la dévisagea.

« Maintenant ? » prononça-t-il en silence.

Olivia écarquilla les yeux et acquiesça.

John fronça le nez avec un soupir dramatique. Un enfant à qui on demande une corvée. Mais ça ne dura qu'un instant. Il braqua les épaules, balança les hanches en avant et s'avança vers la table avec l'assurance d'une star du rock qui s'empare de la scène.

— John ! couina Amber à l'instant où elle le vit.

Elle se dégagea très vite de Tyler et de Kyle.

— Tu es au courant de ce qui s'est passé ? Tu as vu ?

— Ouais. C'est, euh, super tordu. De s'attaquer à lui comme ça.

Il n'avait pas du tout l'air crédible.

Amber ne parut pas s'en rendre compte. Elle congédia sa cour d'un geste de la main. Tyler et Kyle s'éloignèrent tête baissée, les mains dans les poches de leurs jeans assortis.

— Rex est terrifié par les clowns, dit-elle alors. Ça ne m'étonne pas qu'il se soit fait dessus…

— Je te croyais certaine que la vidéo était falsifiée ? dit Peanut, la tête penchée.

Amber fit la sourde oreille.

— Mais je suis tellement bouleversée.

Frissonnante, elle agita la tête et les épaules comme si elle avait été électrocutée.

— Je pourrais être la prochaine !

John la regarda fixement. Olivia savait que les mots sur le bout de sa langue étaient quelque chose du genre « Ouais, et tu le mérites ». Elle le vit lutter pour réprimer son instinct et sortir quelque chose de plus adapté à son rôle.

— Toi ? dit-il enfin. Une cible du GTC ? Mais tu es Amber Stevens !

Amber gloussa.

— Oui, c'est moi ! s'exclama-t-elle, comme s'il s'agissait d'un titre honorifique qui lui avait été conféré par une puissance supérieure.

— Tu diriges quasiment ce lycée, ajouta John avec un sourire, fier de sa réponse. Tout le monde t'admire.

— C'est vrai.

Ce n'était pas une question. John se mordit la lèvre comme une collégienne qui flirtc et leva les yeux vers le ciel.

— En tout cas, moi, je t'ai toujours admirée.

Si Bree avait assisté à ce spectacle, elle aurait été morte de rire. Ou elle aurait frappé quelqu'un. Ou les deux.

Amber pressa le bras de John.

— Tu es vraiment adorable !

Elle se tourna vers Jezebel, Peanut et Olivia.

— N'ai-je pas toujours dit que je le trouvais adorable ?

— Jamais, répondit Peanut innocemment.

Amber se renfrogna.

— Bien sûr que si. (Elle regarda Olivia avec insistance.) N'est-ce pas ?

— Euh… oui ?

Olivia ne put cacher son ton interrogatif. Heureusement, Amber ne le remarqua pas. La sonnerie signala la fin de l'heure du déjeuner et elle sauta de la table.

— C'est l'heure du spectacle !

Olivia sourit. Amber n'imaginait pas à quel point elle avait raison.

— Tu m'accompagnes ?

Elle s'accrocha au bras de John comme une débutante qu'on escorterait au bal. Il soupira.

— Bien sûr.

Amber collée à lui, il se mit en route avec l'enthousiasme d'un soldat en mission suicide.

— Merci, mon Dieu, dit Peanut.

Elle attrapa les restes de son déjeuner et le fourra dans son sac. Olivia remarqua alors qu'elle avait à peine mangé.

— Ça va ? demanda-t-elle en emboîtant vite le pas à son amie.

Peanut jeta un regard de côté plein de soupçons.

— Oui.

Pourquoi est-elle si tendue ?

— Tu n'as pas déjeuné, dit Olivia avant de forcer un rire. Tu fais toujours ton régime détoxifiant ?

— Détoxifiant ? répéta Peanut sans paraître comprendre.

Olivia se promit de ne jamais tester aucun des régimes de Mme Dumbrowski. Ils avaient réduit le cerveau de Peanut en bouillie.

À l'instant où la sonnerie retentissait, M. Cunningham jaillit des coulisses d'un bond.

— Installez-vous, tout le monde. Installez-vous !

Il avait poussé la télévision grand écran sur scène.

— Excellente nouvelle aujourd'hui ! s'exclama-t-il lorsque le brouhaha se tut.

Il brandit un DVD qu'il tenait à la main.

— J'ai la vidéo du soir de la première !

Olivia se tendit sur son siège. Enfin ! La police avait dû la visionner plusieurs fois, à la recherche du moindre indice sur l'attaque de Margot. Mais ils n'auraient pas su quoi trouver.

— Je l'ai récupérée au commissariat hier soir après la classe. Mais je n'ai pas encore regardé. Je voulais partager ce bonheur avec vous tous. Bien, je sais que nous sommes tous très excités, mais n'oublions pas les événements tragiques de ce soir-là.

Il fit un signe en direction de Logan.

— Respectez ceux qui en souffrent encore.

— Merci, m'sieur, dit Logan, stoïque.

— Et maintenant, voici... (M. Cunningham agita la main d'un geste théâtral et s'écarta de la scène.) *La Nuit des guerriers* !

Il disparut en coulisse. La lumière s'éteignit, il ne restait que la lueur bleue de la télévision. L'écran grésilla, puis la vidéo démarra. Les rideaux s'ouvrirent sur la scène représentant le New York des années soixante-dix. On entendit les chuchotements du public avant le début du spectacle. Olivia retint son souffle lorsque dans la vidéo aussi, les lumières s'éteignirent. *Ça commence.*

De la musique jaillit des enceintes, mais ce n'était pas le rock de Bangers and Mosh. C'était une drôle de petite mélodie issue d'un orgue à vapeur, telle qu'on en entendait sur les manèges d'autrefois.

— Hé ! lança Shane. C'est pas notre groupe ! Vous nous avez remplacés pour la sortie DVD ?

Avant que M. Cunningham réponde, une photo surgit à l'écran. C'était un gros plan sur un panneau en bois, où on lisait en jaune les mots « Camp Shred ». Au bout de quelques secondes, une autre photo la remplaça, un plan plus large où l'on voyait le panneau au milieu des bois, devant ce qui ressemblait à une colonie de vacances.

Les mains d'Olivia se glacèrent. Quelqu'un avait-il accidentellement enregistré autre chose par-dessus la seule pièce à conviction du GTC ?

Un sous-titre apparut à l'écran.

Camp Shred, Jones Gulch, Californie – juin 2005

— Oh, mon Dieu ! s'écria Amber.

Le défilé de photos s'accéléra, une toutes les cinq ou six secondes. On y voyait des groupes d'enfants d'une dizaine d'années participant à différentes activités : canoë, natation, randonnée, arts plastiques. Tous étaient en surpoids, la plupart à la limite de l'obésité. Et une fille apparaissait au premier plan sur chaque photo, ses cheveux châtains ondulés avaient quelque chose d'étrangement familier.

Le diaporama s'arrêta sur un gros plan de ses joues rondes et souriantes.

Lorsque Amber se leva d'un coup, Olivia comprit avec une vague de nausée qu'il s'agissait d'elle.

— Comment osez-vous ? hurla Amber à personne en particulier.

Puis, avant qu'Olivia l'arrête, elle remonta l'allée à toutes jambes et sortit du théâtre.

Elle n'avait même pas vu la dernière image à l'écran.

Avec les compliments du GTC.

VINGT-TROIS

À la sortie du cours de littérature, Ed n'arrivait pas à croire ce qu'il voyait sur son téléphone.

C'était délirant ! Pas que le nouveau GTC ait enchaîné deux actions en une seule journée, mais que lui-même ne soit pas au courant du scandale affectant Amber.

Il le prenait comme un affront personnel. Ça faisait six mois qu'il fouillait dans le passé d'Amber à la demande de Margot et il n'avait pas trouvé le moindre indice sur cette histoire de Camp Shred. D'accord, ça s'était probablement déroulé en CM2, avant que sa famille emménage à Menlo Park. Et bien sûr, cette hypocrite d'Amber, qui avait cimenté sa réputation de reine des garces en se moquant du poids des autres, avait sans doute pris des mesures radicales pour que personne ne sache jamais rien de son passé. Mais Ed se vantait d'être plus intelligent et plus habile que quiconque dans ce lycée. Le fait que le nouveau GTC ait réussi là où il avait échoué le blessait profondément.

Avec un soupir, il rangea son téléphone dans sa poche. Si seulement Margot avait été là ! Ce montage l'aurait fait sourire.

Les couloirs de Bishop DuMaine grouillaient de monde. Le père Uberti avait annulé les cours vingt minutes après le début de la dernière heure. Il voulait que tout le monde quitte le campus immédiatement, car la police venait enquêter sur les nouvelles transgressions du GTC. Autour de lui, des élèves couraient dans tous les sens, cancanaient et riaient. Les téléphones et tablettes qui ne diffusaient pas le montage de photos jouaient la vidéo de Rex et du clown. Les professeurs traversaient à toute allure les couloirs en essayant de disperser les lycéens. On entendait les sifflets des profs d'EPS et le hurlement des sirènes de police au loin. Puisque Bree Deringer s'était rendue, tout le monde avait cru que le GTC était mort. Bande d'idiots.

Il ne restait qu'une question : qui serait accusé de ces derniers crimes GTC contre l'humanité de Bishop DuMaine ?

Et surtout, comment s'assurer que ce ne soit pas lui ?

Il se faufila dans les couloirs, seul élève apparemment qui ne soit pas rivé à l'écran de son portable, à la recherche de quelqu'un qui l'aiderait à répondre à cette question. Il ne mit pas longtemps à repérer la haute silhouette de Kitty Wei traversant le couloir à grands pas. Sa longue queue-de-cheval se balançait violemment de gauche à droite.

— Holà, madame vice-présidente du BDE. Un mot, s'il vous plaît ?

Kitty ne baissa même pas les yeux vers lui.

— Pas le temps. Je dois rejoindre Kyle et Tyler. Ils m'emmènent voir Rex.

— Au cas où ça t'aurait échappé, dit Ed tout bas en arrivant difficilement à marcher au rythme de ses longues jambes, nous sommes sur le point d'être sacrifiés. Le vieil Abruti va lancer la moitié du lycée à la poursuite des coupables. Tu crois vraiment que les petits nouveaux ont le même système de sécurité que vous autres, criminelles endurcies ? Ce n'est qu'une question de temps avant qu'ils se fassent choper. T'as plus qu'à prier qu'ils ne sachent rien sur vous.

Kitty s'arrêta net. Ed se cogna contre son corps musclé et en eut le souffle coupé. Avant qu'il récupère, Kitty lui prit le bras si brutalement qu'il crut que ses artères allaient éclater. Elle le traîna par la première porte, dans la cour désertée près du vestiaire des garçons.

— Qu'est-ce qui va pas chez toi ? gronda-t-elle, les dents serrées.

Il ne l'avait jamais vue si furieuse. Apparemment, il avait touché un point sensible.

— Tu essaies de nous faire arrêter ?

Avec un sourire, il frotta son avant-bras engourdi.

— Je me protège, c'est tout.

— Mais bien sûr ! Et comment on peut savoir que tu ne te protégeras pas en nous dénonçant ?

— Tu ne peux pas le savoir, répondit-il avec un grand sourire. Il va falloir me faire confiance.

— Ne te méprends pas, je ne te fais pas du tout confiance.

À cet instant, la porte s'ouvrit d'un coup et Logan débarqua d'un pas lourd. Instinctivement, Ed et Kitty s'écartèrent l'un de l'autre et firent mine de ne pas avoir été en train de se disputer un instant plus tôt. Logan les regarda tour à tour.

— Salut, dit-il.

— Logan, mon pote !

Tout en amabilité, Ed leva la main pour qu'il tape dedans.

— Me mets pas un vent, mec !

Logan contempla la main d'Ed sans réagir.

— Comment va ta tante Hélène ?

Ed s'empourpra. Kitty haussa un sourcil.

— Tante Hélène ?

— Sans commentaire.

Ed scruta Logan. Il était sérieux ou il se moquait de lui ?

— Elle va bien, répondit-il lentement.

— Oh, fit Logan avec un sourire. Super. Je peux parler à Kitty ? En privé ?

— Tu peux tout dire à Mlle Wei devant moi, déclara Ed avec sa meilleure voix d'agent sportif. J'ai des droits exclusifs sur chaque interview professionnelle et…

— Ed ! aboya Kitty. Barre-toi !

Elle manquait vraiment d'humour.

— Très bien.

Il mourait d'envie d'entendre ce que Logan avait à lui dire, mais que pouvait-il faire sinon refuser catégoriquement de partir ? Ça ne ferait qu'énerver Kitty encore plus, ce qui était la dernière chose qu'il souhaitait. Il ne lui restait plus qu'à essayer de les espionner. Avec un soupir dramatique, il traîna lentement son sac vers le vestiaire des garçons.

— Sur ce, je me casse… à contrecœur.

Kitty aurait voulu mettre son poing dans la figure d'Ed. Comment avait-elle pu s'imaginer que ce serait une bonne idée de l'intégrer au GTC ?

— Désolé, dit Logan, dont le sourire d'habitude enjoué paraissait forcé. Je ne voulais pas vous déranger.

— Crois-moi, tu n'as rien dérangé du tout.

— Oh, tant mieux.

Il changea plusieurs fois de pied d'appui, comme s'il marchait sur des charbons ardents.

— Je ne sais même pas si c'est à toi que je devrais en parler, mais j'ai entendu ton discours ce matin. En leadership. Et, bah, je me suis dit que tu m'écouterais peut-être.

Il semblait nerveux et mal à l'aise, comme quelqu'un qui gardait un secret. Savait-il quelque chose sur le GTC ou le tueur ?

— Bien sûr, dit-elle avec un sourire. Qu'est-ce qu'il y a ?

— C'est au sujet d'Olivia Hayes. Tu la connais ?

Kitty fit de son mieux pour ne pas réagir. Elle prit le temps de se rappeler à quoi ressemblait leur relation d'un point de vue extérieur.

Tu sais qui elle est parce que c'est la fille la plus populaire du lycée et que tu sors avec son ex-petit ami. Rien de plus.

— Tout le monde la connaît.

Logan lâcha un rire nerveux.

— Oui. Désolé. En fait, j'ai peur qu'elle soit impliquée dans tout ça.

Kitty se raidit.

— Comment ça ?

Logan passa les mains dans ses cheveux blonds mi-longs. Il avait les sourcils et le nez froncé, comme en proie à une intense réflexion.

— Il y a quelques jours, on parlait du soir où Margot…

Il laissa sa phrase en suspens. Une expression de souffrance parcourut son visage.

— Le soir de la première ? suggéra-t-elle, de façon aussi neutre que possible.

Il avala sa salive.

— Oui. J'ai dit à Olivia que j'avais vu quelque chose de bizarre ce soir-là. Quand j'étais sur scène. Deux types dans le public qui n'auraient vraiment pas dû être là.

Les jumeaux Gertler.

— Tu en as parlé à la police ?

— Ouais, mais je crois pas que ce sergent m'ait pris au sérieux. (Il secoua la tête.) Bref, j'en ai parlé à Olivia, il y a, genre, deux jours. Et puis, hier soir, je suis passé à la boutique de surf où ces deux gars bossent, pour voir les dernières Uggs. Elle était vide.

— Comment ça, vide ?

— La porte était déverrouillée, les lumières allumées, mais il n'y avait personne.

Logan se passa à nouveau la main dans les cheveux.

— J'ai demandé à la dame de la boutique d'à côté, elle n'avait rien vu. Elle a appelé le proprio, qui était furieux, je crois. J'ai laissé mon numéro au cas où et, ce matin, j'avais un message du sergent, là, qui demandait si je pouvais venir répondre à des questions sur leur disparition.

— Ils ont disparu ? s'exclama Kitty.

Il haussa les épaules.

— On dirait. Un jour après que j'en ai parlé à Olivia. Tu trouves pas ça bizarre ?

Oui, c'était bizarre. Encore plus que Logan ne l'imaginait.

— Et puis après la vidéo de ce matin, je me suis dit que j'irais au meeting des Maine Men. Tu sais, si tout ça est lié à ce qui est arrivé à Margot, je veux aider.

— Bien sûr.

— Et quand j'ai entendu ton discours je me suis dit… (Il poussa un soupir.) Que peut-être tu m'écouterais.

Eurgh. Comment apaiser les soupçons de Logan au sujet d'Olivia sans révéler le secret du GTC ?

— Je suis sûre que c'est une coïncidence.

— Peut-être.

Logan hissa son sac à l'épaule et se tourna vers la porte.

— En tout cas, merci de m'avoir écouté.

— Il n'y a pas de quoi, répondit Kitty tandis qu'il quittait la cour.

Kitty fit lentement tourner la roue du cadenas de son casier pour entrer le code. Les jumeaux Gertler avaient disparu ? Qu'est-ce que ça signifiait ? Qu'ils étaient les tueurs ? Ou pas ? Elle avait le vertige. Elle sortit le polo Maine Men de son casier et le regarda fixement. Elle avait beau détester l'idée de le porter, elle était forcée de reconnaître que cela pouvait lui permettre d'aider le GTC et de protéger ceux qu'elle aimait.

Ça en valait presque le coup.

— Alors c'est vrai.

Kitty se retourna d'un coup, sans lâcher le polo bleu et se retrouva nez à nez avec Donté. Il avait l'air tendu, le regard sombre, comme ça lui arrivait peu. Toute son attitude reflétait la colère.

— Tu t'es jointe aux Maine Men ?

Et merde. Qu'est-ce que Mika lui avait dit ?

— Laisse-moi t'expliquer…

— Quoi, le polo te plaisait ? La couleur te va bien ?

Elle ne l'avait jamais vu aussi furieux. Il avait toujours été gentil et facile à vivre. Elle n'avait jamais entendu une critique sur ses lèvres, pas même sur ses ex-petites amies, ni d'insultes contre les basketteurs de l'équipe rivale. Pourtant, il scrutait Kitty comme si elle avait frappé un chiot. Elle n'aimait pas ça du tout.

Elle essaya de réprimer le tremblement de sa voix. Elle craignait d'éclater en sanglots.

— Je sais ce que tu penses des Maine Men…

— Ce sont des connards.

— Mais j'ai une une bonne raison.

— Laquelle ?

Je ne peux pas te le dire. Elle ne pouvait pas expliquer à Donté qu'elle était à l'origine du GTC et de ses exploits passés. Elle avait travaillé dur pour ne pas mêler sa famille et ses amis à tout ça. Si elle se confiait à Donté et que le père Uberti l'apprenait, il pourrait le virer et lui faire perdre toute chance d'obtenir une bourse universitaire grâce au basket. Cela risquait de lui pourrir littéralement la vie. Alors elle avait menti, lui avait tout caché. Et même face à son indignation, elle ne pouvait courir le risque de gâcher son avenir.

— Je ne peux pas l'expliquer pour le moment, dit-elle tout bas. Tu dois me faire confiance.

— Te faire confiance ?

— Oui, répondit-elle, surprise. Tout comme je suis censée faire avec toi. Ce n'est pas ce que tu m'as demandé hier ?

— C'est différent !

— En quoi ?

— Tu comprends pas.

Kitty n'aimait pas du tout cette hypocrisie.

— Alors, je suis censée te croire aveuglément quand tu m'affirmes que tout va bien dans notre relation, mais quand moi je te demande de me faire confiance, tu t'énerves ?

Donté donna de violents coups de doigts au polo.

— Mais ça représente tout ce que je déteste dans ce lycée !

— Moi aussi !

— Alors pourquoi tu t'es jointe à eux ?

Kitty serra les dents très fort. Elle lui avait déjà demandé de lui faire confiance. Ça aurait dû suffire.

Ça avait suffi, quand il lui avait demandé la même chose. Elle se tourna vers son casier.

— Il faut que j'y aille.

— Ouais. T'as un meeting.

Du coin de l'œil, elle le vit traverser le couloir d'un pas furieux. Elle lutta contre les larmes. Et s'il ne lui parlait plus jamais ?

VINGT-QUATRE

Kitty pressa les bras le long de son corps et rentra les épaules. Prise en sandwich entre Kyle et Tyler, sur la banquette avant du pick-up de Kyle, elle essaya de se faire aussi petite que possible.

— Vous êtes sûrs que ça ne dérangera pas les Cavanaugh que je débarque comme ça ?

— Nan, répondit Kyle.

Il effectua un virage si serré que Kitty se retrouva collée à Tyler.

— En général, ils sont pas là, alors c'est sans importance.

— J'ai envoyé un texto pour prévenir Rex, ajouta Tyler. Pas de problème.

Kitty avait du mal à imaginer que Rex soit ravi qu'une fille intègre les Maine Men, et encore moins le cercle restreint que Kyle et Tyler lui avaient ouvert si facilement.

— Il a demandé pourquoi ?

— Non.

— Oh.

— Mais je lui ai dit que t'avais une super idée sur ce nouveau GTC et qu'il fallait qu'on lui en parle, ajouta Kyle.

Il lui jeta un coup d'œil et sourit.

— Il va être trop content.

Kitty était partagée au sujet de cette visite. Elle avait protesté lorsque Kyle et Tyler avaient insisté pour qu'elle les accompagne chez leur leader. Même si cela lui donnait l'occasion de fouiner à la recherche de la Rolex qu'Amber aurait donnée à Ronny DeStefano, l'idée de se retrouver dans cette maison lui donnait presque autant la nausée que de porter le polo des Maine Men. Ajoutez à ça le talent douteux de conducteur de Kyle et vous obtenez un sacré mal des transports.

Les freins crissèrent et Kitty faillit subir le coup du lapin lorsque le pick-up s'arrêta brusquement devant une grosse maison à étage ornée de colonnes.

Tyler et Kyle ouvrirent leur portière d'un geste synchronisé et sautèrent sur le trottoir. Kitty se glissa sur la banquette. Elle avait la tête qui tournait. Lorsqu'elle posa les pieds sur le béton, elle poussa un soupir de soulagement. Les jambes tremblantes, elle suivit Kyle et Tyler dans l'allée.

Kyle appuya sur la sonnette. À l'intérieur de la maison, les notes électroniques de *L'Hymne à la joie* de Beethoven résonnèrent. Ils attendirent quelques secondes avant que Tyler sonne à nouveau.

— Grouille-toi, mec ! lança-t-il par-dessus la musique, comme si Rex l'entendait.

Encore une fois, ils attendirent. Encore une fois, rien.

Le ventre de Kitty gargouilla. Elle avait beau le mettre sur le compte de son mal des transports, elle ressentait quand même un malaise inquiétant.

Kyle s'écarta du porche et leva la tête.

— Rex ! hurla-t-il vers l'étage. C'est nous ! Ouvre !

— Peut-être qu'il est gêné, dit Kitty. À cause de la vidéo.

Tyler claqua des doigts et la montra de l'index.

— Bien vu !

Il appuya sur la poignée qui s'enclencha et ouvrit grand la porte.

— Cool, dit Kyle.

Il remonta les deux marches du porche d'un bond et rentra en bousculant Tyler.

— Rex ! Qu'est-ce que tu fous ? Tu dors ?

Tyler suivit son partenaire bromantique à l'intérieur.

— Arrête de te tripoter !

Kyle se tourna vers lui.

— Je suis mort de rire !

— Merci.

Ils tapèrent leurs poings l'un contre l'autre et se dirigèrent vers l'escalier.

— Va voir dans sa chambre.

Kitty resta sur le seuil tandis qu'ils montaient les marches quatre à quatre. Porte de devant déverrouillée, maison silencieuse. Quelque chose la mettait mal à l'aise, comme si elle arrivait dans une scène de film d'horreur.

Arrête, tu es ridicule.

Elle tapa du pied contre le paillasson et se força à chasser sa peur. Kyle et Tyler connaissaient Rex mieux que personne, et ils ne semblaient pas inquiets. Elle était influencée par les événements de ces dernières semaines, rien de plus. Les épaules en arrière, elle entra chez les Cavanaugh.

Elle reconnut tout de suite le décor. Il n'avait pas beaucoup changé depuis le treizième anniversaire de Rex. Du marbre et des dorures ornaient un hall immense sous une hauteur de plafond de six mètres, où se trouvait un escalier à quart tournant. Devant elle, une arche menait au salon. Elle voyait la cheminée flanquée de deux vases, et un aperçu du chandelier scintillant au-dessus. Le lieu de l'humiliation de Rex.

— Son téléphone est là ! cria Tyler.

— Sérieux ?

Des pas résonnèrent au-dessus d'elle.

— Ouais. Viens voir.

— Regarde dans la chambre d'amis, dit Kyle après un silence. Et dans celle de ses parents.

Tyler traversa le couloir ouvert en courant.

— Rex ! C'est pas drôle ! Viens, il faut qu'on parle.

L'angoisse pointait désormais dans leurs voix. Dans le ventre de Kitty, les gargouillis reprirent de plus belle, cette fois sous la forme d'une vague grondante. Elle mourait d'envie de fuir la maison, d'attendre dehors et de laisser Kyle et Tyler chercher leur ami. Mais elle n'arrivait pas à détourner les yeux du salon.

Elle mit un peu de temps à comprendre pourquoi. Quelque chose traînait par terre à côté du piano. Quelque chose qui n'aurait pas dû y être.

Elle cligna des yeux et se concentra sur l'objet. C'était une chaussure de ville brune, telle qu'en portaient bon nombre d'élèves masculins de Bishop DuMaine. Non, pas juste une chaussure. Deux. Kitty s'avança un peu plus dans le salon, contourna le piano et se figea.

Pas seulement des chaussures. Des jambes y étaient attachées. Et un torse.

Un hurlement dans sa tête lui ordonnait de s'arrêter, de ne pas regarder, mais ses membres avançaient tout seuls. Elle s'approcha de la silhouette par terre.

C'était le corps immobile de Rex Cavanaugh, une ceinture autour du cou.

VINGT-CINQ

Des coups à la porte de la chambre de Bree l'arrachèrent à sa sieste.

— Partir maintenant, aboya Olaf depuis le couloir. Toi dans la voiture. Olaf conduire.

Elle se laissa tomber du lit, fourra les pieds dans ses bottes noires de motarde et enfila un pull à rayures sur sa robe vintage froissée. Elle avait autant hâte de sa première thérapie de groupe que d'aller chez le dentiste. Peut-être même que le dentiste serait moins douloureux qu'écouter d'autres filles chouiner et faire semblant de « participer à sa réhabilitation ».

À ton tour, Bree, que ressens-tu quand tu penses aux choix que tu as faits ?

Comment je me sens après avoir puni des brutes et des connards ? Plutôt bien, en fait.

Olaf l'attendait en bas, en tenant la porte grande ouverte.

— Et l'alarme ne va pas se déclencher dès que je sors ?

— Olaf désactivé alarme.

Bien sûr.

Bree monta sur le siège arrière de la voiture, tellement endormie qu'elle faillit ne pas remarquer l'enveloppe kraft sur le siège.

Ce n'était pas vraiment une surprise. En fait, elle s'était attendue à recevoir une de ces missives haineuses depuis sa sortie du centre. Bree ne pouvait s'empêcher de penser que ce presque accident et l'incendie de l'entrepôt n'étaient qu'un prélude.

Les dents serrées, elle ouvrit l'enveloppe et en sortit un bout de papier. Un simple message : *Je détruirai tout ce qui vous est cher.*

Merde.

Elle regardait encore le mot lorsque Olaf recula dans l'allée. D'un geste machinal, elle tira la ceinture de sécurité sur ses genoux et l'enfonça dans la boucle.

Elle s'enclencha.

— Vous avez réparé la ceinture ? demanda-t-elle au reflet d'Olaf dans le rétroviseur.

— Ceinture était cassée ?

Alors le tueur voulait effacer toute preuve de tentative de meurtre. Bree crispa les doigts sur l'enveloppe. Ça ne signifiait qu'une seule chose.

Il ne s'arrêterait pas là.

Le cabinet de la Dr Walters était moins inquiétant que le centre. On n'y trouvait pas non plus tout le système de sécurité à laquelle elle s'était à moitié attendue. Elle monta l'escalier extérieur jusqu'à l'étage, Olaf sur ses talons, au cas où elle envisagerait de s'enfuir à pied.

Mais comme dans la salle commune du centre de détention, la salle d'attente était d'une gaieté calculée, les murs peints en clémentine pâle. Quant au mobilier, certains éléments étaient de design Ikea, d'autres pour enfant. Au milieu de la pièce se trouvait une table basse entourée de chaises en plastique couleur Crayola, ainsi qu'un train en bois et des Duplo. Les fauteuils « adultes » alignés sur trois des murs étaient rembourrés, tapissés d'une impression florale ensoleillée accordée aux murs. Sur chacune des tables au bout, il y avait une lampe en forme d'ananas entourée de magazines pour adolescentes, dont la couverture affichait des photos retouchées de l'idole du jour.

Ça donnait envie de vomir.

— En quoi puis-je vous être utile ? demanda une réceptionniste trop enjouée.

— Bree Deringer, répondit-elle sur un ton tout à fait opposé.

— Ah ! Vous êtes là pour notre session de groupe !

— Malheureusement, marmonna Bree.

La réceptionniste regarda Olaf qui se tenait en silence à la porte, les mains derrière le dos. Les muscles saillants de son torse faisaient presque exploser sa chemise. La réceptionniste se détendit d'un coup. Son regard caressa le garde du corps du visage aux abdominaux avant de remonter. Lentement. De façon indécente. Comme si elle voulait être certaine de dévorer la plus petite miette du délicieux gâteau d'Olaf. Puis elle mit le doigt sur son menton. Bree aurait juré qu'elle essuyait un filet de bave.

— Et vous, comment puis-je vous être utile ? lui dit-elle enfin d'une voix de gorge.

Homme des cavernes des pieds à la tête, Olaf fit un simple signe de tête vers Bree.

— Il est avec moi, dit celle-ci avec un sourire bref. Nous sommes sous un régime de surveillance.

— Oui, dit la réceptionniste. Une surveillance... rapprochée.

Beurk.

Elle indiqua le bureau d'un geste absent sans quitter Olaf des yeux.

— Salle B au bout du couloir.

Et Olaf s'empare d'une nouvelle victime.

La salle B se trouvait trois portes plus loin sur la gauche. En s'approchant, Bree entendit de l'agitation à l'intérieur. Des chaises qu'on remettait en place sur la moquette, des sacs qu'on ouvrait, des vestes qu'on rangeait. Elle s'arrêta devant la porte et prit une profonde inspiration.

Quand faut y aller...

Sept ou huit sièges avaient été placés en cercle au milieu d'une salle de conférence sans fenêtre. La Dr Walters n'était pas encore arrivée, mais quatre autres filles s'étaient déjà assises, en conservant un espace vide entre chacune d'elles. Bree avait espéré se passer de voisine, pas de bol. Sans croiser le regard de quiconque, elle choisit une place entre une toute petite blonde qui jouait sur son smartphone et une Hispanique plantureuse, une jambe repliée sous elle, un bras passé par-dessus le dossier de sa chaise. Son attitude disait sans équivoque : « Je suis indestructible ! » Bree espérait que s'asseoir à côté de ce genre de personnalité détournerait l'attention d'elle.

Ses voisines l'ignorèrent. Quant aux deux autres filles, toutes les deux brunes, l'une contemplait le plafond, l'autre le sol, puis elles inversèrent presque en simultané, comme si elles ne pouvaient pas déconnecter dans la même direction au même moment.

— Bonjour, mesdames.

La Dr Walters arriva dans la pièce vêtue d'une jupe flottante à fleurs qui ondula autour d'elle lorsqu'elle fit un demi-tour sur elle-même et s'assit.

— Comment allez-vous toutes, cet après-midi ?

Des murmures de « bien » et « ça va » emplirent la salle. Mais comme Bree ne ressentait ni l'un ni l'autre, elle garda le silence.

Installée à l'autre bout du cercle, carnet à la main, la Dr Walters ne sembla pas écouter les réponses. Elle sourit.

— Bree, je suis ravie de te voir !

Tous les regards convergèrent vers elle, comme si les autres filles remarquaient seulement maintenant sa présence.

— Bienvenue à ton groupe de thérapie, tel qu'exigé par le département de détention juvénile du comté de Santa Clara.

Elle indiqua la brune à sa droite, puis continua à faire le tour du cercle.

— Voici Kelly, Emma, Heather et Jacinta.

Bree espérait qu'on ne lui demanderait pas de les identifier plus tard. La Dr Walters consulta sa montre.

— Attendons notre retardataire encore une minute de plus, avant de commencer…

À cet instant, une grande fille aux cheveux auburn arriva en courant.

— Pardon de mon retard, docteure, dit-elle, essoufflée.

— Et voici Tamara, la dernière membre de notre groupe.

Mais Bree n'avait pas besoin qu'on la lui présente. Elle connaissait très bien ce visage.

Tammi Barnes, la cible numéro six du GTC.

VINGT-SIX

Bree n'entendit rien de ce que dit la Dr Walters durant les dix minutes suivantes. Elle n'arrivait pas à quitter Tammi Barnes des yeux.

C'était une mission dont Bree se souvenait très bien, l'une des plus satisfaisantes du GTC. Tammi avait été capitaine des pom-pom girls, une élève modèle, sympathique et ouverte avec les professeurs et le personnel administratif, le cœur d'un groupe de nombreux amis représentatif dans sa diversité... et une véritable terreur envers celles qui espéraient devenir pom-pom girls. Le GTC avait découvert que Tammi était à l'origine d'un bizutage au cours duquel elle forçait les candidates de troisième à faire des fellations à l'équipe de football américain pour être acceptées. Les footballeurs remplissaient un carnet de notes qui circulait parmi les autres élèves. Tous les garçons de Bishop DuMaine savaient qui était bien noté, et qui ne l'était pas.

Cette mission n'avait pas été du gâteau. Tammi semblait vivre en pleine harmonie avec sa mère, son beau-père et ses deux sœurs. Elle n'avait jamais de problème, son comportement était sans reproches et, pour ce que tout le monde en savait, elle n'avait rien à cacher. Toutefois, elle était très fière de son talent de danseuse. Avant le remariage de sa mère et le déménagement à Palo Alto, elle avait grandi à Beverly Hills. Elle prétendait qu'à l'époque elle avait été une sorte de prodige de la danse qui étudiait avec les plus grands professeurs et qu'on l'avait sollicitée pour jouer dans des clips, à la télévision et au cinéma. Tammi racontait volontiers que, si elle n'était pas encore une danseuse professionnelle, c'était dû à sa mère trop stricte qui refusait de la laisser auditionner avant ses dix-huit ans.

Et ce mythe resta incontesté jusqu'à ce que le GTC prouve le contraire. L'école de hip-hop junior à Hollywood gardait une base de données en ligne sur tous leurs élèves, passés et présents, y compris une certaine Tamara Barnes de treize ans. Margot avait réussi à pirater le site et télécharger une vidéo de Tammi qui dansait lors d'une représentation. Elles avaient soumis la vidéo à un site Web appelé « Bide ou Badass ? » sur lequel on votait et partageait des vidéos de danse. Cette interprétation pathétique de la chorégraphie de « Single Ladies » devint rapidement la vidéo la plus regardée et la plus mal notée, et le GTC s'était assuré que tout le monde à Bishop DuMaine le sache.

Mais Tammi Barnes l'avait mérité. Elle avait été une garce impitoyable, encore plus dangereuse qu'Amber, car son pouvoir s'était accompagné d'une certaine intelligence et d'une capacité à dissimuler digne d'un caméléon. Et voilà qu'elle se trouvait ici, à une session de thérapie de groupe organisé par le centre de détention de Bree. Que lui était-il arrivé ?

— Et si nous commencions ? dit la Dr Walters. N'oubliez pas, tout ce que vous direz au cours de cette session reste confidentiel. Si l'on vous prend à faire usage de ce que vous apprenez dans ce cadre, vous serez en violation de votre liberté conditionnelle ou de votre sursis. Comprenez-vous les paramètres de cet accord ?

— Oui, marmonnèrent-elles toutes.

Cette fois, la Dr Walters faisait attention. Elle regarda Bree droit dans les yeux. Bree comprit que son silence ne passerait pas.

— Oui, répondit-elle très vite.

— Parfait.

La Dr Walters parcourut quelques pages sur son cahier et prit son stylo.

— Tamara, nous avons fait énormément de progrès à la fin de la dernière session, alors j'aimerais reprendre là où nous nous étions arrêtées.

— OK, dit Tammi avec un sourire affable

— Nous parlions de ton beau-père et des agressions verbales et physiques auxquelles tu as assisté chez toi. Peux-tu nous en parler ?

Tammi resta immobile.

— Je vous ai dit que mon beau-père était accro aux jeux ?

La Dr Walters hocha la tête.

— Oui ? Eh bien, l'été dernier, il a dépensé toutes nos économies et la maison était sur le point d'être saisie. Alors il a parié gros sur le septième match de la finale de la NBA.

Elle secoua la tête et rit tout bas.

— Il jurait qu'il compenserait les pertes. Il n'avait besoin que d'un gros gain pour revenir à zéro, et puis il arrêterait.

Elle baissa les yeux et se tut.

— Et ensuite ? relança la Dr Walters.

Tammi haussa les épaules sans lever les yeux.

— Il a perdu.

L'histoire ne fit qu'empirer. Bree se retrouva à grimacer lorsque Tammi raconta avec froideur le retour de son beau-père à la maison des heures plus tard, soûl et furieux. Tammi avait enfermé ses sœurs dans leur chambre, dans l'espoir qu'il s'endormirait. Pas de chance. Elle avait entendu la dispute empirer dans la cuisine, sa mère essayer en vain de le calmer. Puis le bruit caractéristique d'un corps qui tombait par terre ou contre le mur, sous l'impact de son poing.

— Mes sœurs ont commencé à pleurer, dit Tammi, le regard perdu au centre du cercle. J'essayais de les calmer, parce que je ne voulais pas qu'il les entende et s'en prenne à nous. Il y a eu d'autres coups dans la cuisine. Ma mère le suppliait d'arrêter. Et soudain quelque chose a craqué en moi. C'était qui, ce connard ? Qu'est-ce qui lui donnait le droit de frapper ma mère ?

— Qu'est-ce que tu as fait, alors ?

Tammi reprit son souffle.

— J'ai attrapé la batte de softball de ma sœur dans son placard. Une en métal avec la poignée en caoutchouc. J'ai retiré mes chaussures pour qu'il ne m'entende pas, je suis descendue, j'ai traversé la buanderie. Je suis arrivée derrière lui. Je n'ai même pas vérifié l'état de ma mère, je n'ai pas attendu qu'elle me dise d'arrêter, parce qu'elle l'aurait fait. Je l'ai juste frappé, aussi fort que possible.

Bree lutta contre ses larmes. L'année précédente, Tammi Barnes avait représenté tout ce qu'il y avait de plus horrible à Bishop DuMaine : l'élève puissante qui humiliait les plus faibles et moins chanceuses qu'elle. Le GTC avait fouillé dans son passé à la recherche du moindre renseignement. Mais elles n'avaient pas mis au jour ce terrible secret de famille.

Est-ce que ça aurait modifié quelque chose ? Si elles avaient découvert que son beau-père était un monstre, cela aurait-il changé quoi que ce soit au fait qu'elle avait forcé une douzaine de filles de troisième à faire une fellation aux joueurs de foot américain ? Peut-être pas, mais cela expliquait pourquoi Tammi se comportait comme une connasse au lycée. Elle essayait d'exercer du pouvoir au seul endroit où elle en avait.

Le regard empli de confusion, Tammi leva les yeux.

— Il n'est pas mort, mais je voulais le tuer. Vraiment. C'est mal ?

— Nous ne sommes pas là pour juger de ce qui est bien ou mal. Seulement pour discuter de ce que nous ressentons et trouver une façon de gérer nos émotions.

— Je me sentais furieuse. Folle furieuse. Et alors qu'il était inconscient, que ma mère hurlait au-dessus de lui, je me suis sentie forte pour la première fois de ma vie. Comme si j'avais pris le contrôle.

— Et d'où venait ce sentiment, à ton avis ? Tu as déjà dit avant que tu te sentais souvent démunie face à ton beau-père. Qu'est-ce qui a changé, ce jour-là ?

Silencieuse, Tammi regarda à nouveau le centre du cercle. La Dr Walters attendit patiemment. Bree retint son souffle, anxieuse de connaître la réponse. Le septième match de la finale de NBA s'était déroulé à la mi-juin, quelques semaines après la mission du GTC contre Tammi quand elle était en terminale.

— Il s'est passé quelque chose d'horrible au lycée, commença-t-elle enfin.

Bree serra la mâchoire. Est-ce que c'était la faute du GTC, si elle avait craqué et atterri ici ?

Tammi leva les yeux.

— En fait, non. Pas horrible. Enfin, ça l'était à l'époque. J'ai été complètement humiliée.

Elle esquissa un sourire embarrassé.

— Mais là-bas j'étais une vraie salope. La pire. J'en veux à personne de s'être vengé. Je l'avais mérité.

Bree en resta bouche bée. Tammi Barnes assumait ses actes ? C'était comme si les pôles du monde s'étaient soudain inversés. Avant, les cibles du GTC représentaient des criminels qui avaient échappé à la justice et le GTC était le Mossad qui s'attaquait aux nazis. Impossible d'envisager que Tammi pût être elle-même une victime.

— Alors, cet événement à ton lycée…, la relança la Dr Walters.

— Je crois que ça m'a montré qu'on peut se défendre quand on se sent persécuté. Que moi, je pouvais me défendre. Alors, quand j'ai pris cette batte, c'était comme si j'agissais pour les autres. Je me fichais de ce qui arriverait à mon beau-père, tout ce que je voulais, c'était m'assurer qu'il ne ferait plus jamais de mal à personne.

— Merci, Tammi. Je sais que ces derniers mois ont été difficiles pour toi, depuis que ta mère t'a chassée de chez toi. Comment ça se passe, au foyer ?

Les pensées de Bree s'enchaînaient. C'était leur faute. Les actions du GTC avaient été le catalyseur de son acte. Tammi n'avait quitté Bishop DuMaine que quelques mois plus tôt et, depuis, elle avait défendu sa famille en assommant son beau-père, elle avait été arrêtée, chassée de chez elle et elle vivait dans un foyer. Tout ça à cause du GTC.

— Bree, tu m'as entendue ?

Elle leva d'un coup la tête. Elle était perdue dans ses pensées.

— Hein ? répondit-elle bêtement.

La Dr Walters soupira.

— Nous donnons nos impressions sur l'histoire de Tammi. Que ressens-tu ?

— Oh, oui.

Elle lécha ses lèvres soudain sèches.

— Je me sens…

Coupable ? Responsable ? Merdeuse ?

— Je me sens triste.

C'était la réponse la plus nulle au monde. L'équivalent de « je vais bien, et toi ? » en thérapie. Au bout du compte, ça n'avait aucun sens, car tout le monde était triste.

Et pourtant, c'était le seul mot qui décrivait ce que Bree ressentait à cet instant. De la tristesse pour Tammi, de la tristesse pour elle-même. Elle avaient plus en commun qu'elle ne l'aurait imaginé. Elles étaient tous les deux des persécutrices, toutes les deux des victimes.

— Je crois, dit la Dr Walters après avoir pris quelques notes sur son carnet, que nous comprenons toutes ce sentiment, Bree. Puisque c'est ta première session, parlons un peu de la raison de ta présence.

La tristesse de Bree s'évapora, remplacée par une panique aveugle. Elle était là parce qu'elle avait reconnu être le GTC. Comment pouvait-elle en parler alors que Tammi se trouvait à côté d'elle ?

— Allez. N'oublie pas, tout ce que tu dis ici reste secret. Je ne fais pas de rapport à la cour de justice ni à tes parents.

Ce n'était vraiment pas le problème.

— OK, dit-elle en réfléchissant à comment s'en sortir sans parler du GTC. Je suis là parce que…

La montre de la Dr Walters émit trois petits bips.

— Ah, c'est déjà l'heure, je vois.

Sauvée par le gong. Littéralement.

— Nous nous retrouvons demain pour la prochaine session. Nous reprendrons où nous en étions. Bree, prépare-toi à raconter ton histoire.

Et merde.

Olaf n'avait pas bougé. Sans un mot, il attendit qu'elle sorte à la suite des autres filles. Il garda la porte ouverte et s'écarta pour la pousser sous le soleil brillant de l'après-midi.

Ses compagnes de thérapie semblèrent s'évaporer dès leur sortie, tant elles voulaient se tirer de là. Des claquements de portières, des rugissements de moteurs, bientôt il ne resta que Bree et Olaf. Mais lorsqu'elle le suivit à la voiture, elle se rendit compte que Tammi attendait le bus devant le bâtiment.

— Hé ! lança Bree. Tu veux qu'on te raccompagne ?

Elle ne savait pas pourquoi elle lui avait fait cette proposition. Culpabilité, curiosité, sentiment de responsabilité ? Plus probablement, un besoin profond, désespéré, de savoir à quoi ressemblait sa vie aujourd'hui. Tammi se retourna. Son regard s'arrêta sur elle quelques secondes, puis se dirigea vers l'énorme SUV et le mammouth qui le conduisait.

— C'est ton père ?

Bree étrangla un rire.

— Non. Juste un chauffeur.

Tammi scruta à nouveau son visage.

— Tu étais à Bishop DuMaine.

Elle la reconnaissait ? C'était aussi irréel que si la reine d'Angleterre connaissait le nom du cinquième écuyer de son palais. Encore une fois, ça ne correspondait pas à la sale snob égocentrique dont Bree se souvenait.

— Ouais. Je suis en première.

— J'ai fini en juin.

Je sais.

Tammi cligna plusieurs fois des yeux.

— Je suis du côté de Newbridge Street. C'est trop loin ?

— Pas du tout, dit Bree sans consulter Olaf. Viens.

Tammi monta sur le siège arrière et donna l'adresse à Olaf. Sans répondre, il l'entra dans le GPS et sortit le SUV du parking.

— Belle voiture, dit-elle en parcourant des yeux les sièges de cuir et la technologie de pointe.

— Elle est à mon père, répondit Bree, comme pour rejeter la possession d'un véhicule aussi ostentatoire.

— Le chauffeur est compris ?

— Tout à fait, c'est un lot !

Le silence s'instaura, sur un fond de diffusion des nouvelles de la radio locale. Bree réfléchit. Elle voulait poser des questions à Tammi sur sa situation familiale, ce qui s'était passé après le coup du GTC, ce qui arriverait ensuite, mais elle ignorait par où commencer. Elle en savait plus sur Tammi qu'elle pouvait le reconnaître, ce qui arrivait quand on passait une semaine à fouiller dans les recyclables de quelqu'un. La seule chose que Bree n'avait pas découverte était aussi la plus importante.

— Alors, qu'est-ce que tu fais maintenant ? demanda-t-elle en désespoir de cause. Maintenant que tu as fini le lycée, je veux dire.

— Je suis en liberté conditionnelle. Alors, il faut que je me présente régulièrement et que je voie la Dr Walters trois fois par semaine.

— Sympa

— Et je travaille au centre commercial. Une petite boutique d'accessoires.

Le genre d'endroit où tu aurais dépensé tout ton argent un an plus tôt.

— Ça a l'air cool, dit Bree bêtement.

— Pas vraiment, mais ça me gêne pas. Au moins, je suis indépendante. Je peux prendre soin de moi et personne ne me dit quoi faire. C'est agréable.

Bree hocha la tête. C'était un bon argument. Jamais elle ne s'était sentie libre de sa vie, ni des attentes de son père, ni de la honte de sa mère. D'un autre côté, elle n'avait jamais eu à travailler et gagner son propre argent. Serait-il libérateur ou terrifiant de dire à ses parents d'aller se faire foutre une bonne fois pour toutes ?

— C'est courageux. De vivre seule.

Tammi haussa un sourcil.

— Courageux ? Courageux, c'est quand on a le choix. Moi, c'est pas le cas.

Olaf ralentit pour s'arrêter à un feu rouge. Bree se sentait mal. Tammi avait raison. Elle n'avait pas eu le choix. Alors que Bree en avait à revendre, des opportunités, et qu'est-ce qu'elle en avait fait ?

— Tu dois être…

— Vous pouvez mettre plus fort ? l'interrompit Tammi en indiquant la radio.

Sans un mot, Olaf monta le volume.

« Wendy Marshall, une élève de seconde de Santa Clara, a disparu depuis hier. Elle a été vue pour la dernière fois à Menlo Park conduisant une Lexus IS 250 noire de 2012. La police demande à ce que quiconque ayant des informations sur sa localisation la contacte immédiatement. Valerie Fujiyama pour KZXY News. »

— Waouh, fit Tammi. Elle est au lycée, tu vois qui c'est ?

— Ouais, répondit Bree, affaissée dans son siège, les mains tremblantes. Je crois.

Wendy Marshall, la cible numéro un du GTC, avait disparu. Une drôle de coïncidence.

— C'est ici, dit Tammi.

Olaf s'arrêta devant une maison traditionnelle du début du vingtième siècle qui avait désespérément besoin d'un jardinier, de pièges à taupe et d'une couche de peinture. Une balançoire rouillée grinçait sur le perron et, sur le côté, la poubelle débordait. On était loin de la grande demeure où vivait Tammi avant.

— Merci, dit-elle. À demain.

— Ouais, à demain.

Le jour où elle devrait raconter son histoire devant Tammi. Super.

VINGT-SEPT

À son retour à l'appartement, Olivia était en proie à la panique. Peanut, qui la raccompagnait d'habitude, avait disparu après les cours, ce qui l'avait forcée à prendre le bus. Ça n'aurait pas été grave, sauf que chaque élève autour d'elle regardait soit la vidéo d'anniversaire de Rex soit le montage photo du camp d'amaigrissement d'Amber. Elle était littéralement entourée par le GTC. Elle ne cessait de penser aux événements récents : les nouvelles actions, l'incendie, les enveloppes. On aurait dit que tout le monde dans le bus la narguait. À chaque seconde qui s'écoulait, elle avait un peu plus envie de s'échapper. Lorsqu'elle atteignit son arrêt, elle ne rêvait que de courir dans sa chambre, de plonger dans sa réserve de pâtisseries industrielles et de se cacher sous les couvertures pour le restant de la soirée.

— Livvie !

Sa mère surgit depuis l'autre côté du salon et sauta sur Olivia à l'instant où elle ouvrait la porte. Elle la serra contre elle à l'en étouffer.

— Tu ne croiras jamais ce qui m'est arrivé !

Elle s'écarta et attrapa sa fille par les épaules.

— On m'a proposé...

Elle laissa sa phrase en suspens, les yeux écarquillés, de façon à prolonger le suspense.

— Un one-woman-show à New York !

Olivia pencha la tête.

— Mais c'est sur la côte Est !

Sa mère fit claquer sa langue.

— Je sais bien ! *La Malédiction de la dame* joue d'abord à San José. Charles dit...

— Charles ?

La mère d'Olivia rit.

— Le producteur. Charles dit qu'on leur a déjà garanti un mois de représentations au HERE Arts Center de SoHo. Tu y crois ?

En fait, non. Olivia n'y croyait pas du tout. Sa mère la prit par la main et la traîna jusqu'au canapé.

— Ça s'est passé pendant mes heures de service au déjeuner. Ce type s'est approché de moi au bar. Plutôt jeune, beau. Il a dit que je lui rappelais quelqu'un, mais tu sais, c'est ce que racontent tous les hommes quand ils essaient de se faire la barmaid. Bref, j'étais en mode « ouais, bien sûr », mais il était très insistant. Enfin, il a claqué des doigts et dit : « *La Nuit des rois* au Public Theatre, en 1998. C'est ça ? »

— Il s'est souvenu de toi après dix-sept ans ?

— Qu'est-ce que ça a d'étonnant ? Cette pièce a été un véritable succès et mes critiques étaient dithyrambiques. « June Hayes fabuleuse en Olivia... »

— « Un nouveau visage extraordinaire et excitant apparaît », termina Olivia. Je sais. C'est juste que ça semble...

Trop facile ? Improbable ?

— Ne sois pas jalouse, dit sa mère, boudant comme une enfant de dix ans. Tu n'es pas la seule de la famille à avoir de l'avenir dans le théâtre. Tu te rends compte de ce que j'ai ressenti quand Fitzgerald Conroy nous a vues vivre dans ce taudis, alors que je partais pour mon boulot de merde ? J'aurais dû être célèbre !

Olivia reconnut cette voix frénétique, la façon dont les yeux de sa mère allaient et venaient très vite dans la pièce. Elle était sur la phase montante de l'un de ses épisodes maniaques, probablement déclenché par la visite de Fitzgerald. La flamme avait été attisée par un producteur sorti de nulle part qui lui promettait la lune. Olivia devait marcher sur des œufs.

— Alors, quand est-ce que les répétitions commencent ? s'enquit-elle en essayant de désamorcer la situation.

— Ce soir !

Elle se précipita vers son sac et sortit un gros script relié.

— Et puis tous les soirs durant les deux prochaines semaines.

Tous les soirs ? Une alarme se déclencha dans la tête d'Olivia.

— Tu as changé tes horaires de service au Shangri-La ? demanda-t-elle avec de l'espoir.

— Mes horaires de service ?

Sa mère éclata de rire.

— Je n'ai plus besoin de cet horrible boulot. C'est notre chance de succès, Livvie ! New York, les cocktails de minuit au Bar Centrale après les représentations, dormir jusqu'à quinze heures avant de recommencer !

— Maman, dit Olivia lentement, comme si elle craignait de prononcer les mots à voix haute. Est-ce que tu as démissionné ?

Je t'en prie, dis-moi que non.

— Bien sûr !

Olivia sentit la tête lui tourner. Comment cette journée pouvait-elle encore empirer ?

— Comment on va payer le loyer ?

Sa mère l'attrapa par les épaules.

— Nous serons riches ! À la fin des répétitions, je gagnerai sept mille dollars par semaine. Par semaine ! Tu te rends compte, Livvie ?

Elle exécuta une petite pirouette, puis dansa jusqu'à la cuisine où elle se versa un verre d'eau filtrée.

Sept mille dollars par semaine. Olivia avait beau vouloir croire à cette aubaine, tout ça lui paraissait trop beau pour être vrai.

Elle suivit sa mère dans la cuisine et s'appuya au comptoir.

— Alors, dit-elle d'un ton aussi dégagé que possible. Est-ce que tu as vu le contrat ?

— Oh, je t'en prie. Dans ce boulot, tout est affaire de confiance.

Oh, non.

— Donc tu n'as pas vu le contrat.

Sa mère se retourna d'un coup vers elle.

— Non, se moqua-t-elle. Je n'ai pas vu le contrat.

— Peut-être que tu devrais en parler à Charles ?

Avant de libérer la petite boule de stress qui se formait au creux de son ventre, Olivia voulait voir ces sept mille dollars par semaine et cette garantie de représentations à New York notifiés par écrit.

— Tu sais quoi, Livvie, je n'aime pas ton comportement.

— Toi, tu n'aimes pas mon comportement ? lâcha Olivia.

Qui était l'enfant et qui était l'adulte ?

Elle regretta tout de suite de s'être emportée. Sa mère devint écarlate et ses yeux scintillèrent de rage.

— Une *standing ovation* et tu crois en savoir plus que moi ? rugit-elle. Je me suis battue pour atteindre les sommets à New York, chérie, et j'ai tout sacrifié pour toi ! Comment oses-tu gâcher mon quart d'heure de gloire, espèce de sale petite égoïste !

— Maman, je suis désolée. Ce n'est pas ce que je voulais dire.

Mais c'était trop tard. Sa mère sortit de la cuisine en furie, ramassa son scénario et son sac à main et ouvrit la porte.

— Où vas-tu ?

— Apprendre mon texte avant la répétition. Ne m'attends pas.

Olivia continua à regarder la porte bien après que sa mère la lui ait claquée au nez. Elle était inquiète, furieuse, stressée au-delà de tout. Et elle se sentait incroyablement coupable. Sa mère avait raison sur un point, elle avait sacrifié sa carrière pour Olivia. À sa place, beaucoup de comédiennes auraient avorté. Où en serait-elle aujourd'hui si elle n'avait jamais gardé son bébé ? Nominée aux Tony Awards ? Aux Oscars ? À la place, elle était coincée ici, brisée et oubliée.

Le regard d'Olivia se posa à l'autre bout de la pièce, où presque une douzaine de boîtes de cachets étaient éparpillées sur la table basse. Encore ? Elle aurait juré qu'il n'y en avait pas autant la veille.

Soudain, les violentes sautes d'humeur récentes de sa mère lui revinrent en mémoire. Elle traversa le salon en courant, ramassa tous les médicaments et ne laissa que les deux qu'elle connaissait. Elle se dirigea vers sa chambre. Elle ne savait pas d'où sortaient tous ces cachets mais, ces derniers jours, sa mère avait changé. Ils devaient en être la cause. Olivia les planquerait jusqu'à ce qu'elle ait pu en parler avec la Dr Kearns.

Alors qu'elle cherchait une cachette dans sa chambre, elle entendit qu'on frappait à la porte. Sa mère avait encore dû oublier ses clés. Elle lâcha les médicaments sur son lit et se précipita dans l'entrée.

Mais ce n'était pas sa mère.

— Amber !

Elle ne faisait même pas partie du cercle restreint des personnes susceptibles de lui rendre visite en plein milieu de l'après-midi.

— Qu'est-ce que tu fais là ?

Sans répondre, Amber entra de force dans le salon.

— Alors c'est ici que tu vis. Mais ce n'est qu'un deux pièces !

Olivia se raidit. Elle s'était rendue bien souvent dans la magnifique maison d'Amber. Leur appartement aurait tenu dans sa chambre.

Elle avait honte de leur vie, que ses amies sachent à quel point elle était pauvre. Mais elle refusait de le montrer à Amber.

— C'est tout ce que nous pouvons nous permettre, dit-elle avec fierté. Ma mère a deux boulots pour payer le loyer.

— Avait. Au passé. Non ?

Pour la première fois depuis son arrivée, elle se tourna vers Olivia.

— Je suis tombée sur elle devant l'immeuble, elle m'a dit qu'elle allait jouer dans une pièce à Broadway.

— Elle passe ici en avant-première, déclara Olivia la tête haute.

Hors de question qu'Amber perçoive dans quel état les illusions de grandeur de sa mère la mettaient.

— Avant des représentations possibles à New York. Ma mère est connue au Public Theatre, alors elle est parfaite pour le rôle.

OK, un peu exagéré. Mais Amber ne pouvait pas le savoir.

— Si tu le dis.

Olivia prit une profonde inspiration. Elle en avait marre de ces joutes verbales.

— Qu'est-ce que tu fais là ?

— J'ai une faveur à te demander.

— À moi ?

Dans toute l'histoire de leur amitié, Amber n'avait jamais reconnu avoir besoin de quoi que ce soit de la part de quiconque. Peut-être que l'humiliation de cette journée l'avait affectée plus profondément qu'Olivia ne l'aurait imaginé ?

— Je sais que j'ai rompu avec Rex. Mais j'aimerais mieux que tu ne sortes pas avec lui.

Olivia éclata de rire. Elle ne put s'en empêcher.

— Je n'ai aucune envie de sortir avec lui !

Amber se rapprocha d'un pas, sans la lâcher des yeux.

— Tu en es certaine ?

Pourquoi refusait-elle de croire qu'Olivia ne s'intéressait pas du tout à son ex ?

— Absolument certaine.

— Parce que je me rappelle la nuit du feu de joie. Je t'ai vue l'embrasser.

Merde. Ce fichu feu de joie ! Olivia regrettait profondément sa décision de rendre Donté jaloux en embrassant Rex. Cette erreur de jugement momentanée ne lui avait causé que des problèmes.

Il fallait qu'elle mette les choses au point. Qu'elle se libère de ce poids.

— Mais ce n'est pas ce que tu crois. Je…

Une sonnerie de téléphone stridente, à l'ancienne, retentit. Le volume du portable d'Amber devait être au maximum. Elle le sortit de son sac à main et répondit vite.

— Qu'est-ce qu'il y a, Kyle ? Je suis occupée.

Olivia perçut des syllabes étouffées, incompréhensibles, le seul indice de ce qu'il disait fut la réaction d'Amber. Son visage perdit toute couleur, sa main qui tenait le téléphone trembla de façon incontrôlable, son regard se fit vitreux. Son bras retomba, son téléphone chuta par terre.

— Amber ? hurla Kyle, si fort qu'Olivia l'entendit. Amber, tu es là ?

— Qu'est-ce qui se passe ? Qu'est-ce qui ne va pas ?

Amber s'assit lentement sur le bras du canapé sans répondre. Olivia attrapa le téléphone.

— Kyle ? C'est Olivia. Qu'est-ce qui se passe ?

— Oh, ça me rassure, tu es avec elle !

— Kyle, *qu'est-ce qui se passe* ?

VINGT-HUIT

Bree n'en pouvait plus d'attendre John dans sa chambre. Elle essayait désespérément de ne plus penser à Tammi Barnes.

Toutes ses convictions avaient été remises en question. Elle s'était vue comme une héroïne, ou du moins une pécheresse pénitente qui tentait de réparer ses erreurs. Pourtant, elle n'avait fait qu'aggraver la situation de Tammi. Et de combien d'autres ? M. Creed et Ronny DeStefano avaient été tués. Et maintenant Wendy Marshall avait disparu. Était-ce sa faute, aussi ?

Et puis il y avait Christopher. Sa mort la hanterait pour toujours.

Sérieusement, elle était un danger public. Peut-être qu'elle devrait entrer au couvent. C'était une menace que proférait souvent son père, il avait peut-être raison. Cela rendrait service à tout le monde si elle s'enfermait là où elle ne pourrait plus causer de dommages.

Un coup à la vitre la sortit de sa spirale d'apitoiement sur elle-même.

La voix étouffée de John flotta par sa fenêtre .

— Tu m'ouvres ou je reste ici toute la soirée ?

Bree bondit de son lit et ouvrit la fenêtre en grand.

— Qu'est-ce que tu fais là si tôt ?

Les mains sur les hanches, il fit mine de bouder.

— Si tu ne veux pas me voir, je peux partir.

— Non !

Elle voulait le voir plus que tout au monde !

— Mais les cours ne sont pas encore finis. Tu as séché l'EPS ?

— Ils les ont annulés après la première heure de l'après-midi.

— Quoi ?

— Déroule ta longue chevelure, Raiponce. J'ai beaucoup de choses à te raconter.

Vingt minutes plus tard, Bree s'était assise sur son lit, sous le choc.

— Rex et Amber le même jour ? La personne qui a fait ça est soit d'une incroyable intelligence soit d'une bêtise accablante.

— Comment ça ?

— Réussir une mission, c'est la partie facile. Ne pas se faire prendre ensuite, c'est là où ça devient compliqué. Ce nouveau GTC a enchaîné deux missions après quelques jours de planification à peine. Ça va mal se finir.

— Je me demande qui est derrière tout ça… (John tourna sur le côté et s'allongea à côté d'elle, la tête appuyée sur la main.) Une personne ? Deux ?

— Minimum.

Elle réfléchit aux différents rôles que les filles et elle avaient joués durant leurs missions. Reconnaissance, technologie, prise de contact, recherche, effraction, diversions, fausses pistes. Jamais elles n'auraient réussi à moins de quatre.

— Quatre était le nombre d'or, pour nous.

Elle marqua une pause et réfléchit à l'état actuel du GTC, avec ses deux nouveaux membres.

— Je dirais que six, c'est encore mieux.

John lui sourit.

— Tu es le maître GTC.

— Ouais.

Une citation de *Star Wars* surgit dans sa tête, bizarrement bien adaptée à son humeur.

— Le maître des forces du mal.

— Tu ne t'en veux pas à cause de Tammi Barnes, quand même ?

— Pourquoi pas ? (Elle se laissa tomber en arrière sur sa couette.) Le GTC a été le catalyseur de tout ce qui lui est arrivé. Elle est passée d'adolescente populaire à l'existence privilégiée à sans-abri. Tout ça à cause de moi.

— Bree… (John se glissa à ses côtés et lui fit lever le visage vers lui.) Et si ça l'avait aidée ? Même si elle est pauvre et qu'elle vit dans un foyer, peut-être que c'est une amélioration, comparé à sa vie d'avant ?

— Arrête de vouloir me réconforter.

Elle ne voulait pas d'absolution.

— Ouais, ouais, fit John avec dédain. Tu es accro à la culpabilité. C'est bien un truc de catho.

Bree se renfrogna, pas parce qu'il avait tort, mais parce qu'il avait raison.

— Mais t'autoflageller ne va rien réparer. Ni ses actions ni les tiennes.

Il n'avait pas tort.

Il se pencha et l'embrassa, avec lenteur et tendresse. Elle oublia Tammi Barnes. Elle caressa sa joue, s'attarda sur le trait carré de sa mâchoire. Elle se sentait bien plus calme en présence de John. C'était la seule personne au monde qui tienne à elle, qui l'écoute vraiment. Il serait toujours là quand elle aurait besoin de lui.

Elle se cambra et il approfondit le baiser. À cet instant, elle avait besoin de lui. Terriblement.

John changea de position et elle glissa les mains dans son pantalon, rapprocha ses hanches des siennes. Il gémit dans sa bouche, faisant trembler ses lèvres, puis il descendit plus bas, l'embrassa sur le menton, dans le cou, sur la clavicule. Elle leva les bras lorsqu'il remonta sa robe et…

Des coups vifs à la porte les ramenèrent sur terre.

— Bree ? Tu es là ?

— Merde ! chuchota-t-ellc.

Sa mère n'était pas entrée dans sa chambre depuis sa sortie de détention. Pourquoi maintenant ? Elle jeta un coup d'œil à la fenêtre, où l'échelle de corde pendait encore. Elle avait oublié de la remonter ! Est-ce que les voisins l'avaient remarquée et avaient appelé sa mère ?

John roula par terre et commença à se faufiler sous le lit.

— Non ! dit Bree entre ses dents.

Elle indiqua la fenêtre.

— Pas le temps, répondit-il.

Il glissa son torse sous le cadre.

— Bree, tu m'as entendue ?

Sa mère agita la poignée.

— Pourquoi t'es-tu enfermée ?

La dernière chose qu'elle voulait, c'était que John assiste à l'horrible spectacle de Mme Deringer pompette, mais elle n'avait pas le choix. Elle se précipita à la fenêtre et ferma les rideaux, puis elle déverrouilla sans plus tarder la porte.

— Quoiiii, maman, qu'est-ce qu'il y a ? demanda-t-elle, une main sur la hanche, dans une pause qu'elle espérait détendue.

Le bras appuyé contre l'encadrement, sa mère regarda par-dessus son épaule.

— Pourquoi as-tu mis si longtemps à répondre ?

— Je dormais.

Pour illustrer, elle tendit le bras et fit semblant de bâiller à s'en décrocher la mâchoire.

— Mmh, mmh.

Sa mère parcourut la chambre du regard, s'attarda sur les rideaux fermés. Bree retint sa respiration.

— Et pourquoi la porte était-elle verrouillée ?

— Il y a un étranger dans notre maison.

— Olaf n'a rien d'un étranger, rétorqua sa mère avec un soupir d'agacement.

Elle passa devant Bree et entra dans la chambre, toujours aux aguets.

— Il fait quasiment partie de la famille.

— C'est ça, répondit Bree, les bras croisés sur la poitrine. Et je suis sûre que tes intentions envers lui sont tout à fait maternelles.

Le sourcil haussé, sa mère tourna d'un coup la tête.

— Tout à fait.

Les rideaux dansèrent dans la brise et exposèrent les crochets de l'échelle de corde. D'un pas dégagé, Bree passa de l'autre côté de la chambre pour détourner l'attention de sa mère.

Celle-ci fit le tour, examina les posters de groupes de musique collés au mur. Elle s'arrêta devant la commode et parcourut les photos encadrées. Elles étaient toutes de Bree et de son frère Henry Jr à différents stades de leur enfance, jusqu'à ce qu'il parte à l'université. Se rendait-elle compte qu'il n'y avait aucune photo de son mari et elle ?

Enfin, elle s'assit sur le bord du lit.

— Je voulais reprendre notre conversation d'hier.

— Tu vas me rendre mon téléphone ?

— Non.

— Tu me donnes l'accès à Internet ?

— Non.

— Tu m'autorises à avoir des visites ?

Sa mère fit la moue.

— Je ne peux pas.

Bree serra les dents.

— Alors nous n'avons rien à nous dire.

— Bree, dit sa mère d'un ton presque triste, je sais que tu me prends pour une mauvaise mère…

Parce que tu en es une.

— … et que tu penses que je t'ai abandonnée ici, à Menlo Park. Mais as-tu pris le temps de réfléchir au fait que tu es mieux sans moi ?

Tous les jours.

Une légère vibration sortit de sous le lit. Le téléphone de John ! Il l'étouffa tout de suite, mais Bree retint son souffle.

— Je me rends compte, reprit sa mère, n'ayant rien entendu, que je n'ai pas été très… maternelle. Il faut que tu comprennes qu'on m'a élevée en égoïste. À ne penser qu'à moi-même. J'étais malheureuse ici, à jouer l'épouse dévouée d'un politicien. Je ne voulais surtout pas que tu me voies ainsi.

Bree étrangla un ricanement.

— Tu essaies de me faire croire que tu m'as fait une fleur en te tirant en France ?

— Quelque part, oui.

Se disputer avec sa mère n'allait pas la faire sortir de sa chambre plus vite. Mieux valait jouer le jeu.

— Tu sais quoi, maman ? Tu as raison. Je trouve que tu as pris la bonne décision.

— Vraiment, dit sa mère, sarcastique.

— Absolument.

Bree passa un bras autour de ses épaules et l'entraîna vers la porte.

— Aujourd'hui, en thérapie, on a parlé de la gestion des émotions et de la recherche de solutions non violentes. Alors, pour le moment, le mieux à faire, c'est de me laisser réfléchir à tout ça toute seule.

— D'accord.

Elle poussa presque sa mère dans le couloir.

— On se voit au dîner. Salut !

Bree tourna la poignée, verrouilla fermement la porte et appuya le front contre le bois lisse et froid.

— C'était moins une.

John s'extirpa de sous le lit.

— Je suis désolé.
— Ce n'est pas ta faute si t'as reçu un texto.
— Pas pour ça.
Il se dirigea vers elle d'un pas déterminé et l'étreignit.
— Au sujet de ta mère.
— Oh.
— Pourquoi tu m'as pas dit qu'elle vivait en France ?
Bree évita son regard.
— Puisque ton père passe son temps à Sacramento, ça veut dire que tu vis ici toute seule, dans cette maison. Est-ce que c'est légal ?
Bree haussa les épaules.
— Il y a Magda.
— Qui ?
— La gardienne.
Il prit son visage entre ses mains et le leva vers lui.
— Tu aurais dû m'en parler.
— Comment ? Lâcher au milieu de la conversation : « Au fait, mes parents m'ont abandonnée dès que mon frère est parti à l'université. C'est génial, non ? » (Elle secoua la tête.) Ce n'est pas vraiment une info qu'on sort à la légère, entre deux cours.
— À partir de maintenant, dit-il doucement, je veux être au courant de ce genre de trucs, OK ?
— OK.
Le portable de John vibra à nouveau.
— Merde, j'avais oublié.
Il le sortit de sa poche et balaya l'écran. Presque aussitôt, il poussa un cri étouffé.

— Qu'est-ce qu'il y a ?
— Oh, mon Dieu.
— Qu'est-ce qu'il y a ? Ça vient de qui ?
Quand John leva les yeux, elle vit la peur briller dans ses yeux.

VINGT-NEUF

Une demi-heure après l'arrivée de la police, Kitty tremblait encore. Elle n'avait pas froid. Ou peut-être que si ? Elle n'arrivait pas à savoir. Elle était assise au milieu de l'escalier, appuyée contre le mur, dos au salon.

Elle ne savait même pas combien de temps s'était écoulé depuis que Kyle et Tyler s'étaient précipités dans le salon et avaient découvert Kitty devant le corps sans vie de Rex Cavanaugh. Elle n'avait pas réussi à parler, à crier, ni même à détourner les yeux. Kyle l'avait prise par les épaules et l'avait ramenée dans l'entrée. L'un des deux avait dû appeler les urgences, car elle se souvenait du bruit des sirènes. Puis de gens qui entraient et sortaient tandis que des voix criaient au loin, à la fois furieuses et effrayées.

Kyle et Tyler avaient disparu, peut-être qu'on leur avait demandé de partir ? Ou étaient-ils interrogés par la police ? Elle n'en avait aucune idée, tout ce qu'elle savait, c'était que personne ne l'avait dérangée. Elle aurait probablement dû signaler sa présence, dire que c'était elle qui avait découvert le corps, mais elle n'avait pas l'énergie de s'arracher au tapis doux et épais. Elle appuya la tête contre le mur et ferma les paupières. Peut-être que si elle se faisait très discrète, on l'oublierait.

Des gens parlaient, les mots paraissaient lointains, incompréhensibles. Puis elle entendit des pas, forts et nets contre le carrelage ; une voix autoritaire traversa le brouhaha.

— Docteure Choudhary, vous avez estimé l'heure du décès ?

Kitty connaissait cette voix. Sans oser bouger de peur qu'il la remarque, elle ouvrit les yeux et tendit le cou pour avoir un point de vue sur l'entrée. Le sergent Callahan se tenait dos à elle, les mains sur les hanches, à côté de deux femmes en combinaisons identiques.

— Le corps est là depuis un certain temps, dit la Dr Choudhary en retirant ses gants en caoutchouc. Je dirais que l'heure du décès est entre huit heures et dix heures ce matin.

Le corps ? Il a un nom. Kitty détestait Rex, mais la façon dont la médecin légiste l'avait dépouillé de toute humanité la hérissait. Peut-être était-ce le seul moyen pour elle d'accomplir son travail, face à la mort au quotidien.

Le sergent Callahan hocha la tête.

— Accidentelle ?

— Non, à moins qu'il se soit lui-même brisé le cou, répondit la docteure, un sourcil haussé.

— Pardon ?

— Les hématomes autour de son cou se sont formés après sa mort, de plus il y a des signes de lutte.

— Vous voulez dire que c'est un meurtre ?

— Oui. Je dirais que le meurtrier a surpris la victime et a tenté de l'étrangler avec sa ceinture. La victime s'est défendue, ce qui a causé les marques autour de son cou, qui a dû se briser pendant la lutte. La mort a été instantanée.

Apprendre qu'il s'agissait d'un assassinat ne surprenait pas Kitty. Elle revit le visage, violet, gonflé, les yeux ouverts, la bouche figée en un cri silencieux. Une expression de terreur.

Ses mains se remirent à trembler.

Le sergent Callahan inspira profondément et relâcha son souffle avec un sifflement lent, contrôlé.

— Autre chose ?

— Il y a plusieurs échantillons de cheveux sur la victime. Nous les envoyons au labo pour analyse ADN.

Plusieurs échantillons de cheveux ? Kitty n'avait rien d'une experte, mais ça paraissait bizarre. Rex avait été seul chez lui depuis son départ du lycée en première heure, comment aurait-il eu assez de contacts avec d'autres personnes ?

La Dr Choudhary adressa un signe de tête à son assistante qui lui tendit un sachet en plastique.

— Et nous avons trouvé ceci dans la poche de sa chemise.

— C'est une blague !

Le sergent Callahan leva la pochette à la lumière. Le cœur de Kitty s'arrêta. Une carte de visite blanche, imprimée de lettres noires, nettes. GTC.

— Est-ce que ça vous parle ? demanda la médecin légiste.

— Oui, malheureusement. (Le sergent coinça le sac sous son bras.) La police scientifique va se charger du reste. Appelez-moi si vous trouvez quoi que ce soit d'autre.

— Vous ne restez pas ?

Il secoua la tête.

— J'ai un dossier de personnes disparues à consulter. Une Mme Gertrude Hathaway a appelé ce matin en panique. Elle a dit que son fils Xavier, de dix-neuf ans, a été kidnappé dans sa chambre cette nuit.

Kitty écarquilla les yeux. Xavier Hathaway avait disparu lui aussi ?

— Encore une disparition ? Vous croyez que c'est lié ?

— Je n'en suis pas certain, mais je ne néglige aucune piste.

Assis dans sa voiture, Ed ne détournait pas les yeux du texto d'Olivia.

Rex Cavanaugh était mort.

Il songea à ce qu'Olivia et Kitty lui avaient dit. Ronny DeStefano avait voulu faire chanter Christopher. M. Creed avait pourri la vie de ce même Christopher à Archway. Et Rex Cavanaugh avait gardé un secret connu de Christopher et l'avait harcelé à cause de ça.

Il songea à Christopher Beeman plaçant le nœud coulant autour de son cou dans la chaufferie de l'académie militaire d'Archway. Désormais, trois des personnes qui l'avaient poussé au suicide étaient mortes à leur tour.

Peut-être y avait-il une justice en ce monde, finalement ?

Il consulta l'heure sur son téléphone, puis le posa sur le siège passager. Il prit une paire de mini-jumelles qu'il braqua sur la maison au bout de la rue résidentielle bordée d'arbres où il était garé.

Ça ne devrait plus tarder.

Après deux après-midi de surveillance, le quartier lui était familier : les jardins de paysagiste et les pelouses à l'entretien hors de prix, le mélange de bois naturel et de barrières blanchies qui délimitaient les propriétés, les SUV de luxe dans chaque allée. La maison qu'il surveillait ressemblait exactement à ses voisines, rien ne l'en distinguait.

Une berline gris charbon tourna au coin de la rue et se gara dans l'allée de la maison de Brant et Wanda Beeman à Palo Alto. Tendu d'impatience, Ed regarda Wanda descendre de voiture et se diriger vers l'entrée, avant dc s'arrêter net. Il vit presque ses pensées défiler devant la porte qu'Ed avait crochetée et laissée grande ouverte. *Est-ce que j'ai oublié de la verrouiller ? On ne dirait pas qu'elle a été forcée. Non, je suis sûre de l'avoir verrouillée. Est-ce que Brant est rentré plus tôt de son voyage d'affaires ? Non, le vol de Los Angeles a été retardé.*

Il retint son souffle. Elle allait le faire ? Allait-elle mordre à l'hameçon ? Au bout de quelques secondes, Wanda sortit son téléphone portable et retourna vite à sa voiture.

Bingo.

Si Ed avait tout bien déduit, et il était assez sûr de lui, Wanda Beeman, à cet instant précis, appelait l'ami ou le membre de la famille qui avait été diplômé de l'académie de police vingt ans plus tôt. Il avait fait très attention : il ne voulait pas donner l'impression que la maison avait été cambriolée, car elle serait passé par le numéro d'urgence. Non, il fallait que ce soit un événement perturbant, mais peut-être innocent. Elle ne pouvait être certaine d'avoir fermé et verrouillé la porte. Elle ne voudrait pas déranger, alors elle appellerait la personne qu'elle connaissait dans la police locale.

L'attente sembla durer une éternité. Ed n'avait trouvé aucun Beeman dans le répertoire des forces de l'ordre locales. C'était sa dernière et sa meilleure chance de suivre cet indice. Peut-être se montrait-il paranoïaque ? Comme si un policier pouvait être impliqué dans la série de meurtres attribués au GTC !

Enfin, Ed se recroquevilla sur le siège conducteur lorsqu'un véhicule de police noir et blanc tourna dans la rue et se gara devant la maison des Beeman. Retenant son souffle, il regarda à travers les jumelles lorsque l'agent sortit de la voiture et lui présenta une vue dégagée de son visage.

— Oh, merde.

TRENTE

Kitty contempla le salon d'Olivia, le dernier lieu de réunion du GTC, et pria pour que ses coéquipiers aient eu plus de succès qu'elle dans leur enquête.

— Tout le monde est prêt ?

Ed-au-carré lui fit un grand sourire.

— Parés et motivés !

Le visage sombre, Olivia hocha la tête.

John se pencha et parla dans le téléphone de Kitty, posé sur la table basse.

— Tu nous entends, Bree ?

Sa voix grésilla dans le haut-parleur.

— Cinq sur cinq.

— Super idée, de lui laisser ton téléphone, dit Kitty avec un sourire approbateur à l'adresse de John.

Au début, elle avait été très mal à l'aise qu'il soit au courant de leur petit secret, mais elle avait changé d'avis. Elles auraient besoin de toute l'aide possible.

— Oh, j'y crois pas ! (Le souffle de Bree bruissa dans le haut-parleur.) Ça fait tellement plaisir de vous entendre !

— Je sais combien je t'ai manqué ! dit Ed, moqueur.

Elle renifla.

— Ouais, et je suis sûre que c'est réciproque.

Kitty secoua la tête.

— On papotera plus tard, les enfants. La mère d'Olivia va revenir de sa répétition dans quelques heures. Notre temps est limité.

— Comme d'habitude, commenta Ed.

— Kitty, dit Bree d'une voix soucieuse. Je suis désolée pour l'entrepôt de ton oncle. Est-ce que l'assurance va le rembourser ?

L'image de l'incendie revint d'un coup à l'esprit de Kitty, ainsi que les mots « Je suis de retour » brillant dans la ruelle assombrie.

— L'incendie a été déclaré criminel. Si on conclut que mon oncle en est à l'origine, l'assurance ne marchera pas et il ira probablement en prison.

— Merde, fit John.

— On trouvera le responsable, déclara Bree.

À sa voix, Kitty imaginait très bien son expression déterminée.

— Et on prouvera l'innocence de ton oncle.

— Merci.

C'était gentil de sa part, mais Kitty n'avait aucune envie de s'attarder sur ses problèmes personnels. Ça n'allait pas les aider.

— La médecin légiste a été très claire : Rex a été assassiné.

Ed s'agita sur son siège.

— Et une carte du GTC a été trouvée sur le cadavre.

Kitty se leva et contourna le canapé. Il fallait qu'elle réfléchisse, ce qui signifiait bouger.

— Rex Cavanaugh, M. Creed, Ronny DeStefano. Qu'est-ce qu'ils ont en commun ?

— À part d'être de sales connards ? ricana Ed-au-carré.

— Ils sont liés à Christopher Beeman, intervint Bree.

— À mon avis, le lien avec Beeman est surestimé. On n'a rien trouvé de tangible.

— Ce sont aussi d'anciennes victimes du GTC, proposa John.

Des victimes du GTC.

— À ce sujet, annonça Kitty avec un profond soupir. J'ai entendu le sergent Callahan dire que Xavier Hathaway avait disparu.

Ed croisa les bras sur la poitrine.

— Bon débarras.

— Et d'après Logan, reprit-elle sans relever, les jumeaux Gertler aussi.

— Quoi ? s'écria Olivia.

Kitty hocha la tête.

— Logan me l'a dit et j'en ai eu la confirmation aujourd'hui. Ils ont disparu de la boutique de surf hier soir. Sans laisser de traces.

Olivia s'affaissa sur son siège.

— Oh, c'est pas vrai.

— Logan te soupçonne, continua Kitty en lui jetant un regard appuyé. Mais je lui ai dit que ce n'était qu'une coïncidence.

— J'ai d'autres mauvaises nouvelles, déclara Bree d'un ton alarmé. Wendy Marshall a disparu aussi.

— Quoi ? répéta Olivia.

— Ouais, je l'ai entendu à la radio.

— Xavier Hathaway, Wendy Marshall et les jumeaux Gertler…

Kitty sentit son souffle s'accélérer. Cela ne pouvait pas être une coïncidence.

— Quatre personnes disparues, toutes connectées au GTC.

— Et toutes celles sur lesquelles on a enquêté cette semaine, remarqua Ed avec un sifflement. C'est pas une coïncidence.

Kitty se mit à réfléchir à toute vitesse. Elle sortit un bout de papier de son sac de sport, la liste qu'elle avait faite avec Ed et Olivia quelques jours plus tôt, et elle se mit à lire les noms.

— Numéro un, Wendy Marshall. Disparue. Numéro deux, Christina Huang, côte Est. Xavier Hathaway, disparu. Les Gertler, disparus. Melissa Barndorfer, en Europe. Tammi Barnes…

Elle baissa les yeux vers son téléphone.

— Bree, tu l'as vue ce matin, non ?

— Oui. Et je la revois demain.

— On va partir du principe qu'elle n'a pas disparu pour l'instant. Puis il y a Ronny, M. Creed et maintenant Rex Cavanaugh.

— Tous décédés, ajouta Ed.

— Si notre meurtrier est une ancienne cible du GTC, alors Tammi est notre seule suspecte.

— Ce n'est pas elle, intervint très vite Bree.

Ed renifla.

— Comment tu le sais ?

Kitty se mordit la lèvre en attendant la réponse de Bree. Elle la voyait presque gratter son vernis à ongles derrière son téléphone.

— Je n'y crois pas, c'est tout, dit-elle enfin.

— Je suis ravie que tu te sois découvert un amour profond pour Tammi Barnes, déclara Ed, dégoulinant de sarcasme. Mais puis-je te rappeler ce qu'elle a fait pour s'attirer les foudres du GTC ? C'était pas joli-joli.

Olivia le foudroya du regard.

— Ouais, et toi, tu ne prenais peut-être pas les paris sur laquelle de ses victimes se verrait attribuer la meilleure note ?

— Je suis un homme d'affaires. (Ed claqua des doigts.) Oh ? Et comment Tammi s'est attaquée à son beau-père ? Avec une batte de base-ball ?

— Comme Ronny, dit lentement Olivia.

— C'est pas elle ! répéta Bree.

Ed haussa les épaules.

— Tu es prêt à parier ta vie dessus ?

— OK, intervint Kitty.

Ces chamailleries ne les mèneraient à rien.

— Si Tammi n'est pas impliquée, alors elle pourrait être la prochaine à disparaître.

— Je lui parlerai demain, s'empressa de dire Bree, semblant plus ou moins apaisée.

— Et n'oubliez pas Amber ! ajouta Olivia. C'est aussi une cible du GTC.

— Tammi Barnes et Amber Stevens, récita Ed, songeur. Victimes ou meurtrières ? Plus d'informations en page quatre.

— Mmh.

John contemplait le plafond.

— Quoi ? demanda Kitty.

Il étira un long bras derrière sa tête et attrapa l'arrière de sa chaise.

— Je me disais. Il y a forcément un moyen d'en tirer avantage.

— Qu'est-ce que tu veux dire ?

— Eh bien, on ne sait jamais exactement où et quand le meurtrier va frapper ensuite, non ? Ça pourrait être notre chance de le piéger.

— Tu veux dire en nous servant de l'une d'elles comme appât ?

Ed glissa jusqu'au bord de son siège.

— Ce plan me plaît déjà !

Kitty voyait à la fois les avantages et désavantages de cette approche. D'un côté, ils le forceraient peut-être à sortir du bois. D'un autre, ils mettraient la vie de quelqu'un en danger.

— J'aime cette idée de passer à l'attaque.

— Ouais, ricana Bree. Ça s'est tellement bien passé la dernière fois !

— C'était pas ton idée, la dernière fois ?

— Oui, oui, bref.

— Je ne crois pas pouvoir convaincre Amber de nous aider, dit Olivia. À moins que John lui en parle.

— Oh que non, rétorqua Bree.

— Tu une meilleure idée ? demanda Ed.

Elle marqua une pause.

— Tammi. Je pourrais convaincre Tammi de le faire.

— Si seulement Margot était là, gémit Olivia. Elle saurait quoi faire.

— « Que ferait Margot », dit John, songeur. Ça me plaît. Ce sera notre nouveau mantra !

Effectivement, que ferait Margot ? C'était une question plus sensée que John ne l'imaginait. Margot cherchait toujours le chemin direct, logique. Rien de fou, rien dont la probabilité de succès soit trop basse. Elle pesait le pour et le contre, évaluait les points faibles, calculait chaque partie de leurs plans. Pourquoi ne pas l'imiter ?

— OK. (Tendue, Kitty s'assit.) Bree, vois ce que tu peux faire avec Tammi, mais si ça ne marche pas, on passe au plan B.

— Le plan B ? C'est quoi, ça ?

— Ça, dit-elle lentement, c'est notre mise en scène.

TRENTE ET UN

Le pouls de Bree s'emballa lorsque Olaf tourna sur le parking du cabinet de la Dr Walters. Dans l'heure qui suivrait, il faudrait qu'elle évite de parler de son rôle dans le GTC, qu'elle satisfasse les exigences de Walters en termes de « participation adéquate au groupe » et qu'elle découvre si Tammi Barnes l'aiderait à trouver un meurtrier.

Aucun problème.

Tammi était déjà assise lorsque Bree entra dans la salle de thérapie de groupe. Elle sourit et l'invita à s'asseoir à côté d'elle d'un signe de tête.

Quand faut y aller…

— Salut, dit Tammi, réprimant un sourire furtif. Comment ça va ?

Bree haussa les épaules.

— La routine.

Elle tendit la jambe pour montrer le bracelet de surveillance.

— Pas grand-chose à faire quand on est enfermé toute la journée, mentit-elle.

— Alors, tu ne peux pas sortir du tout ?

— Juste pour venir ici.

— Pendant combien de temps ?

Jusqu'à ce que mon père me retire ma laisse ?

— Jusqu'à mon audience.

Tammi écarquilla les yeux.

— Ah oui ! Qu'est-ce que tu as fait ?

— Euh…

Merde. *Bravo, crétine. Ça fait pas trente secondes que tu es là et tu as déjà lancé une conversation que tu ne veux pas avoir.*

— Un truc idiot, franchement.

Tammi esquissa un sourire moqueur.

— Idiot du genre voler une voiture ? Ou assommer ton beau-père avec une batte de softball ?

— Ça, je trouve que c'est plus courageux qu'idiot.

Courageux d'une façon que Bree admirait, encore que lorsqu'elle imagina Tammi au-dessus du corps inconscient de son beau-père, il se transforma soudain en Ronny DeStefano.

— Très bien, tout le monde ! lança la Dr Walters en arrivant. Je suis ravie que nous soyons toutes à l'heure aujourd'hui. Commençons, d'accord ?

Elle s'assit d'un mouvement théâtral sur sa chaise, faisant onduler sa jupe à volants, et ouvrit son carnet.

— Il me semble que nous ouvrons le bal avec Bree, aujourd'hui ?

Celle-ci hocha la tête et prit une lente et profonde inspiration. *Tu peux y arriver.*

— Est-ce qu'on peut parler de mes parents ? demanda-t-elle, prenant le contrôle de la conversation.

L'expression de la docteure s'éclaira, ses yeux brillèrent. Bree avait deviné que parler de ses problèmes familiaux devait être comme agiter un drapeau rouge sous les yeux d'un taureau furieux. Elle avait raison.

— Bien sûr ! Par quoi veux-tu commencer ?

Bree se lança dans le monologue qu'elle avait soigneusement répété dans sa tête toute la matinée. Elle commença par son père, expliqua que sa carrière politique avait toujours dirigé sa vie, dominé toutes ses décisions, qu'il s'agisse de son mariage (à une riche héritière au nom connu), du lieu où il habitait (un quartier où la famille de ladite épouse jouissait d'une réputation irréprochable), des écoles où il inscrivait ses enfants (des institutions catholiques bien établies ayant une longue liste d'élèves acceptés dans des universités de renom). Puis elle parla de sa mère, mondaine immature, gâtée, qui détestait sa vie d'épouse et de mère au point de s'enfuir dans le sud de la France sitôt son fils chéri entré à l'université.

Ça faisait une excellente histoire, il fallait le reconnaître. Et le mieux : tout était vrai, dans les moindres détails. Elle n'aurait pu écrire de scénario de film plus crédible. Sa petite vie tragique d'enfant délaissée formait un excellent dossier de thérapie. La Dr Walters était pendue à ses lèvres, prenant des notes infinies et demandant à Bree ce qu'elle ressentait, en quoi sa vie familiale influençait ses prises de décision et ce qu'elle espérait trouver dans cette thérapie.

Alors Bree plongea tête la première dans ses sentiments d'abandon et de colère. Au début, elle pensait vraiment qu'elle exagérait son ressentiment au profit de son public, comme elle l'avait répété. Mais lorsqu'elle relata l'histoire de la remise de diplôme au lycée de son frère, des souvenirs enfouis depuis longtemps remontèrent à la surface. Ils s'échappèrent de ses lèvres avant qu'elle les modifie. La fierté évidente de ses parents ce jour-là, leur adoration pour Henry Jr., la façon dont ils avaient paradé en évoquant sa mention de major de promo devant les associés politiques de son père et les connaissances du grand monde de sa mère, au cours d'une réception luxueuse dans un country club.

Elle se rappelait combien elle s'était sentie petite, mise de côté. Comme si sa famille était constituée de ses parents et de son frère, et qu'elle n'était qu'un changelin qu'on aurait déposé sur le palier des Deringer.

Bree adorait Henri Jr. Malgré les quatre ans qui les séparaient, ils avaient été assez proches en grandissant. Il était drôle, gentil et affectueux, des qualités dont manquaient ses parents. À mesure que la Dr Walters extrayait ses émotions, son visage se mit à la brûler et, à force de réprimer les larmes qui menaçaient de l'aveugler, elle avait les yeux qui piquaient.

Elle tomba alors dans l'embuscade.

— Bien, Bree, crois-tu que ce besoin désespéré d'attention et d'approbation t'ait poussée à mener les actions du GTC ?

Bree retint sa respiration. Elle releva d'un coup la tête, consciente de son erreur. À côté d'elle, Tammi se raidit, son souffle se fit de plus en plus court.

— Je...

Avec le pire timing de l'histoire, l'alarme de la Dr Walters sonna.

— Bien, nous reprendrons lundi. Merci, mesdames.

Tammi bondit de sa chaise et sortit à toutes jambes avant que Bree puisse dire quoi que ce soit.

Merde.

Bree courut à son tour dans le couloir et le hall, juste à temps pour la voir franchir la porte.

— Tammi !

— Où va toi ? demanda Olaf lorsqu'elle passa devant lui à toute vitesse.

Elle ne prit pas le temps d'expliquer. Tammi était déjà dans la rue.

— Attends !

Elle ne ralentit pas, ne jeta même pas un regard en arrière, mais continua d'avancer aussi vite que possible sans se mettre carrément à courir.

— Il faut que tu m'écoutes ! lança Bree lorsqu'elle rattrapa sa proie.

— Pourquoi ? demanda Tammi par-dessus son épaule. Pour que tu puisses encore me ridiculiser ?

Zut ! Ce n'était pas du tout ce qu'elle espérait. Et après avoir été démasquée ainsi, elle ne pouvait pas commencer par : « Dis, ça te branche de servir d'appât pour attraper un meurtrier ? »

Alors elle tenta une autre approche.

— Tammi, tu es peut-être en danger.

— Je vis dans un foyer de réinsertion, dit Tammi avec un rire. Qu'est-ce qui pourrait être plus dangereux ?

— Wendy Marshall, haleta Bree. Xavier Hathaway. Maxwell et Maven… (Elle s'interrompit pour respirer.) Gertler.

Tammi s'arrêta net au milieu du trottoir et se tourna à moitié vers elle.

— Quoi ?

— Ils ont tous disparu.

Tammi scruta le trottoir, la mâchoire montant et descendant comme si elle mâchait littéralement les mots de Bree.

— Pourquoi tu me dis ça ?

Bonne question. Si c'était elle, la meurtrière, alors ils perdaient leur avantage. Et bien qu'au fond d'elle Bree ne la croie pas coupable de trois meurtres, une tentative d'assassinat et quatre kidnappings, elle avait vraiment essayé de tuer son beau-père. Et le GTC lui avait gâché la vie. D'ici à ce qu'elle aille jusqu'au bout et qu'elle se venge de ses ennemis en même temps, il n'y avait pas bien loin.

Non, Bree n'y croyait pas. Cette Tammi Barnes était différente de celle qu'elle avait connue au lycée. Et elle aurait mis sa main au feu qu'il ne s'agissait pas de la meurtrière.

— Écoute, dit-elle enfin. Tous les victimes du GTC encore dans le coin sont soit mortes, soit disparues.

— Et tu as éprouvé le besoin de me prévenir ? Par bonté d'âme ?

— Tammi, dit Bree en accusant le coup, je veux que tu sois prudente, c'est tout. Le responsable de tout ça est…

Fou ? Impitoyable ?

— … dangereux.

Au lieu de montrer de la peur et de l'inquiétude, Tammi esquissa un lent sourire.

— Je sais ce que ça veut dire, d'être dangereux, dit-elle d'une voix rauque qui donna la chair de poule à Bree. Et toi, tu n'en as aucune idée.

Puis elle se retourna et disparut au coin de la rue.

OK. Peut-être que Bree se trompait.

Un klaxon résonna lorsque Olaf arrêta le SUV noir dans un crissement.

— Monte dans voiture ! hurla-t-il. Ou Olaf porter toi ?

— Non.

Bree ouvrit la portière et s'installa sur le siège arrière.

— Ça bien, approuva Olaf.

— Olaf. Il faut que vous suiviez cette fille à qui je parlais. Elle a tourné sur Maple Street. Vous pouvez…

Il s'écarta du trottoir et dépassa la rue si vite que Bree ne put même pas apercevoir les piétons.

— Ça va pas ! cria-t-elle, agrippée à sa ceinture de sécurité. Il faut que je sache où elle va !

— Maintenant, maison.

— C'est une question de vie ou de mort !

Au lieu de répliquer aussitôt, comme d'habitude, Olaf marqua une pause et jeta un coup d'œil par-dessus son épaule. Pendant une demi-seconde, elle crut que le gorille montrerait un peu d'humanité et ferait un petit geste.

— Olaf avoir ordres, dit-il à la place.

— Ouais, marmonna Bree en s'affaissant. J'en doute pas.

Pendant qu'il roulait à toute vitesse, concentré sur le trafic, Bree sortit le portable de John de son soutien-gorge et envoya un texto rapide, silencieux.

On lance le plan B.

TRENTE-DEUX

Assise dans les gradins, Olivia n'arrivait pas à rester en place. C'était la troisième assemblée en un mois. Les deux dernières avaient été exceptionnelles : d'abord, l'attaque du GTC contre M. Creed, puis Bree qui s'était rendue sous les yeux de tout le lycée et la moitié du poste de police de Menlo Park. Et ce jour-là ? Ce jour-là suivrait la tendance.

Enfin, avec quelques différences. Elle parcourut les gradins du regard. Les derniers élèves et professeurs entraient dans le gymnase à moitié vide, d'habitude plein à craquer. Trois morts, c'en était trop pour la plupart des parents. Presque tous les élèves de troisième et seconde et certains de première et terminale ne venaient plus au lycée.

Peu importait. Il y avait bien assez de témoins.

La gorge nouée, elle recroisa les jambes pour la énième fois. Est-ce que ça allait marcher ? Ou étaient-ils sur le point de faire une erreur colossale ?

— Qu'est-ce qui ne va pas ? demanda Jezebel. Tu es carrément nerveuse.

— Tu as vu Amber ?

— Non.

Où est-elle ?

Olivia fit mine de prendre son téléphone dans son tote bag, avant de se rappeler son absence, une conséquence des nouvelles mesures de sécurité du campus. La vidéo de Rex et le photomontage d'Amber avaient fait le tour des réseaux sociaux. Tout élève ayant accès à Internet avait pu l'y diffuser en quelques secondes. Alors le père Uberti avait interdit les téléphones portables et autres appareils sans fil. Olivia avait dû laisser le sien dans la voiture de Peanut. Elle espérait que Kitty et Ed avaient réussi à planquer les leurs avant que les policiers les confisquent.

Olivia changea à nouveau de position, ce qui lui valut un grognement irrité de la part de Jezebel, puis son attention fut attirée à l'autre bout du gymnase, lorsque Kyle et Tyler passèrent la porte. Ils portaient tous les deux des brassards noirs par-dessus leurs polos bleus des Maine Men, en hommage à leur compagnon assassiné. Ils avaient passé la matinée à en distribuer sur le campus et, à la sainte horreur d'Olivia, cette mode s'était répandue comme un feu de brousse. Tous les Maine Men en portaient, bien sûr, et d'autres élèves les avaient imités. Rex Cavanaugh avait été plus craint qu'adoré mais, au bout du compte, il avait fait partie de Bishop DuMaine. Et il avait été victime d'un horrible meurtre.

Le père Uberti arriva ensuite, suivi d'une demi-douzaine de prêtres. Les représentants de l'archidiocèse.

Deux d'entre eux portaient la même soutane à capuche noire que le vieil Abruti, avec les mêmes cordons à la taille. Des membres de son ordre, sûrement. Les autres étaient vêtus de la veste et du pantalon noirs habituels et d'un col romain.

Le père Uberti marchait plus lentement que d'habitude, il avait perdu sa morgue habituelle. Les épaules basses, il se caressait la barbe avec une énergie presque maniaque. Pour la première fois depuis l'arrivée d'Olivia au lycée, il semblait incertain.

Il prit le micro avec un gros soupir.

— Au vu des nombreuses absences, commença-t-il sans cérémonie, j'imagine que la nouvelle du décès de M. Cavanaugh a été rendue publique.

Il marqua une pause brève. Dans le gymnase, le silence était absolu.

— Je prendrai ça pour un oui.

Jezebel toucha le bras d'Olivia et montra la porte du menton.

— La voilà.

Olivia se retourna. Amber se tenait sur le seuil, ses boucles anglaises parfaites encadrées par le soleil matinal. Elle entra dans le gymnase. Son visage s'empourpra, elle se raidit, comme si elle contenait à peine sa fureur. Son regard parcourut les gradins. Puis s'arrêta sur Olivia.

— Espèce de salope ! rugit-elle.

Toutes les têtes se tournèrent vers Olivia.

— Tout ça, c'est ta faute !

Olivia vérifia derrière elle, comme si Amber pouvait s'adresser à quelqu'un d'autre.

— Qu'est-ce que j'ai fait ?

Amber se dirigea comme une furie vers le milieu du gymnase.

— Ne fais pas l'innocente !

Les paumes levées, Olivia descendit les marches de bois.

— Je ne sais vraiment pas de quoi tu parles !

Amber la retrouva en bas de l'escalier.

— Ah oui ?

— Non, je…

La main d'Amber surgit de nulle part et gifla Olivia. La claque se répercuta sur sa chair et la force du coup lui fit voir des étoiles. Tout le monde poussa un cri étouffé.

— Mademoiselle Stevens ! s'écria le père Uberti dans le micro. Comment osez-vous frapper une autre élève ?

Mais Amber n'écoutait pas.

— Je sais que c'est toi qui as fourni les photos ! Qu'est-ce que tu as à dire pour ta défense ?

Olivia se redressa, la paume pressée contre sa joue.

— Ce n'est pas moi, Amber !

— C'est pas ce que j'ai entendu !

— Mademoiselle Hayes, mademoiselle Stevens !

Le père Uberti semblait désemparé.

— Asseyez-vous tous de suite !

— Alors tu as mal entendu ! Je ne savais même pas que tu étais allée au camp des grosses !

Ce fut la goutte d'eau qui fit déborder le vase. Avec satisfaction, Olivia vit Amber devenir écarlate et retrousser les lèvres. Puis, sans prévenir, elle se jeta sur Olivia, les bras tendus vers son cou.

Olivia tomba sur le plancher, roula par-dessus puis sous Amber, enserrée dans une étreinte mortelle. Elle atterrit sur son ancienne meilleure amie, ayant perdu ses deux sandales dans la bataille, la robe remontée sur les hanches.

La foule poussa des cris d'enthousiasme, comme si elle assistait à un combat de catch plutôt qu'à une assemblée scolaire. Leur ferveur sembla encourager Amber. Elle hurla et empoigna les cheveux courts d'Olivia, ne réussit qu'à attraper quelques centimètres, puis tira pour se dégager. Olivia se défendit à coups de moulinets du bras, toucha Amber à la tête avec le coude. Amber poussa un cri et recula d'un coup, lâcha les cheveux d'Olivia qui put se relever précipitamment. Elle se jeta sur Amber, mais une main la retint par la taille.

— Mais c'est quoi, ton problème ? hurla-t-elle à Amber, luttant contre le bras de Kyle.

Tyler souleva de son côté Amber et lui tint les bras dans le dos.

— C'est toi, mon problème ! Je te déteste !

— Je te déteste aussi !

Le père Uberti traversa le gymnase d'un pas furieux, suivi par les prêtres de l'archidiocèse.

— Au nom du Ciel, qu'est-ce qui vous prend ?

Amber s'affaissa dans les bras de Tyler.

— C'est elle qui a commencé !

— Moi ? C'est elle qui m'a attaquée, mon père. Sans raison !

— Sans raison, mon cul. Elle a parlé de ces photos au GTC !

Les yeux plissés, Olivia tenta de se libérer de Kyle.

— Je ne sais pas de quoi elle parle !

— Vous voulez trouver le GTC ? (Amber montra Olivia du doigt.) Demandez-lui !

Le regard du père Uberti passa de l'une à l'autre.

— Dans mon bureau. Toutes les deux.

— Non, répondit Amber d'une voix forte, mais calme. Vous savez quoi, mon père ? Non, je n'irai pas dans votre bureau.

Elle se tortilla pour se libérer de Tyler.

— Je rentre chez moi.

Et sans un mot de plus, elle partit, furieuse.

TRENTE-TROIS

Affaissée sur le siège conducteur, la clé sur le contact, Kitty surveillait la porte de côté du lycée.

— Tu es sûre que ça va marcher ? demanda John derrière elle.

— Non.

— Génial.

Elle s'abstint de développer. Elle avait déjà la nausée. Pas besoin de lui préciser que le plan B n'était pas la stratégie la plus réfléchie de l'histoire des missions secrètes.

Avant qu'elle ait le temps d'attraper un ulcère, la porte du lycée s'ouvrit d'un coup sur Amber, rouge écarlate, la chemise froissée, les cheveux emmêlés. Elle avait l'air de sortir d'un sacré crêpage de chignon.

— Tu devrais voir la gueule de l'autre, marmonna John.

Un crissement de pneus perça le silence du parking. Avant même que Kitty ait tourné la clé de sa vieille Camry, Amber avait démarré en trombe.

Quelques secondes plus tard, Olivia descendit les marches quatre à quatre. Comme Amber, ses vêtements étaient sens dessus dessous et ses cheveux en bataille. Elle courut jusqu'à la voiture de Kitty et monta avec grâce sur le siège passager.

— Ça s'est passé comment ? demanda Kitty.

Un sourire satisfait éclaira les traits délicats d'Olivia.

— C'était fantastique.

Kitty leva la main et elle tapa dedans avec enthousiasme.

— Amber n'avait jamais été aussi bonne comédienne, ajouta Olivia. Elle s'est surpassée.

— Ouais, fit John. Parce qu'elle ne jouait pas la comédie.

— Olivia non plus, commenta Kitty avec un grand sourire.

Il n'avait pas été du tout difficile de convaincre Amber… Tant que John participait. Kitty avait proposé cette idée à Kyle et Tyler avant le début des cours, confirmant ainsi son titre de nouvelle leader des Maine Men. Elle leur avait proposé de passer à l'attaque pour attraper le tueur eux-mêmes, et son plan était de se servir d'Amber comme d'un appât.

John s'était chargé de convaincre Amber, jouant sur l'inquiétude qu'il éprouvait pour elle et son désir de passer à l'action. Il avait même obtenu qu'elle propose elle-même la scène du crêpage de chignon.

Kyle, Tyler et Amber avaient chacun l'impression que l'idée venait d'eux. Personne ne soupçonnait le GTC.

Pas mal, pour une matinée de boulot.

— Suis-la, déclara Olivia.

Elle se débattit avec la ceinture de sécurité qu'elle essayait d'enclencher.

— Mais, tu sais, pas de trop près.

— « Vole l'air décontracté » ? proposa John.

Olivia lui jeta un coup d'œil.

— Je suis censée savoir que ça veut dire ?

— Non.

— « Restez en ligne », déclara Kitty en desserrant le frein à main.

John et Bree n'étaient pas les seuls à connaître *Star Wars* par cœur.

Dans le rétroviseur, elle vit John hocher la tête, approbateur.

— Joli.

— C'est comme si vous parliez une langue que je ne comprends pas, dit Olivia.

— Comment tu peux ne pas connaître la meilleure trilogie de films jamais réalisée ?

— *American Pie* ?

Incrédule, John secoua la tête.

— Je suis sans voix.

— Parfait. Est-ce qu'on peut se dépêcher de rattraper Amber ?

Les dents serrées, Kitty partit à la poursuite du coupé Mercedes noir, faisant la sourde oreille aux commentaires d'Olivia assise à côté d'elle. *Grille ce feu ! Elle change de file ! Attention aux piétons ! Tu la perds ! Maintenant tu es trop près !!!*

— Pourquoi on doit la filer ? demanda John lorsqu'ils passèrent un carrefour à toute vitesse, juste avant le feu rouge. Tu es allée chez elle un million de fois, non ?

Olivia se tendit.

— Je ne veux pas qu'il lui arrive quoi que ce soit.

— Entre le lycée et ici ? se moqua John.

L'humeur légère s'était évaporée. Kitty savait exactement pourquoi Olivia s'inquiétait tant. John devait comprendre que les risques étaient on ne peut plus réels. Au feu rouge, elle croisa son regard dans le rétroviseur.

Amber les précédait de quatre ou cinq voitures quand le feu passa au vert. À en croire Olivia, elle aurait dû tourner, pourtant elle continua tout droit.

— Qu'est-ce qu'elle fait ? demanda Kitty.

Olivia se mordit l'intérieur de la lèvre.

— Je ne sais pas. Mais ne la perds surtout pas.

Kitty suivit la file de voitures, sans détourner les yeux du coupé noir au cas où il ferait un virage à cent quatre-vingts degrés au milieu de la route. Ils avaient parcouru presque deux kilomètres lorsqu'elle s'engagea dans le parking du Coffee Clash.

— C'est vraiment le meilleur moment pour un latte ? Maintenant ? demanda John.

— Un latte glacé triple shot au lait de soja à la vanille avec deux édulcorants, dit Olivia.

— C'est ridicule.

Kitty se gara à l'autre bout du mini centre commercial et regarda autour d'elle. Trois autres voitures, ainsi qu'un SUV argenté devant un parcmètre. C'était plutôt désert pour un vendredi après-midi. Kitty vit Amber payer sa boisson à travers les portes vitrées.

— Au moins, on sait que personne ne la suit, commenta Olivia. C'est déjà ça.

Kitty fit la moue.

— Oui, c'est vrai.

Deux minutes plus tard, Amber sortit tranquillement, sa boisson glacée à la main, et démarra. Sans un mot, Kitty la suivit, laissant encore une fois quelques voitures les séparer. Trois pâtés de maisons plus loin, elle remarqua une voiture. Le même SUV argent qui était garé devant le Coffee Clash.

Amber passa sur la file de gauche. Au lieu de la suivre, Kitty se mit sur celle de droite, un œil sur le SUV. Elle se faisait probablement des idées, mais elle voulait s'en assurer.

— Qu'est-ce que tu fais ? interrogea Olivia lorsqu'ils dépassèrent la voiture d'Amber.

Kitty jeta un coup d'œil dans le rétroviseur.

— Je vérifie un truc.

Olivia se retourna sur son siège et regarda par le pare-brise arrière.

— On nous file ?

— Je ne sais pas.

Le SUV ne les avait pas suivies. Ils parcoururent quelques pâtés de maisons de plus dans un silence de mort, puis Kitty relâcha lentement son souffle.

— Je crois que c'est bon.

Olivia se détendit.

— Ouf !

Au carrefour suivant, Kitty reprit la direction de la maison d'Amber.

— C'est le SUV argent qui t'inquiétait ? demanda John.

— Oui. Pourquoi ?

— Parce qu'il vient juste de faire demi-tour pour nous suivre.

— Tu es sûr ? dit Olivia.

Sans attendre la réponse, Kitty enfonça la pédale de l'accélérateur. Le vieux moteur força, le compte-tours passa en zone rouge. Elle zigzagua entre les voitures comme une conductrice de formule 1. Si le SUV les suivait vraiment, il faudrait qu'il s'adapte à sa vitesse et à son trajet. À sa grande horreur, elle le vit accélérer et contourner plusieurs voitures pour la rattraper.

— Merde.

— Oh, mon Dieu ! s'écria Olivia. C'est lui !

— Tu vois la plaque d'immatriculation ? demanda Kitty.

John se retourna.

— Elle est californienne, je ne vois pas les numéros. La voiture est trop loin.

— Putain !

Kitty chercha une issue du regard. Elle aperçut une grosse camionnette de livraison sur la file de droite.

— Accrochez-vous !

Le moteur rugit lorsque Kitty força sa vieille Camry à donner tout ce qu'elle avait sous le capot. Un feu orange et, au moment où elle dépassa la camionnette, elle se rabattit, freina d'un coup et exécuta un braquage dangereux dans une rue perpendiculaire. Avec un peu de chance, leur poursuivant les aurait perdus de vue assez longtemps pour ne pas remarquer qu'ils avaient tourné.

Le pied à nouveau sur l'accélérateur, Kitty traversa le quartier résidentiel à toute vitesse, en priant pour que personne ne sorte d'un garage ni ne traverse, puis elle s'engagea dans une allée et coupa le moteur.

— Tout le monde à terre ! ordonna-t-elle.

Après avoir retiré sa ceinture, Kitty s'accroupit sur le siège avant tandis que John s'aplatissait à l'arrière.

— Tu crois qu'on l'a semé ? chuchota Olivia.

— J'espère.

Même s'il les avait toujours en ligne de mire, Kitty comptait sur le fait que sa voiture était assez ordinaire et qu'on ne la remarquerait pas dans l'allée.

— Je ne comprends pas, dit John. Je croyais qu'on voulait que le meurtrier se rende chez Amber. Pourquoi on essaie de le semer ?

— Je...

Kitty ne pouvait expliquer la terreur abjecte qu'elle avait ressentie à l'idée que le tueur les suive. Elle avait fui par instinct.

Avant de pouvoir répondre, elle entendit un bruit qui lui glaça le sang. Une voiture se gara le long de la sienne.

Elle retint son souffle lorsqu'une portière s'ouvrit, puis se ferma. Peut-être les propriétaires de la maison ? Des pas sur le béton, quelqu'un frappa à la vitre.

— Mais qu'est-ce que vous faites ?

Kitty connaissait cette voix. Elle se redressa et croisa le regard perdu de Logan Blaine.

TRENTE-QUATRE

Olivia relâcha son souffle, ouvrit la portière et se laissa tomber de la voiture de Kitty.

— Logan !

Mais à la place de son sourire habituel il lui opposa un regard dur.

— Qu'est-ce qui se passe ?

Plus près de lui, Kitty se dépêcha de descendre à son tour.

— Tout va bien. Je peux t'expliquer.

De quoi parlait-elle ?

— Expliquer quoi ? demanda Olivia.

Logan sortit son téléphone de sa poche.

— Je devrais appeler les flics. Leur dire ce que vous faisiez.

— Mec, on se détend, dit John, la main sur son bras.

Logan se dégagea.

— « On se détend » ? Ta petite amie a essayé de tuer la mienne. Me dis pas de me détendre, mec !

John secoua la tête.

— Tu te trompes.

Logan montra Olivia du doigt.

— Et je t'ai parlé des Gertler et maintenant, ils ont disparu !

— Logan, dit Kitty, les mains levées. Tu ne comprends pas.

— Non, je comprends vraiment pas.

Olivia, elle, comprenait parfaitement. Logan les croyait coupables des meurtres, et d'avoir attaqué Margot. C'était ridicule, surtout que vingt secondes plus tôt, c'était eux qui croyaient que l'assassin était au volant du SUV argent. Elle éclata de rire.

— Sérieusement ? fit John en se tournant vers elle.

— Je suis désolée, haleta-t-elle, pliée en deux. Je ne peux pas m'en empêcher. Il nous prend pour les tueurs !

— En quoi ce serait drôle ? demanda Logan avec une parfaite sincérité.

— Parce que nous aussi, on te prenait pour le tueur, dit John.

Logan écarquilla les yeux.

— Moi ?

— En tout cas, la personne qui nous poursuivait, expliqua Kitty. D'ailleurs, pourquoi tu nous filais ?

— Euh... (Il se gratta le menton.) Je sais pas trop. J'ai vu la bagarre au gymnase, puis Olivia a suivi Amber. Elle est montée dans ta voiture et...

— Tu t'es dit qu'on était tous complices.

— C'est pas le cas ?

— Si, répondit Olivia.

Elle fit le tour de la voiture et prit Logan par le bras.

— Mais pas comme tu le crois. Nous sommes du même côté.

— Quel côté ?

Elle le tira vers son SUV.

— Viens. Je vais t'expliquer en route. On a rendez-vous.

— Alors vous vous servez d'Amber comme appât pour trouver l'assassin de Rex ? répéta Logan lorsqu'il se gara en bas de la pente qui menait à la maison d'Amber.

— C'est le plan.

Olivia l'avait plus ou moins mis au parfum en chemin, sans révéler certaines informations clés, comme le fait que Kitty, Margot et elle étaient membres du GTC. Il valait mieux ne pas l'intégrer au groupe sans la permission de Margot.

Logan garda les yeux rivés au volant.

— Si c'est le même type qui a attaqué Margot…

Sa voix resta en suspens. Les tendons de sa mâchoire ondulèrent lorsqu'il serra les dents.

— Alors on le livrera à la police, ajouta doucement Olivia.

— Et Margot sera saine et sauve.

Un mélange d'émotions se succédèrent sur le visage de Logan. Ses lèvres pincées témoignaient de sa colère, ses sourcils froncés, de son inquiétude. Des touches de solitude et de confusion apparaissaient dans ses yeux interrogateurs et sur son front plissé. Olivia lui tapota la main et ouvrit la portière.

— Viens.

Ils sortirent de la voiture au moment où Kitty se garait derrière.

— La vache, lança John avec un signe de tête à Logan. En dehors des filatures, tu conduis comme ma grand-mère.

Logan sourit, toute trace d'inquiétude s'évapora.

— Ma mère m'a menacé de me priver de voiture si je prenais une prune. Alors j'essaie de conduire comme elle. (Son sourire s'élargit.) Quand je ne suis pas en pleine course-poursuite.

Kitty passa le bras sous celui d'Olivia et remonta la rue.

— C'est laquelle, sa maison ?

— Par là.

Elles se séparèrent des garçons et accélérèrent le pas.

— Qu'est-ce qu'il a dit ? chuchota Kitty dès qu'elles furent assez loin.

— Il a deviné que l'attaque contre Margot est liée au meurtre, mais il ne sait pas en quoi.

— Tu lui as expliqué ?

— Rien au sujet du GTC. Juste qu'on essaie de protéger Amber.

— OK.

Kitty lui pressa le bras

— Avec un peu de chance, dans quelques heures, tout ça sera terminé.

Olivia hocha la tête et tourna dans une allée en pente raide.

— C'est ici.

Les garçons les rattrapèrent au petit trot lorsqu'elles commencèrent l'ascension. La porte s'ouvrit à la volée avant même qu'Olivia frappe.

Amber se jeta au cou de John.

— Je suis tellement contente que tu sois là !

— Euh, oui. On tient à s'assurer que tu es en sécurité.

— Kyle et Tyler viennent aussi ?

Kitty acquiesça.

— Ils ne devraient plus tarder.

Amber s'appuya contre John qui se raidit.

— J'ai bien de la chance d'avoir tant d'hommes forts pour me protéger !

— Et maintenant, qu'est-ce qu'on fait ? demanda Logan devant la fenêtre.

Kitty suivit son regard. La vitre offrait une vue plongeante sur l'allée et la rue en lacets. Amber avait annoncé qu'elle rentrait seule chez elle. Si quelqu'un venait, ils le verraient arriver. Kitty priait pour que l'assassin morde à l'hameçon.

— Maintenant, dit-elle calmement, on attend.

Olivia se recroquevilla dans un coin derrière le canapé, cachée derrière un grand ficus artificiel. Elle ne quittait pas Amber des yeux. Celle-ci était allongée parmi les coussins du canapé et zappait avec nonchalance. Olivia aurait juré qu'elle s'était même endormie à un moment. Malgré l'ennui, elle ne s'était pas plainte une seule fois. Elle s'était assise là où elle le devait, calme et détendue, semblant seule dans une maison bien éclairée. L'appât au bout de l'hameçon.

Olivia, par contre, avait été incapable de tenir en place. Assise en face de Kitty à la fenêtre de la salle à manger durant les deux premières heures, elle avait eu tellement de mal à rester immobile que Kitty l'avait bannie à l'autre bout de la pièce, où sa nervosité ne ferait pas trembler les rideaux.

C'était le silence plus que l'attente qui la stressait, et elle fut presque reconnaissante qu'Amber lance la conversation.

— Personne ne vient, dit-elle doucement.

— On ne peut pas en être sûrs.

— Il serait déjà là.

— On n'en sait rien non plus.

— C'est nul.

Au moins, Olivia était d'accord là-dessus.

— Il viendra, dit-elle d'une voix aussi confiante que possible. Et on le chopera.

Il y avait des guetteurs à toutes les entrées. Kyle devant la porte vitrée entre la cuisine et le jardin. Tyler dans la lingerie, qui s'ouvrait sur le côté de la maison. John et Logan, à l'étage, d'où ils avaient un point de vue sur tout le quartier. Ils avaient couvert chaque angle, chaque entrée de la maison. Si le tueur se montrait, ils le verraient.

Sauf qu'il ne se montrait pas.

— Je sais que Rex pouvait être un connard, dit Amber. Pourtant, je l'aimais…

De là où elle se trouvait, Olivia ne voyait pas son visage, mais sa voix était triste, empreinte d'une émotion qu'elle ne lui avait encore jamais connue.

— Le soir du feu de joie…, commença-t-elle.

Il fallait qu'elle se confesse.

— Ce que tu as vu, entre Rex et moi, ce n'était pas ce que tu croyais.

Elle marqua une pause, mais Amber garda le silence.

— J'ai prétendu que j'avais rompu avec Donté, mais c'est faux. C'est lui qui m'a plaquée.

— Quoi ?

— Hé oui. Alors, j'essayais de le rendre jaloux. Rex était tellement soûl qu'il ne savait pas ce qu'il faisait.

Elle décida d'omettre le fait que, sobre, Rex restait un porc qui lui faisait des avances à la moindre occasion. Il était mort, et Amber ne méritait pas qu'on gâche ses souvenirs.

— Il savait ce qu'il faisait, répondit-elle doucement. Quand il s'agissait de toi, il savait toujours.

Olivia ne dit rien.

Amber prit une profonde inspiration, puis relâcha bruyamment son souffle.

— Rex parlait tout le temps de toi. Chaque fois qu'il cherchait à me convaincre de faire quelque chose que je ne voulais pas, il répétait combien tu étais sexy et talentueuse. Je cédais toujours.

Quelque chose qu'elle ne voulait pas ? Olivia songea à Ronny DeStefano et au fait qu'à un moment elle avait cru que Rex et Amber l'avaient tué.

— Je suis désolée.

Amber rit, sèchement, sans aucune joie.

— Il a même voulu se servir de moi pour payer une dette.

— Quoi ? ne put s'empêcher de s'écrier Olivia.

— Chut ! fit Kitty depuis l'autre bout de la pièce.

— Oui, dit Amber plus bas. Un type voulait de l'argent à cause de…

Elle marqua une pause et Olivia se demanda si elle révélerait le plus grand secret de Rex.

— Quelque chose, dit-elle enfin. Et il a proposé à ce type une nuit avec moi pour le payer.

— Oh, c'est pas vrai, Amber, dit Olivia, sous le choc.

Rex avait été encore plus monstrueux qu'elle ne le pensait.

— Je suis vraiment désolée.

— Je ne l'ai pas fait. Je lui ai donné un bijou à la place. Mais ça, c'était Rex.

Olivia se mit à genoux et marcha à quatre pattes jusqu'au bord du sofa. Tant pis si on la voyait de la rue, il fallait qu'elle regarde Amber dans les yeux. Malgré tout ce qui s'était passé entre elles, Olivia n'aurait jamais souhaité Rex à sa pire ennemie, et elle commençait tout juste à comprendre quelle avait été sa relation avec Amber.

— Amber, dit-elle en contemplant son amie dans le soleil couchant. Tu mérites mieux que ça.

Le sourire d'Amber était pincé.

— Tu le penses vraiment ?

— Oui. Et ne l'oublie jamais.

Kitty était accroupie dans la salle à manger, cachée derrière les rideaux de soie damassée. Les genoux ramenés contre sa poitrine, elle avait appuyé la tête contre le mur. Le soleil baissait lentement à l'horizon.

Plusieurs voitures avaient traversé le quartier isolé, mais aucune n'avait ralenti. Elle avait vu trois nounous qui poussaient l'enfant dont elles s'occupaient dans une poussette, le portable collé à l'oreille. Deux joggers, l'un avec un chien, l'autre sans. Un camion FedEx avait provoqué un éclair de panique lorsqu'il s'était arrêté devant la maison dans un crissement de pneus, mais le conducteur n'avait fait que consulter son GPS avant de redémarrer en trombe.

Dans la poche de son jean, le téléphone de Kitty vibra. Le bruit se répercuta si fort dans le lourd silence du séjour qu'elle sursauta. Olivia la rejoignit précipitamment.

— Tu vois quelque chose ?

Kitty secoua la tête.

— Téléphone.

— Oh.

Le message venait de Mika.

Où es-tu ? L'entraînement a commencé il y a une demi-heure.

Kitty n'avait prévenu personne qu'elle séchait les cours, encore moins l'entraînement de volley deux jours avant un gros tournoi. Elle songea à répondre, à inventer un mensonge du genre intoxication alimentaire pour que Mika ne s'inquiète pas, lorsqu'un deuxième message arriva.

Ou alors t'es à une réunion spéciale des Maine Men ?

Elle entendait presque le ton moqueur de sa meilleure amie. Soudain, elle n'avait plus envie de lui répondre.

Un quart d'heure plus tard, des textos en série éclairèrent l'écran de son téléphone.

Donté : **Mika m'a dit que tu n'es pas venue à l'entraînement. Tout va bien ?**

Mika : **Sérieux, t'es où ? Mme Miles s'arrache les cheveux tellement elle est furieuse.**

Mme Miles : **Wei ! Tu as intérêt à avoir une bonne excuse pour rater l'entraînement ou je te laisse sur le banc au tournoi de dimanche.**

Mme Miles : **Ce n'est pas un comportement digne d'une bourse universitaire.**

Donté : **Je m'inquiète. Dis-moi que tout va bien.**

Mme Miles : **Surtout après cette faveur que je t'ai faite en mettant Vreeland dans l'équipe de Gunn. Je ne suis pas ravie, Wei.**

Donté : **Kitty ?**

Assez ! Elle envoya un rapide « ça va » à Donté pour qu'il n'appelle pas la police, puis elle éteignit son téléphone et le fourra au fond de sa poche. Il fallait qu'elle soit au taquet sur quelque chose de bien plus important qu'un tournoi de volley. C'était une question de vie ou de…

Elle se figea. Du coin de l'œil, elle vit une silhouette remonter la pelouse devant la maison des Stevens.

— Quoi ? demanda Olivia. Qu'est-ce que tu…

Kitty leva la main et elle se tut.

Avait-elle vraiment vu quelque chose, ou n'était-ce qu'un jeu de la lumière ? Osant à peine respirer, elle scruta la pelouse.

Elle eut l'impression de rester là une heure, figée, à guetter un mouvement devant la fenêtre. Elle avait les quadriceps douloureux à force de rester accroupie, et dans les ombres grandissantes de la fin de l'après-midi, ses yeux commencèrent à lui jouer des tours. Chaque arbre, chaque buisson et chaque boîte aux lettres semblaient bouger lorsque son regard se portait ailleurs. Elle était sur le point de renoncer et de mettre fin à toute l'affaire lorsqu'elle la vit à nouveau.

Cette fois, impossible de se tromper. Une silhouette surgit de derrière les poubelles de l'autre côté de la rue et disparut dans les haies qui délimitaient la propriété des Stevens.

Il y avait quelqu'un dehors.

— Oh ! s'exclama Olivia.

— Toi aussi tu l'as remarqué ?

Il y eut un crissement à l'étage, puis la tête de John apparut en haut de l'escalier.

— Vous avez vu ça ?

— Quoi ? demanda Amber, de la tension dans la voix.

Kitty savait exactement ce qu'elle ressentait. De la panique. Ils avaient beau être en nombre supérieur et avoir l'avantage de la surprise, leur poursuivant anonyme avait tué trois personnes. On ne pouvait pas le prendre à la légère.

— Kyle ! appela Kitty en chuchotant. Prépare-toi.

— Je l'attends !

Elle se tourna à nouveau vers la fenêtre à temps pour voir la masse sombre traverser la pelouse en courant. Kitty lutta contre l'instinct de se jeter sur la porte et de la verrouiller, alors qu'ils l'avaient laissée ouverte exprès pour l'embuscade. Accroupie derrière le rideau, prête à bondir, elle ne pouvait s'empêcher de penser qu'ils avaient tous fait une terrible erreur.

Son cœur battait si fort qu'elle faillit ne pas entendre le clic de la poignée. Il y eut un courant d'air lorsque la porte s'ouvrit en silence. Elle se referma, puis une silhouette encapuchonnée traversa le salon sur la pointe des pieds.

— Maintenant ! hurla Kyle.

On surgit de toutes les directions. Kyle, Tyler, Logan et John taclèrent l'intrus tous ensemble et l'étouffèrent. Olivia se précipita vers le mur et alluma les plafonniers, tandis que Kitty se levait lentement et s'approchait de la pile de membres emmêlés.

— Je le tiens ! s'écria John.

Logan gémit.

— C'est moi, mec.

— J'ai appelé les flics, aboya Kyle. Ils seront là d'une seconde à l'autre. Essaie même pas de t'échapper.

— J'essaie pas ! lança une voix familière.

— Ed ? fit Kitty.

Kyle, John et Logan s'écartèrent pour révéler Ed-au-carré, qui tenait Tyler en clé de cou.

— Lâche-moi !

— Très bien.

Il délivra sa proie qui roula sur le côté.

— T'étais trop facile à immobiliser, de toute façon.
— Qu'est-ce qu'il fout ici ? demanda Amber.
Pâle comme un linge, Olivia tremblait encore.
— Tu étais censé garder un œil sur Tammi Barnes !
— Qu'est-ce qui ne va pas ? interrogea Kitty.
Ed se leva. Dehors, un bruit de sirène se rapprochait.
— Tammi Barnes a disparu.

TRENTE-CINQ

Le sergent Callahan tapa si fort de la paume contre la table de la salle d'interrogatoire que Kitty en sursauta sur sa chaise.

— À quoi vous pensiez ? hurla-t-il, furieux.

L'attitude bon enfant dont il faisait preuve vis-à-vis de ses suspects mineurs avait complètement disparu.

— On essayait d'aider, dit Kyle bêtement.

Le sergent Callahan montra Amber du doigt.

— En la mettant en danger ?

— Euh…

Kyle regardait Kitty comme s'il espérait qu'elle répondrait. Bravo, le mâle alpha.

— On se disait que vous ne nous écouteriez pas.

Encore une fois, c'était à elle de prendre le contrôle de la situation.

— Et Amber ne risquait rien avec nous dans la maison.

— Et vous y croyez vraiment ?

C'était une question piège, mais Kitty n'avait d'autre choix que de répondre.

— Oui.

— Alors tu es plus bête que je ne croyais, Kitty. Et si le tueur était venu avec une arme automatique ? Qu'est-ce que vous auriez fait, hein ? Vous l'auriez désarmé avec votre entraînement intensif au combat rapproché ? Je vais vous dire ce qui serait arrivé. Vous seriez tous morts.

Il les montra du doigt l'un après l'autre.

— Chacun d'entre vous.

— Mais, ne put s'empêcher de dire Kitty, le tueur n'a jamais utilisé de pistolet. Ce n'est pas son mode opératoire !

Le sergent haussa les sourcils.

— Je suis ravi que ton expérience de profiler au FBI te soit si utile. Vous semblez persuadés d'en savoir plus que ceux qui risquent leur vie jour après jour.

— Protéger et servir, c'est tout nous, commenta Ed.

Malgré sa désinvolture, il pianotait sur la table avec un malaise évident.

Le sergent Callahan tapa à nouveau sur la table.

— On n'est pas dans un jeu vidéo ! De véritables vies sont en danger !

— On sait, répondit Kitty.

Plus que vous ne l'imaginez.

— Vraiment ?

Il plissa les yeux, marqua une pause et esquissa un sourire.

— Parce que, si j'étais le tueur, vous seriez à coup sûr mes prochaines victimes.

Kitty sentit sa bouche s'assécher. Le regard du sergent Callahan la transperçait de part en part. Il y avait quelque chose dans ses yeux, une férocité qu'elle n'avait vue qu'une fois auparavant, dans son salon. *Si j'étais le tueur…*

— Ils en ont plus fait ce soir que vous en un mois, déclara Amber.

Le sergent Callahan éclata de rire et détourna les yeux de Kitty. Son expression sinistre disparut.

— Plus de mal que de bien !

Mais Amber ne trouvait pas ça drôle. Elle se leva d'un bond et lui hurla à la figure :

— C'est votre faute si Rex est mort !

Il s'empourpra.

— Pardon ?

— Des fouilles de casier ! Des assemblées ! Des interrogatoires inutiles ! À la télé, ils auraient fait venir un profiler, des experts, des professionnels ! Vous êtes restés les mains dans les poches et vous l'avez laissé tuer à nouveau ! (La voix d'Amber s'étrangla.) Vous l'avez laissé tuer Rex.

Une larme coula sur sa joue. Pour la première fois de sa vie, Kitty se sentit triste pour la fille la plus méchante du lycée.

Le silence se fit. Le menton tremblant, les yeux emplis de larmes, Amber foudroya du regard le sergent Callahan. Olivia lui prit la main. Tout ce temps, elle avait été leur ennemie, le symbole de tout ce contre quoi luttait le GTC à Bishop DuMaine. Mais, au bout du compte, elle était aussi effrayée et vulnérable que les autres.

Le calme fut brisé par des bruits de pas lourds dehors, suivi de voix indistinctes, vite étouffées, puis saccadées. Les agents de police aboyaient des ordres.

Le sergent Callahan chassa sa stupeur et se dirigea vers la porte.

— Qu'est-ce qui se passe, là-bas ?

Avant qu'il l'atteigne, elle s'ouvrit d'un coup, poussée par un énorme bras. De ce qu'en voyait Kitty, il appartenait à un catcheur aux longues boucles blondes et aux pectoraux de la taille d'une assiette. Il sauta au garde-à-vous lorsqu'une femme mince aux cheveux éclaircis par le soleil, vêtue d'un luxueux tailleur sur mesure, entra d'un pas décidé dans la pièce.

— Brendan, pour quelle raison interrogez-vous ces enfants sans le consentement de leurs parents ?

Le sergent Callahan se redressa immédiatement, les épaules en arrière, les yeux droit devant, comme si son officier supérieur venait d'arriver pour inspection.

— Mme Deringer !

Kitty écarquilla les yeux. La mère de Bree ?

À l'autre bout de la table, elle vit John se tortiller sur sa chaise.

— Ce n'est pas un interrogatoire, Diana. On ne les accuse de rien. Pour l'instant…

Mme Deringer se mit à rire. Son visage s'éclaira. Avec sa peau parfaite et ses yeux bruns pétillants, on aurait dit une adolescente. Kitty avait du mal à retrouver en elle sa fille colérique, sarcastique, toujours vêtue de fripes.

Elle mit la main sur le bras du sergent Callahan, qui se détendit visiblement.

— Alors quoi, vous cherchiez simplement à les effrayer ?

— Diana, dit-il, clairement troublé, que faites-vous ici ?

— Je suis venue en tant que représentante officielle des droits des enfants pour les élèves de Bishop DuMaine, dit-elle avec un sourire.

Kitty serra les lèvres. Une représentante officielle des droits des enfants ? Ça existait ?

— Mais je croyais…

— Alors, à moins que vous ayez l'intention de les accuser d'obstruction à la justice ou d'interférer avec une enquête de la police, je vous suggère de me les confier.

— Non, madame.

Dérouté, le sergent Callahan secoua la tête.

— Je veux dire, oui. Je veux dire, tout de suite.

Mme Deringer sourit, son regard pétillant rivé au visage du sergent Callahan.

— Je savais que vous vous montreriez compréhensif.

Puis elle fit un demi-tour sur elle-même, adressa un clin d'œil rapide à Kitty et claqua des doigts.

— Les enfants, suivez-moi.

Ed marqua une pause à la sortie de la salle d'interrogatoire, son sixième sens en alerte. Quelque chose clochait.

Au début, ce n'était qu'un bruit de fond, lointain et grésillant, comme si quelqu'un avait laissé la télé allumée dans la salle de pause. Mais lorsqu'ils s'approchèrent des doubles portes qui menaient à l'extérieur, il prit de l'ampleur. Ed entendait clairement les cris furieux d'une foule.

— Vite, dit Mme Deringer du coin de la bouche.

— Qu'est-ce qui se passe, dehors ? demanda Ed en lui emboîtant le pas.

— On dirait une foule enragée, dit Olivia.

Mme Deringer s'arrêta avant les portes et se tourna vers eux.

— Il semble que certains parents de la communauté soient venus exprimer leur, euh, désapprobation au sujet de l'enquête. Alors, restez près d'Olaf et tout devrait bien se passer.

Ed se glissa derrière la masse de muscles.

— Avec plaisir.

Dès que la porte s'ouvrit, une vague de cris s'écrasa sur eux. Une quarantaine de personnes s'étaient rassemblées devant le poste de police, retenues par une série de barrières en métal nettement insuffisantes et deux agents en uniforme qui semblaient dépassés par la situation.

— Rentrez tous chez vous, supplia l'un d'eux.

— Y a que des idiots dans la police ! hurla une femme, suivie par des cris approbateurs.

— Madame, il s'agit d'une affaire complexe et nous sommes...

— Mon fils a disparu !

Elle s'avança au premier rang et, même sans la robe de chambre, Ed reconnut tout de suite la mère de Xavier Hathaway.

— Et vous n'avez pas cherché à le retrouver !

— Nous faisons notre possible.

— Vraiment ? demanda un homme d'une voix dégoulinant de sarcasme.

— Oui, répondit l'agent, vexé. Le sergent Callahan interroge des suspects à cet instant précis.

— C'est le GTC !

Une autre voix renchérit :

— Ouais ! Ce sont les coupables !

— Ce sont eux ? Ce sont eux les suspects ?

Ed vit un doigt tendu dans leur direction.

Oh, oh.

— Ce sont eux ! Ce sont les meurtriers !

Dans un élan de fureur et d'agitation, la foule se pressa en avant, à peine retenue par les deux agents qui tentaient de former un mur. Ed se demandait s'ils auraient le temps de partir en courant lorsque Mme Deringer s'avança.

— Mesdames et messieurs, dit-elle d'une voix autoritaire et avec un calme olympien. Ces enfants ne sont pas les meurtriers. Ce sont des témoins dans l'enquête sur la série de crimes récents. Ils sont ici afin d'aider l'enquête.

— Vous êtes qui, vous ? Leur avocate ?

— Je représente les élèves du lycée préparatoire de Bishop DuMaine, expliqua-t-elle sans se laisser désarçonner.

Bien vu. Si on découvrait qu'elle était la mère de Bree Deringer, on la couvrirait probablement de goudron et de plumes.

— Et nous souhaitons autant que vous découvrir qui se cache derrière ces meurtres et ces enlèvements.

La foule s'arrêta, bloquée dans sa fureur. Mme Deringer se tourna vers Ed et les autres avec un sourire coupable.

— Dépêchez-vous, leur lança-t-elle tout bas. Aux voitures.

Ils marchèrent aussi vite que possible sans se mettre à courir et jetèrent des coups d'œil réguliers derrière eux, histoire de vérifier que la foule en furie ne changeait pas subitement d'avis.

— Comment elle savait où on était ? demanda Kitty.

— J'ai envoyé un texto à Bree avec le téléphone de Logan, expliqua John. Pour lui dire ce qui s'était passé au cas où on se ferait arrêter.

— Je savais pas que sa mère était aussi badass, dit Olivia, les yeux écarquillés d'émerveillement. Et classe. Vous avez vu sa veste Burberry ? Fa-bu-leuse !

— Je me demande si elle nous laissera voir Bree, marmonna John à personne en particulier.

— Je me demande, intervint Ed, si on pourrait parler du bordel de ce soir !

— Est-ce qu'on peut au moins sortir du parking, d'abord ? s'exclama Kitty. Au cas où vous ne l'auriez pas remarqué, il y a une foule furieuse qui rêve de nous couper la tête.

Ed leva les yeux au ciel.

— Très bien !

Il ne tenait pas à en parler devant Logan, de toute façon. Comment avait-il réussi à s'intégrer au plan ?

Derrière le poste de police, deux voitures les attendaient : un SUV aux airs de tank, noir, les vitres teintées, et une berline de luxe Lincoln avec une plaque d'immatriculation aux couleurs personnalisées sur le pare-chocs arrière. Un chauffeur se tenait à côté de la portière du siège arrière et l'ouvrit à leur approche.

— Génial, commenta Ed en se dirigeant vers la berline. J'ai toujours rêvé d'avoir un chauffeur particulier.

Mme Deringer tendit le bras.

— Pas toi, petit idiot, dit-elle tout bas.

Puis elle se tourna vers Kyle et Tyler, encore une fois tout sourire.

— Les garçons, pensez-vous pouvoir escorter Amber chez elle ? Après tout ce qu'elle a souffert, elle aurait bien besoin du soutien de deux hommes forts et sensibles.

Tyler gonfla le torse.

— Comme vous voulez, madame.

— Et au nom des élèves de Bishop DuMaine, dit Kyle dans un effort pour faire encore plus de lèche que son ami, nous avons bien de la chance de vous avoir comme défenseuse de nos droits.

— Oui, répondit-elle avec un sourire pétillant. N'est-ce pas ?

Amber ne paraissait pas aussi ravie. Elle tendit la main vers John.

— Je veux aller avec lui ! chouina-t-elle.

Mais Mme Deringer l'intercepta, passa un bras autour de ses épaules, et la guida vers la berline.

— Je sais, ma chérie. Mais ce n'est pas le bon moment. Tu sais ce qu'on dit, les relations qui démarrent dans l'intensité ne tiennent pas la route.

— C'est tiré de *Speed*, ça, marmonna Ed.

— Après les événements de ce soir, tu devrais lui laisser un peu d'espace.

Elle pressa les épaules d'Amber lorsqu'elles atteignirent la portière.

— Crois-moi. J'ai mis le grappin sur un sénateur.

Puis elle la poussa dans la voiture et claqua la portière. Lorsqu'elle se redressa, elle était passée aux choses sérieuses.

— Les autres, vous venez avec moi.

— Une seconde, dit Ed en regardant Logan. Vous ne croyez pas que M. « Petite Copine dans le Coma » devrait prendre la voiture des clowns ?

— Hein ? demanda Logan, l'air perdu.

— Ed ! s'exclama Olivia. C'est horrible !

Faussement contrit, il secoua la tête.

— Je sais, je sais.

— T'es vraiment un connard, parfois, lâcha John, incrédule.

— Seulement parfois ? répliqua l'intéressé avec un sourire.

— J'ai pas tout pigé, intervint Logan, mais je peux rentrer avec Amber. Pas de souci.

— C'est mieux.

Kitty et Olivia voyaient les choses autrement. Elles échangèrent un rapide coup d'œil, puis Kitty s'avança.

— En fait, tu devrais venir avec nous.

— Pourquoi ? Qu'est-ce qu'il nous apporterait ?

— Il a tout aussi gros à perdre, dit Olivia.

Certainement pas, songea Ed.

La berline s'éloigna, ce qui mit un terme au débat. Ed se résigna à voir Logan se joindre à eux.

— Très bien.

Il l'attrapa par le poignet et le traîna au centre du groupe.

— Mais il faut qu'il prête le même serment que John et moi. Sinon, c'est pas juste.

— Un serment ? répéta Logan.

Ed releva ses manches comme un proctologue sur le point d'effectuer un examen, puis il tendit le bras.

— Détends-toi et laisse-toi faire, mon grand. Ça ne fait mal qu'une seconde.

TRENTE-SIX

Sur le seuil, Bree s'étira à l'extérieur aussi loin que possible, faisant bien attention à garder son bracelet dans le périmètre de la maison. Olaf et sa mère auraient déjà dû être de retour. Le sergent Callahan avait-il refusé de relâcher ses amis ? Ou est-ce que le tueur s'en était pris à eux avant ?

Elle imagina le corps sans vie de John, roué de coups et taché de sang, comme sur les photos de la scène de crime du meurtre de Ronny. *Je détruirai tout ce qui vous est cher...*

Les paupières fermées très fort, elle fit de son mieux pour chasser cette pensée. Ils allaient bien. Elle devait juste se montrer patiente.

Le rugissement d'un moteur la sortit de ses idées noires. Elle ouvrit d'un coup les paupières et vit John qui courait vers elle.

— Bree !

Il l'enlaça et l'embrassa sur les lèvres.

Elle se sentit devenir écarlate. Du coin de l'œil, elle vit sa mère descendre du SUV. John sembla se rendre compte de la situation au même moment. Rouge jusqu'à la racine des cheveux, il s'écarta et se tourna vers elle.

— Madame, je suis désolé. Bree et moi…

— Vous êtes envoyés en l'air dans la chambre de ma fille ? Oui, je sais.

Le ventre de Bree se retourna.

— Comment ?

Sa mère lui adressa un regard empli de pitié.

— Ma chérie, je reconnaîtrais le parfum Old Spice à des kilomètres. Et à moins que tu aies soudain commencé à t'asperger d'after-shave, la seule explication, c'est qu'il y avait un garçon dans ta chambre.

— Oh.

— Maintenant, dit-elle en les poussant vers la porte, entrons tous. Vous avez beaucoup de choses à vous raconter, j'ai l'impression.

Tenant fermement la main de John, Bree traversa l'entrée, le couloir et la salle à manger jusqu'à la cuisine.

Ed-au-carré examina le décor et siffla.

— Sympa. Le sénateur Deringer a très bon goût.

— Merci ! roucoula la mère de Bree derrière.

Bree et John s'assirent au bout de la grande table en bois tandis que tout le monde entrait à la queue leu leu, Logan en dernier. Bree regarda Kitty, puis Olivia.

— Euh…

— Ne t'inquiète pas, dit Kitty. Il est au courant.

— Puis-je vous servir quelque chose à boire ? demanda la mère de Bree.

Elle tourna sur elle-même, ouvrit le frigo et les placards comme si elle cherchait à jouer les maîtresses de maison.

— De l'eau ? Un soda ? Un cocktail ?

— Maman…

— Bree ne nous avait jamais dit qu'elle avait une sœur aînée, dit Ed d'une voix mielleuse.

— Sérieux ? gémit Bree.

Sa mère gloussa.

— Toi, tu es un vrai charmeur.

Bree leva les yeux au ciel. Sa mère flirtait vraiment avec tout ce qui bougeait.

En tirant ses amis de prison, elle avait fait preuve d'une incroyable confiance en sa fille. Malgré tout, Bree ne supportait pas son besoin d'être au centre de l'attention.

— C'est vrai que c'était vraiment génial de sa part de venir à notre secours, dit John dès qu'ils furent seuls. Comment tu as réussi ça ?

— Après ton texto, j'ai appelé tout le monde. Comme personne ne répondait, je me suis dit que c'était sérieux, alors j'ai convoqué la cavalerie.

— Tous nos téléphones étaient éteints, acquiesça Kitty.

— À part le sien, dit Bree avec un signe de tête en direction d'Ed-au-carré. Mais il n'a pas décroché.

— J'ai coupé la sonnerie pendant que j'essayais de récupérer tes conneries avec Tammi Barnes, rétorqua-t-il, les bras croisés.

— Pour ce que ça a servi, commenta Olivia.

Bree inspira vivement.

— Qu'est-ce qui lui est arrivé ?

— Je me suis rendu au centre commercial pour la tenir à l'œil, comme tu l'as demandé, mais elle n'est jamais venue bosser. Alors je suis allée chez elle. Elle n'y était pas. Le superviseur du foyer a dû appeler la police quand elle n'est pas rentrée, car quelques voitures sont arrivées juste après le coucher du soleil. Je crois que, techniquement, elle a violé sa liberté conditionnelle.

— Tu étais censé la surveiller, dit Bree, les dents serrées.

Ed écarta largement les bras.

— J'ai fait de mon mieux ! Peut-être que si tu t'étais pas foirée en thérapie, ça serait pas arrivé !

— C'est qui, Tammi Barnes ? demanda Logan à Kitty.

— Nous avons deux scénarios possibles, déclara-t-elle sans prendre le temps de le lui expliquer. Soit Tammi est l'assassin, soit notre ami meurtrier s'en est pris à elle comme aux autres.

— C'est qui, les autres ? demanda Logan à Olivia.

Elle s'affaissa dans sa chaise.

— Et maintenant ?

— La réponse ne va pas vous plaire.

Bree se dirigea vers la cuisine et sortit quatre enveloppes brunes d'un tiroir.

— Je les ai trouvées sur le pas de la porte quand je suis revenue de thérapie.

— Merde ! s'exclamèrent Kitty et Olivia en chœur.

Ed secoua la tête.

— C'est une blague !

Bree tendit les enveloppes étiquetées « Olivia », « Kitty », « John » et « Ed ».

— Qu'est-ce qu'il y avait dans la tienne ? demanda Kitty en jouant avec le rabat.

Sans un mot, Bree sortit une photo et la leva. C'était un cliché noir et blanc, légèrement flou, comme pris de loin. John montait à l'échelle de corde à sa fenêtre.

Elle scruta l'expression de John lorsqu'il examina la photo. Il ne paniqua pas, enregistra calmement les détails.

— Ça date d'hier.

— Oui.

Sans hésiter, il ouvrit son enveloppe et en tira une autre photo noir et blanc. Bree accusa le coup : c'était elle, sortant de voiture à la clinique de la Dr Walters.

— Il y a un autre message, précisa Bree.

Elle espéra que sa voix ne tremblait pas.

— « Chacun d'entre vous perdra quelque chose qu'il aime plus que tout. Ça a commencé avec vous et ça finira avec vous, alors préparez-vous à la grande finale de dimanche. P.-S. : Je ne fais que me venger. »

— Dimanche ? répéta Olivia. Qu'est-ce qui se passe, dimanche ?

— Oh, non…, souffla Kitty.

— Quoi ? demanda John.

— C'est le tournoi de volley au lycée. Il y aura des recruteurs universitaires.

— La grande finale, dit-il d'un ton songeur.

Le visage de marbre, Olivia contempla son enveloppe.

— Je n'ai pas envie de l'ouvrir.

Bree ne le lui reprochait pas. L'idée que l'assassin s'en prenne à John lui donnait la nausée.

— On va le faire en même temps, dit Kitty. À trois.

— D'accord, dit Olivia en secouant ses boucles courtes. Toi aussi, Ed.

— À moins qu'il efface mon compte en banque, il n'y a rien là-dedans qui puisse m'effrayer, ricana-t-il.

— Un. Deux. Trois, compta Kitty.

Olivia et elle ouvrirent leur enveloppe au même moment où Ed fourra la sienne, fermée, dans son sac. La main de Kitty trembla lorsqu'elle vit la photo.

— Qu'est-ce que c'est ? demanda Bree.

Sous la table, elle entremêla ses doigts à ceux de John.

— C'est…

— Ce sont mes sœurs, dit Kitty d'une voix étranglée. Qui reviennent de l'école.

Comme les autres photos, on aurait dit qu'elle avait été prise à l'aide d'un téléobjectif. On y voyait les jumelles, sac à dos sur l'épaule, qui marchaient bras dessus bras dessous dans la rue, dans un instant d'insouciance. Elles riaient à gorge déployée, comme si l'une d'elles venaient de sortir une blague. Elles paraissaient si jeunes, onze, peut-être douze ans.

— « Je détruirai tout ce qui vous est cher », récita Ed tout bas.

— Eh bien, dit John en expirant lentement, au moins il connaît le concept de sentiment.

Bree lui serra très fort la main. Elle refusait de le perdre.

— On doit l'arrêter avant qu'il s'en prenne à quelqu'un d'autre.

— Je crois..., commença Olivia.

À sa voix inégale, Bree leva tout de suite les yeux. Elle tremblait, son visage était d'une pâleur mortelle.

— Je crois que c'est trop tard.

Elle regardait le bout de papier qu'elle avait sorti de l'enveloppe. C'était un mail imprimé, envoyé à June Hayes. La mère d'Olivia.

CHÈRE MADAME HAYES,

J'AI LE REGRET DE VOUS INFORMER QU'ÉTANT DONNÉ LE NIVEAU PEU SATISFAISANT DE VOTRE PERFORMANCE, VOUS AVEZ ÉTÉ REMPLACÉE DANS LA PRODUCTION DE *LA MALÉDICTION DE LA* DAME.

CORDIALEMENT,

CHARLES BEARD

TRENTE-SEPT

Olivia était penchée sur le siège avant du SUV des Deringer, comme pour inciter le géant scandinave à aller plus vite.

Ce qui aurait été impossible. Les pneus crissaient en protestation à chaque virage, les feux orange étaient un signal pour accélérer, et Olivia, paniquée, devait s'agripper à la poignée. Mais ça ne suffisait pas.

Elle consulta son téléphone et appuya sur rappeler pour la trentième fois. Quatre sonneries, puis le répondeur.

— *Je suis vraiment désolée, je ne peux pas vous répondre*, disait sa mère de sa voix douce et mélodieuse. *Je suis en répétition pour ma nouvelle...*

Olivia raccrocha et rappela tout de suite.

— Je suis sûre qu'elle va bien, dit Kitty. Juste endormie ou peut-être au travail ?

— Elle a démissionné.

Le répondeur s'enclencha, elle raccrocha.

— À cause de cette pièce de théâtre.

Si Kitty avait quelque chose à ajouter, elle le garda pour elle-même, coincée sur le siège arrière contre Logan, John et Ed-au-carré, tous silencieux.

Comment avait-elle pu être aussi bête ? Tester un one-woman-show à San Jose pour une production à New York, c'était ridicule, sans même parler de confier le rôle à sa mère. « *La Nuit des rois* au Public Theatre de New York, en 1998. C'est ça ? » Après la visite de Fitzgerald Conroy, l'ego de sa mère avait été si blessé qu'elle ne pouvait que se laisser avoir par une phrase de ce genre. Elle voulait croire si fort que « June Hayes » serait à nouveau sous le feu des projecteurs, et son nom cité par les critiques de théâtre des grands journaux. Elle avait probablement déjà répété son discours des Tony Awards.

Olivia aurait dû comprendre qu'il s'agissait de l'œuvre d'un tueur déterminé à se venger.

Olaf appuya sur le frein et elle vola momentanément entre son siège et la ceinture de sécurité, avant que sa tête frappe à nouveau le rembourrage.

— Arrivé, dit simplement Olaf.

Elle monta l'escalier de son appartement quatre à quatre, le poing refermé très fort sur ses clés, à peine consciente des bruits des pas qui la suivaient.

— Maman ! hurla-t-elle lorsqu'elle déverrouilla la porte. Maman ?

Il y avait des bouteilles de vin rouge partout. Une sur la table de la cuisine, ouverte, mais à moitié vide seulement, une autre sur le comptoir, dans le même état, puis deux sur la table basse, renversées. À côté, la photo encadrée de June Hayes en tant qu'Olivia, à la première de *La Nuit des rois* à New York. Le verre était brisé.

Sa mère était allongée sur le canapé, sur le côté, face à la télévision. Olivia lâcha un soupir de soulagement. Ça avait été une soirée de colère et de beuverie, mais rien d'inhabituel. Elle serait suivie de journées à pleurer sur son sort et à dormir. Avec un peu de chance, la semaine suivante, le coup de blues passerait, elle demanderait à récupérer son travail au Shangri-La et la vie reprendrait son cours habituel.

— Elle va bien ? demanda Kitty derrière l'épaule d'Olivia.

Celle-ci grimaça, soudain consciente que ses amis découvraient le chaos bipolaire de sa vie domestique.

— Elle s'en sortira, dit-elle d'un ton aussi assuré que possible.

Elle traversa le salon, redressa les bouteilles de vin sur la table et poussa le verre brisé de la photo.

— Elle pansera ses plaies et ira de l'avant. Pas vrai, maman ?

Elle se tourna vers sa mère et son sang se glaça dans ses veines. Sur ses genoux se trouvait une douzaine de boîtes de pilules. La bouche de sa mère était ouverte, béante, et un filet de vomi en coulait.

Kitty se précipita à ses côtés.

— Appelle les urgences, ordonna-t-elle à Ed. Tout de suite.

— Qu'est-ce qui ne va pas ? demanda John.

Sans attendre de réponse, Olaf traversa la pièce d'un bond. Olivia le vit prendre sa mère dans ses bras et il se trouvait presque à la porte avant qu'elle réagisse.

— Qu'est-ce que vous faites ?

— Olaf plus vite à l'hôpital, dit-il, déjà dans l'escalier. Apporter médicaments. Vite.

Assise à côté de John dans la salle d'attente de l'hôpital, Kitty contemplait l'horloge au mur. Dans les films, il s'agissait toujours de lieux romantiques où des acteurs magnifiques, bien habillés, attendaient qu'on leur donne des nouvelles d'êtres aimés.

Ces urgences-ci ressemblaient plutôt à une salle de visite de prison : des chaises en bois inconfortables, tapissées de tissu gris taché, des murs jaune pâle où on avait collé une affiche sur les maladies cardiaques, une sélection de magazines vieux de quatre mois et un distributeur décrépit qui semblait là depuis la naissance de Kitty. On y trouvait des barres de chocolat de marques qu'elle croyait disparues depuis longtemps.

Ed et Logan avaient filé après leur arrivée à l'hôpital, mais John était assis, stoïque, à ses côtés. La tête appuyée contre le mur, les yeux fermés, il avait croisé les bras sur son torse. Comment pouvait-il s'assoupir ? Kitty était dans tous ses états. Elle ne cessait de se demander si la mère d'Olivia allait s'en sortir... Elle avait utilisé le peu de batterie de téléphone qui lui restait pour appeler chez elle et vérifier que Lydia et Sophia allaient bien. Elles avaient trouvé hilarant que leur sœur aînée s'inquiète pour elles. Kitty leur avait quand même fait promettre de rester à la maison et de verrouiller les portes et fenêtres.

Maintenant que la batterie de son téléphone était déchargée, elle ne pouvait plus se distraire à l'aide de jeux abrutissants ou des réseaux sociaux. Elle aurait tué pour un bon livre, ou même un livre nul, mais elle devait se contenter de regarder la petite télévision qui diffusait les nouvelles locales, sans le son. Les paupières de Kitty commencèrent à papillonner, un clignement qui se transforma en secondes d'obscurité prolongée.

— Regarde ! dit soudain John, la réveillant d'un petit coup de coude.

Elle ouvrit aussitôt les yeux. Il montrait la télé, où une photo de Tammi Barnes emplissait l'écran.

Kitty traversa la pièce à toute vitesse et appuya sur le bouton du son, impatiente d'entendre ce que les journalistes avaient à dire.

« … Vue pour la dernière fois au niveau du numéro 800 de Willow Road. Si vous avez la moindre information concernant Tamara Barnes, merci d'appeler immédiatement le poste de police de Menlo Park au numéro qui s'affiche sur l'écran. »

Puis la photo de Tammi disparut, remplacée par la tête des présentateurs.

« Et maintenant, Chip Peterson va nous parler des nouvelles sportives. Chip ? Quoi de neuf chez les Giants ? »

— Alors ? demanda John quand Kitty se laissa tomber sur son siège.

— Rien de neuf. On l'a vue pour la dernière fois quand elle est sortie de la clinique.

— Merde.

Kitty contempla les dalles du plafond taché d'humidité.

— Au moins la police la recherche.

— Ouais, ricana John. Ils ont si bien retrouvé les autres !

Il n'avait pas tort.

Ed-au-carré débarqua dans la salle d'attente et s'assit en face de Kitty et John.

— Quoi de neuf, tête d'œuf ?

— T'étais où ? demanda Kitty.

Ed croisa les doigts et les fit craquer.

— À la pêche aux infos sur la mère d'Olivia.

— Je croyais qu'on n'avait pas le droit de savoir, puisqu'on n'est pas de la famille.

— Allez, ricana-t-il. Quand est-ce que ça m'a jamais arrêté ?

— Jamais ! s'exclamèrent Kitty et John en chœur.

— Les pronostics sont bons, dit-il avec un sourire. On dirait qu'on est arrivés juste à temps. Encore une heure, et elle aurait sombré dans le coma.

Kitty grimaça.

— Comment va Olivia ?

La main tendue à plat, Ed l'agita d'un côté et de l'autre.

— Moyen. Mais elle tient le choc. Elle refuse de quitter le chevet de sa mère.

John sortit son téléphone.

— Je vais prévenir Bree.

— On peut faire quelque chose ? demanda Kitty.

— Ça m'étonnerait. Olivia va passer la nuit ici.

— On peut la voir ?

Il secoua la tête.

— Passer le garde-chiourme pour entrer dans les chambres est plus facile à dire qu'à faire.

— OK, dit Kitty en scrutant l'accueil.

Est-ce que ça valait la peine de courir jusqu'à la chambre de la mère d'Olivia ? Probablement pas. La dernière chose qu'elle voulait, c'était causer plus de stress à son amie.

— Je peux revenir demain matin et apporter le petit déjeuner.

Il fallait probablement qu'elle rentre. Déjà que Mme Miles lui reprochait d'avoir raté l'entraînement, maintenant ses parents allaient s'inquiéter à cause de son retour tardif. Que leur dire ? Qu'elle était sortie avec Donté ? Le seul fait de penser à son petit ami, qui était probablement déjà son ex, lui fit tout de suite monter les larmes aux yeux. Durant le chaos de la journée, elle avait pu laisser leur confrontation de côté. Désormais, son souvenir revenait à la charge. Arriverait-elle jamais à surmonter le fait qu'il avait refusé de lui faire confiance après avoir exigé la même chose d'elle ?

Elle ne savait pas.

— Olaf peut nous ramener, annonça John qui était encore au téléphone. Bree dit qu'il attend sur le parking.

— C'est sympa d'avoir Thor avec nous, commenta Ed. C'est comme si on était les Avengers.

John se leva et s'étira.

— Ouais, dit-il avec un rire. Tu peux faire Ant-Man.

— Je suis carrément plus Hawkeye.

Kitty pencha la tête.

— Il a passé la moitié du film dans le camp des méchants, non ?

Ed lui fit un de ses saluts en pistolet.

— Ouais. C'est un gars compliqué. Un peu comme…

Il n'eut pas l'occasion de finir sa phrase. Logan débarqua dans le hall, rayonnant.

— Qu'est-ce qui se passe ? demanda Kitty, tout de suite en alerte.

— C'est Margot, s'exclama Logan, essoufflé. Elle s'est réveillée !

TRENTE-HUIT

Envahie par l'émotion, Kitty s'arrêta à l'entrée de la chambre de Margot. Son amie était assise sur son lit d'hôpital. Elle avait la peau pâle, son visage les traits fragiles d'une poupée. D'un côté du lit, son père lui serrait l'épaule si fort que ses articulations en avaient blanchi et sa mère pleurait tout contre les genoux de sa fille.

Logan passa devant Kitty et l'expression de Margot s'éclaira.

— Logan !

— Cette zone est réservée à la famille. Comment se fait-il que vous soyez ici ? demanda Mme Mejia, les yeux brillants de colère.

— Les infirmières nous ont laissés entrer, répondit Logan, mal à l'aise.

Ou plutôt, elles n'avaient pas pu arrêter le tsunami des amis de Margot, mais Kitty ne le corrigea pas.

— Qui êtes-vous ? interrogea Mme Mejia d'une voix glaciale.

— Je suis Logan, le petit ami de Margot.

Cette simple déclaration, sans aucun sarcasme, sembla pourtant déclencher la fureur de Mme Mejia.

— Quoi ! s'écria-t-elle en se levant d'un coup.

— Maman, dit Margot, la main tendue. Ne t'inquiète pas.

Sa mère ne la regarda même pas.

— Sortez tous de là ! Et oubliez ma fille !

— Margot nous veut à ses côtés, répliqua Logan avec une assurance absolue.

— Margot est mineure, déclara M. Mejia plus calmement que son épouse. Et en tant que ses tuteurs légaux, la décision nous appartient.

— Et nous ne voulons pas de vous ici, ajouta Mme Mejia. J'appelle la sécurité.

— Arrête ! rugit Margot.

La force de son cri la fit vaciller, comme s'il lui demandait un effort physique inhabituel.

— *Mija*, dit sa mère d'un ton plus doux. Tu ne vas pas assez bien pour voir tous ces gens.

Margot ferma les yeux, prit une profonde inspiration et adressa à sa mère un regard dur et sérieux.

— Maman, je vais bien. Plus que bien. Et je veux les voir. Ce sont mes amis.

Elle jeta un coup d'œil nerveux à la porte où Ed, John et Kitty s'étaient rassemblés derrière Logan.

— J'ai besoin d'eux.

— Je l'interdis !

Mme Mejia était soit trop habituée à ce que ses ordres soient exécutés sans discuter, soit terrifiée pour sa fille au point de risquer de se la mettre à dos.

— Je ne suis plus une enfant !

Margot tendit les bras, dévoilant les longues lignes sombres qui montaient de son poignet à son coude. Kitty grimaça en voyant les cicatrices, et au souvenir de ce qui l'avait poussée à de telles extrémités.

— Tu sais pourquoi j'ai fait ça ? Est-ce que tu me l'as jamais demandé ? Tu crois que c'est parce que vous étiez trop indulgents ? Que j'avais trop de liberté ? Trop d'amis ?

— Ces fameux amis, dit sa mère en prenant la main de sa fille. Ils vont profiter de toi et te faire du mal.

Le regard de Margot se posa sur Kitty.

— Non, répliqua-t-elle tout bas.

— Mais…

— Je veux leur parler. Toute seule.

Mme Mejia ouvrit la bouche pour protester, mais son mari passa le bras autour de ses épaules. Il la guida vers la porte.

— Nous aurions bien besoin d'un café. Allons voir si la cafétéria est encore ouverte.

Dès qu'ils eurent disparu au bout du couloir, Kitty se jeta au cou de Margot et la serra très fort.

— Je suis tellement contente…

Sa voix s'étrangla.

— Je vais bien, chuchota Margot.

Kitty la lâcha, essuya une larme sur sa joue, cachée derrière ses cheveux qui retombèrent sur son visage.

— Je suis tellement soulagée.

— Mais comment… Je veux dire, qu'est-ce que vous faites tous ici ?

— Juste une petite sortie aux urgences, répondit Ed. Tu sais, un vendredi soir classique et sympa.

Margot se raidit.

— Tout va bien ? Olivia ? Et Bree ?

— Doucement, dit Logan en lui caressant les cheveux. On va t'expliquer.

Elle lui sourit avec reconnaissance. Il se pencha et l'embrassa sur les lèvres, avec douceur et tendresse, comme s'il craignait qu'elle se brise.

Kitty ressentit une crispation douloureuse : ça lui rappelait la façon dont Donté l'embrassait avant.

— J'étais tellement inquiet pour toi, dit enfin Logan.

Leurs retrouvailles étaient mignonnes, mais Kitty ne pouvait attendre plus longtemps.

— Tu as vu quelque chose ? lâcha-t-elle. Avant ton attaque ? Tu sais de qui il s'agit ?

Enfin, ils avaient l'occasion d'avoir un indice, quelque chose qui leur permettrait d'identifier le tueur.

— Je…

Margot se rembrunit. Elle scruta le pied de son lit, comme si la réponse à la question se cachait dans ses draps. Le moment d'identifier le responsable des meurtres de Bishop DuMaine était peut-être venu. Si Margot avait vu quoi que ce soit, ce pourrait être l'occasion qu'ils attendaient.

Logan parut percevoir la gravité du moment. Il se pencha, une main dans celle de Margot, l'autre sur son épaule. Même John et Ed-au-carré s'étaient avancés dans la pièce. Une tension silencieuse vibrait dans la chambre.

— Je ne me souviens pas, dit-elle enfin.

— De rien ? demanda Logan.

Elle chercha son regard.

— Je me souviens de la dernière scène. Tu dansais. Tu m'as souri.

— Autre chose ? N'importe quoi après ?

Elle secoua la tête

— Non.

Son regard passa de Kitty à Ed, puis s'arrêta sur John. Kitty lut la question sur son visage. *Qu'est-ce qu'il fait là ?*

— Tu es John Baggott. Non ?

Kitty rit. Même après une semaine dans le coma, elle gardait le réflexe de dissimuler toute information.

— Ne t'inquiète pas. Il est au courant.

Margot haussa les sourcils.

— Quoi ?

— Ils sont tous au courant.

— Il s'est passé beaucoup de choses pendant ta petite sieste, déclara Ed.

Ses paroles étaient désinvoltes, sa voix mortellement sérieuse.

— On nous a tous fait prêter serment.

— Tous ?

Son regard s'attarda sur John. Avec un pincement de culpabilité, Kitty se rappela qu'il avait fait partie des suspects.

John, béni soit-il, perçut le malaise de Margot et recula vers la porte.

— Vous avez pas mal de choses à vous dire.

— Ne te sens pas obligé de partir, dit Kitty.

Après tout ce qu'il avait fait pour les aider, elle se sentait mal qu'il se fasse chasser du cœur du groupe.

Il leva la main.

— T'inquiète. Je vais voir comment va Olivia.

Puis il se glissa dans le couloir et ferma la porte derrière lui. Margot écarquilla les yeux.

— Olivia est ici ?

— Elle va bien.

Kitty tira une chaise près de son lit.

— Mais il a raison, on a beaucoup de choses à te dire.

Olivia était assise au bord de sa chaise, un bras autour du corps inconscient de sa mère, la tête sur son épaule. Elle s'imaginait presque à nouveau enfant, cherchant du réconfort sur ses genoux après un cauchemar ou une dure journée à l'école. Du plus loin qu'elle se souvenait, elles avaient toujours été toutes les deux. Sa mère n'avait jamais parlé de son père, juste assez pour qu'Olivia comprenne qu'il ne ferait jamais partie de sa vie et que cela valait mieux pour elle.

Aussi difficile à vivre que soit sa mère, parfois, elle avait toujours été là. Elle avait sacrifié sa carrière pour que sa fille ait toutes les chances de réussir. Et bien qu'elle ait dû toujours se battre pour que sa mère prenne ses antidépresseurs, Olivia savait que celle-ci l'aimait profondément. Et c'était réciproque.

De plus, elles n'avaient personne d'autre. Alors, Olivia imaginait sans difficulté la douleur qu'avait dû ressentir sa mère pour en arriver là. Elle l'avait vue au fond du trou, passer plusieurs jours sans se doucher, dormir vingt-quatre heures d'affilée, ou boire. Mais ces passages difficiles finissaient toujours par prendre fin, remplacés par des périodes plus heureuses, plus optimistes. Qu'est-ce qui était différent, cette fois ?

— Comment va-t-elle ? demanda John qui lui souriait sur le pas de la porte.

— Elle ne s'est pas encore réveillée, répondit Olivia, surprise par sa voix rauque, mais on m'a dit qu'elle s'en sortirait.

— Super. C'est la seconde bonne nouvelle de la soirée.

— La seconde ?

Il sourit.

— Margot est réveillée.

Olivia se leva d'un coup.

— Comment va-t-elle ? Oh, mon Dieu, est-ce qu'elle sait qui...

— Elle ne se souvient de rien, répondit John en secouant la tête.

— Merde.

— Désolé.

Olivia baissa les yeux vers sa mère. Les tubes de perfusion dépassaient de son bras et son nez, sa poitrine se soulevait et retombait à un rythme artificiel. Elle serra les poings et lutta contre l'envie de frapper quelque chose.

— C'est lui qui l'a mise dans cet état.

— Olivia, dit doucement John. Ta mère est...

— Folle ? termina Olivia, les sourcils haussés. C'est ce que tu veux dire ?

— Non.

— Le mot, c'est « bipolaire ». Eh oui. Mais je veux dire qu'il l'y a poussée. Les cachets, ce n'était pas son ordonnance habituelle. Elle a dit que la pharmacie l'avait appelée pour qu'elle vienne les chercher. C'est forcément le meurtrier.

— Putain.

— Elle avait tout risqué pour cette pièce de théâtre, ce mail a suffi à la faire basculer. Charles Beard, Christopher Beeman. Ce n'est pas une coïncidence.

Un médecin entra dans la chambre, sa blouse blanche flottant derrière lui comme une cape.

— Mademoiselle Hayes ?

— Oui.

Oh non, quoi encore ?

Il tenait quelque chose à la main qu'il fit mine de lui donner, puis marqua une pause quand il vit John.

— Je suis désolé, les visites ne sont pas autorisées.

— C'est mon frère, mentit Olivia sans hésiter. John.

— Oh.

Le médecin les regarda tour à tour, cherchant une ressemblance entre la fille blond vénitien aux yeux bleus et le garçon brun aux yeux noisette.

— Nous avons trouvé ceci dans la poche de votre mère, dit-il en tendant un bout de papier. Ça vous est adressé.

Olivia prit le papier d'une main tremblante.

— Merci.

Le médecin lui fit un signe de tête et ressortit.

Le mot était écrit sur une simple feuille A4, pliée en quatre avec les mots « Pour Olivia Hayes » annotés de l'écriture brouillonne, empressée de sa mère.

— Tu veux que je parte ? demanda John.

— Non.

Olivia retourna d'abord le mot sans l'ouvrir. Elle ne voulait pas être seule quand elle le lirait. Que trouverait-elle à l'intérieur ? Une lettre de suicide ?

Quelque chose expliquant pourquoi sa mère avait renoncé à vivre, au point d'abandonner sa fille aux bons soins de l'assistance sociale ? Parce qu'elle n'aurait pas le choix. Olivia n'avait personne, ni frères ni sœurs, ni grands-parents, et aucune idée de l'identité de son père, et encore moins de l'endroit où il se trouvait. Voulait-elle connaître les dernières pensées de sa mère ?

Pas vraiment. Mais elle devait les lire quand même.

Livvie,

Tu avais raison. Je suis une imbécile. Une vieille imbécile has-been qui a cru que cette fois, les choses seraient différentes… Mais non… Je suis une ratée… Une perdante et une mauvaise mère… Tu seras bien mieux sans moi.

Mais je ne te laisse pas toute seule. Tu as ton père, maintenant, il prendra soin de toi. Il ne te croira peut-être pas, mais j'ai fait faire un test ADN pour le prouver. Il est dans le tiroir de ma commode.

Il prendra soin de toi, Livvie. J'en suis certaine. Tu as ses yeux. Je pensais à lui chaque fois que je te regardais.

Je t'aime si fort. Tu le sais, non ? Mais je ne te réussis pas, Livvie. Tu seras plus heureuse sans moi.

Si on essaie de t'emmener, montre-leur ça. Moi, June Hayes, confie ma fille Olivia Hayes aux bons soins de son père biologique, Fitzgerald O'Henry Conroy.

TRENTE-NEUF

Kitty raconta à Margot tout ce qui s'était passé la semaine précédente : l'imitateur du GTC, le meurtre de Rex, les disparitions et le fait que Christopher Beeman était mort.

Ed ne la quitta pas des yeux.

Margot resta d'une impassibilité remarquable. Elle écouta calmement, sans manifester d'émotion. Seule la nouvelle de la tentative de suicide de June Hayes craquela son visage de marbre.

Lorsque le silence se fit, elle contempla le mur blanc à l'autre bout de la pièce. Ed sut que ses neurones travaillaient dur, elle analysait et cataloguait toutes les informations qu'elle venait de télécharger.

— La vidéo de l'anniversaire de Rex, dit-elle enfin, sans quitter le mur des yeux. Il était en quelle classe ?

— Sixième ? répondit Kitty avec un coup d'œil à Ed pour confirmer.

Elle n'avait pas le sens du détail.

— C'était le treizième anniversaire de Rex. La quatrième, donc.

Margot hocha la tête pour elle-même.

— Et les photos d'Amber ont été prises dans un camp d'amaigrissement ?

Encore une fois, aucune émotion, mais que ressentait-elle vraiment ? Amber l'avait harcelée au sujet de son poids durant tout le collège. Apprendre qu'un an plus tôt elle avait elle-même été une « petite grosse » aurait dû éveiller chez elle un mélange de colère et de ravissement. Du moins, c'était le cas pour Ed.

— Ouais, répondit-il.

Enfin, Margot se tourna vers Kitty.

— Donté t'en a voulu quand tu t'es jointe au Maine Men ?

Kitty rentra les épaules. Encore une fois, l'esprit analytique de Margot avait touché juste.

— Oui. Et Mika aussi.

— Je vois.

Margot pressa la paume contre sa tempe en grimaçant. Protecteur, Logan se leva d'un coup et se pencha sur elle.

— Ça va ? Tu devrais peut-être te reposer. On peut revenir plus tard.

Ed sentit son ventre se tordre quand elle s'appuya contre lui. Pourquoi ne pouvait-il pas être à la place de Logan ?

— Ça va, répondit-elle. Mais je n'arrive pas à croire que Donté, Mika, Theo et Peanut forment le nouveau GTC.

— Quoi ? s'écria Kitty.

— Comment tu le sais ? demanda Logan.

— Mika est allée à St Alban avec Rex. Ça ne devrait pas être difficile de remonter la piste de la vidéo jusqu'à elle. Donté et elle ont piqué une crise quand Kitty s'est jointe au Maine Men. J'imagine que Theo a dû fréquenter le même camp d'amaigrissement qu'Amber. Pas au même moment, mais peu de temps après. Et on sait déjà qu'il s'agit des plus grands fans du GTC.

— J'ai surpris Theo connecté au serveur de l'école dans le bureau de Mme Miles, dit Kitty en hochant la tête.

Le puzzle se mettait en place.

— Il semblait super nerveux quand j'ai débarqué.

— Il créait probablement un compte factice.

— Et Peanut ?

— D'après ce que j'ai vu de leurs interactions, elle hait Amber Stevens autant que moi. (Margot cligna des yeux et son regard s'adoucit.) Autant que moi *avant*. Et elle aurait été en position idéale pour voler la vidéo du soir de la première dans le bureau de M. Cunningham et enregistrer le montage photos par-dessus.

Ed applaudit avec enthousiasme.

— Bien joué, Sherlock Holmes !

— Donté…

Kitty se leva lentement et se mit à faire les cent pas en cercles resserrés.

— Mika et lui étaient fous furieux contre moi. Et ils étaient si distants, ces derniers temps.

Puis elle éclata d'un rire maniaque, incontrôlable.

— Oh, mon Dieu, Margot. Tu as raison ! C'est parce qu'ils gardaient ce secret. Qu'ils me le cachaient à moi ! C'est hilarant, non ?

— Moins, si les flics suivent le même cheminement que nous, commenta Ed.

Margot leva les yeux vers Logan et ouvrit la bouche, mais il l'interrompit.

— Ne t'excuse pas.

Elle rougit.

— Je ne voulais pas qu'il t'arrive quoi que ce soit. Moins tu en savais, moins tu courais de risques.

— Maintenant, c'est à mon tour de te protéger.

Ed mourait d'envie de l'étrangler.

— Et comment tu vas y arriver ? demanda-t-il, incapable de réprimer son sarcasme.

— Déjà, dit Logan en pressant la main de Margot. Je ne la quitterai plus jamais des yeux.

— M. et Mme Mejia vont être ravis.

Kitty tourna la tête d'un coup. Sur le pas de la porte se trouvait le sergent Callahan, tout renfrogné. Il ne portait pas l'uniforme, mais un ensemble pantalon, chemise et veste de sport si décalé que c'en était hilarant.

— Encore vous ?

— Sergent.

Ed leva la main pour un tope là.

— Ça faisait longtemps que vous ne nous aviez pas arrêtés !

Le sergent le foudroya du regard.

— Ne me tente pas.

Ed sourit jusqu'aux oreilles.

— J'adore votre look chic décontracté.

— C'était ma soirée en tête à tête avec madame, dit-il, avant d'ajouter tout bas : qui va me tuer.

Puis il se tourna vers Kitty.

— Tu veux bien m'expliquer ce que vous fabriquez ici ?

— On soutenait une amie dont la mère est hospitalisée quand on a appris que Margot s'était réveillée, répondit Logan.

— Eh bien, maintenant, je vous demande à tous de partir. J'ai des questions importantes à poser à Margot.

— Tout de suite, sergent ! dit Ed.

Il attrapa Kitty par la main et la tira vers la porte. Elle se dégagea.

— Sergent !

Elle regarda Margot qui hocha la tête avec détermination. Elle semblait lire dans ses pensées : tout raconter au sergent Callahan une bonne fois pour toutes avant que quelqu'un d'autre se fasse tuer.

Il poussa un soupir impatient.

— Oui ?

— Il faut qu'on vous parle des meurtres.

— Bon sang ! s'exclama-t-il, les mains sur les hanches. Je ne cesse de vous le répéter, arrêtez de vous en mêler ! J'ai trois assassinats non résolus, quatre personnes disparues, et le FBI s'est emparé de mon bureau ! Alors la dernière chose dont j'aie besoin, c'est de vos théories insensées !

— Mais on sait qui est le tueur !

— Kitty, dit Ed avec un rire forcé. On ne devrait pas embêter le gentil policier avec tout ça.

Le sergent Callahan haussa un sourcil.

— Vraiment ? Comment s'appelle-t-il ? À quoi ressemble-t-il ? Son adresse ? La voiture qu'il conduit, peut-être ? Avez-vous l'une de ces informations ?

— Euh, non. Mais on sait…

Elle marqua une pause. La lueur vive du néon faisait briller quelque chose au poignet du sergent. On aurait dit une montre très chère. Comme celle qu'Amber Stevens avait donnée à Ronny DeStefano.

Si j'étais le tueur, vous seriez mes prochaines victimes.

— Oui ? J'attends. Qu'est-ce que vous savez ?

— Rien, répondit Kitty avec un sourire forcé. En fait, vous avez raison, on se monte la tête.

Elle attrapa Ed par le bras et le tira vers la porte.

— Désolée de vous avoir fait perdre votre temps !

— Ce n'est rien, dit-il, pris de court par le changement brutal. Je vous suggère de rentrer chez vous, de vous coucher et de ne plus vous en mêler, avant d'être arrêtés par le FBI. C'est compris ?

— Est-ce que Logan peut rester ? demanda Margot. Il était présent ce soir-là. Au théâtre.

— M. Blaine a déjà répondu à mes questions, dit le sergent Callahan d'une voix plus douce. Je pense sincèrement que nous devrions être seuls.

— Ne t'inquiète pas, déclara Logan.

Il se leva et embrassa tendrement Margot sur la joue.

— Je ne vais pas loin.

Kitty sentit le bras d'Ed se crisper.

— Promis ?

— À partir de maintenant, je serai toujours à tes côtés.

— Pourquoi tu ne lui as pas dit ? demanda Logan une fois dans le couloir qu'ils traversaient rapidement.

Kitty s'arrêta devant l'ascenseur et lâcha Ed.

— Il ne nous écouterait pas.

— Peut-être que si. Si tu avais montré la photo et le mot. Il faut qu'il sache, au sujet de dimanche.

— Il ne fera rien.

— Pourquoi ? s'enquit Ed avec hésitation.

— Parce qu'il porte la Rolex du père d'Amber.

— Le sergent est le meurtrier ? demanda Logan, déconcerté.

— Oh allez, fit Ed, avec un rire nerveux. Tu ne penses quand même pas que le sergent Callahan se cache derrière tout ça ? C'est ridicule !

— Tu crois vraiment ?

Kitty réfléchissait à toute vitesse.

— Amber n'avait pas tort, tout à l'heure. Nos recherches ont été plus productives que celles de tout le commissariat. Pourquoi ? Parce que quelqu'un contrecarre l'enquête en interne.

Sans même s'en rendre compte, elle s'était mise à faire les cent pas.

— Si ce n'est pas lui le tueur, il protège quelqu'un. En tout cas, il est impliqué.

— Qui peut-on avertir ? interrogea Logan. Son boss ?

— Non ! s'écria Ed.

Kitty haussa un sourcil.

— Pourquoi ?

— Le capitaine ne nous écoutera pas.

Il se racla la gorge.

— Et si le sergent Callahan apprend qu'on le soupçonne, ce serait un vrai désastre.

— Bien vu.

De temps en temps, Ed savait se rendre utile.

— On ne peut pas rester sans rien faire ! s'écria Logan.

Kitty s'arrêta net et regarda en direction de la chambre de Margot. S'opposer au sergent Callahan était dangereux mais, pour une fois, ils avaient l'avantage. S'ils frappaient maintenant, ils pourraient le prendre la main dans le sac. Mais il leur fallait des renforts.

— Quoi ? demanda Logan qui sentait son excitation. Qu'est-ce que tu as en tête ?

Kitty se tourna lentement vers eux.

— C'est l'heure d'appeler la cavalerie.

QUARANTE

Garée devant la maison de Donté, Kitty relut pour la énième fois le texto qu'elle avait tapé :

Je suis devant. Il faut que je te parle. Très important.

Il était direct, ne révélait aucune des émotions qui tourbillonnaient en elle. Avait-elle raté le coche avec Donté ? Ses textos de cet après-midi-là étaient passés d'inquiets à soucieux à affolés, mais elle n'avait fait que répondre « ça va », puis silence radio lorsqu'elle avait éteint son téléphone. Comment l'avait-il interprété ? Comme un rejet ? Pensait-il qu'elle lui faisait la tête ?

Probablement. C'était ce que Kitty aurait cru si les rôles avaient été inversés. Elle espérait néanmoins qu'il serait assez curieux pour l'écouter.

Elle appuya sur « envoyer » et frissonna. Une épaisse nappe de brouillard était arrivée de la baie. Le froid et l'humidité pesaient sur le quartier.

Elle ne savait pas combien de temps elle devrait attendre : Donté n'était pas du genre à se coucher tard, mais à minuit un vendredi, il y avait une chance qu'il soit réveillé.

Elle avait raison. À l'écran, elle vit les points indiquant que Donté tapait sa réponse. Elle retint son souffle lorsque son téléphone vibra.

J'arrive tout de suite.

Trente secondes plus tard, le perron fut inondé d'une lumière chaude. Donté sortit, dans un bas de pyjama à carreaux bleu et vert, un tee-shirt noir et des chaussons. Elle avait dû l'interrompre alors qu'il s'apprêtait à se coucher. Il souleva le bas de son tee-shirt et s'essuya la figure, révélant des tablettes de chocolat dures comme du béton.

Le cœur de Kitty s'emballa lorsqu'elle se souvint de ces abdos pressés contre son ventre.

Concentre-toi. C'est une affaire sérieuse.

Elle prit une profonde inspiration, la relâcha par à-coups, puis ouvrit la portière et sortit de la voiture.

Dès que Donté la vit, il sauta du perron et traversa l'allée en courant. Elle n'eut même pas le temps de dire ouf qu'il l'étreigna.

— Bébé, dit-il, son souffle lui chatouillant l'oreille. Je suis vraiment désolé. Je me suis comporté comme un connard et je ne sais pas si tu me pardonneras, mais…

Kitty gloussa. Elle ne put s'en empêcher. Des bulles de bonheur remontèrent en elle et son effort futile pour retenir son rire la fit trembler.

— Qu'est-ce qui te fait rire ? demanda Donté, d'un ton blessé.

Elle s'écarta et leva les yeux vers lui.

— Je te pardonne si tu me pardonnes.

Il haussa les épaules.

— Il n'y a rien à pardonner. Tu n'as rien fait de mal.

— Toi non plus.

Il passa les doigts dans les cheveux de Kitty, suivit les traits de son visage du regard.

— C'est pas vrai. Il se passe quelque chose, quelque chose d'énorme, et je l'ai laissé s'interposer entre nous. Je voulais t'en parler, mais ça aurait pu te mettre en danger, alors je devais garder le secret.

— Je sais.

— Non, tu ne sais pas.

Un sourire malicieux naquit sur les lèvres de Kitty.

— Je sais que tu fais partie du nouveau GTC.

Donté écarquilla si grand les yeux qu'elle eut peur qu'ils roulent hors des orbites.

— Comment… ?

— Parce que je te cachais le même secret.

Elle attendit qu'il comprenne. Quand il réalisa ce qu'elle disait, sa mâchoire se décrocha et ses épaules s'affaissèrent.

— Toi ?

— Oui.

— Le GTC ?

Kitty rit à nouveau.

— Oui.

Donté passa la main sur son crâne rasé.

— Mais… tu es la vice-présidente du BDE. Tu t'es jointe aux Maine Men !

— Il le fallait. On essayait de deviner qui utilisait notre nom. Ils m'ont servi de ressource.

— On ?

Il allait en rester sur les fesses.

— Bree Deringer.

— On avait deviné.

— Margot Mejia.

— Aussi.

— Et Olivia Hayes.

Donté pencha la tête.

— Tu déconnes.

— Non.

Il recula d'un pas, puis se mit à tourner en un cercle rapproché, le temps de digérer ce qu'il venait d'entendre.

— Maintenant, c'est toi, Mika, Peanut Dumbrowski et… Theo ?

Donté s'arrêta et leva les yeux.

— Tu es télépathe ou quoi ? Comment tu peux savoir ?

Par où commencer ? C'était une histoire tellement longue, que les filles et elle ne comprenaient qu'à moitié. Et elle devait d'abord savoir quelque chose.

— Comment avez-vous décidé de prendre la suite du GTC ? Comment vous êtes-vous rassemblés ?

— Tu n'es pas au courant ?

Oh, oh. Elle aurait dû l'être ?

— Non.

— Ce n'est pas vous qui nous avez recrutés ?

Kitty secoua lentement la tête.

— Oh.

Les lèvres pincées, il renversa la tête en arrière.

— Le matin après l'assemblée où Bree s'est rendue, on a tous trouvé des mots sur le pas de nos portes.

Le ventre de Kitty se serra.

— Dans de simples enveloppes kraft ?

— Oui ! Attends, comment tu le sais ?

— Je t'expliquerai plus tard.

Elle réfléchissait à toute vitesse, comprenait petit à petit le plan du tueur.

— Qu'est-ce qu'il y avait d'écrit ?

— Qu'il était temps qu'une nouvelle équipe se mette en place et prenne la suite du GTC. Si j'étais intéressé, je devais me rendre sur les courts de tennis ce soir-là à vingt heures. C'était signé « GTC ». À mon arrivée, il y avait Mika, Theo et Peanut. On s'est plus ou moins jetés à l'eau.

Kitty regarda la maison de Donté sans la voir. Le tueur avait recruté une nouvelle version du GTC. *Je détruirai tout ce qui vous est cher.*

La photo, l'invitation anonyme. Il n'y avait qu'une seule raison pour laquelle on les aurait impliqués.

— Je crois que vous êtes en danger. En très grand danger.

Son regard inquiet plongé dans le sien, Donté lui agrippa les épaules.

— Dis-moi ce qui se passe. S'il te plaît.

— Il faut qu'on rassemble tout le monde.

Il n'y avait pas de temps à perdre.

— Demain matin, à la première heure. Ton équipe et la mienne.

— OK. Pourquoi ?

Elle lui prit les mains et les serra très fort. Elle refusait qu'il lui arrive quoi que ce soit.

— Parce qu'on cherche à vous faire accuser de meurtre.

QUARANTE ET UN

Kitty ajusta son ordinateur afin que la caméra englobe tout le coin de la terrasse près de la piscine des Dumbrowski, puis recula.

— Tu vois tout le monde ?

Bree acquiesça. Son visage se pixélisa et sursauta le temps du chargement.

— Je crois.

Elle tendit le doigt et le déplaça en demi-cercle.

— La vache, ça en fait du monde, pour une réunion secrète du GTC !

— Pas vrai ?

Kitty jeta un coup d'œil par-dessus son épaule. Olivia, Ed-au-carré, Peanut, Theo, Mika, Donté, John et elle. Et Bree par Internet. Au temps pour leur secret bien gardé…

Peanut déposa un plateau sur la table en métal à l'ombre du grand parasol.

— Il y a des chips de kale, des soufflés de tofu au fromage et des gâteaux salés au quinoa.

Ed se pencha vers Olivia.

— C'est de la nourriture ou une expérience scientifique ?

Theo se jeta sur les gâteaux au quinoa avec bonheur.

— Ils sont trop bons. C'est toi qui les as faits ?

— J'ai eu de l'aide, dit Peanut en rougissant.

— Où est Margot ? demanda Bree.

— Toujours à l'hôpital, répondit Kitty. Mais Logan est resté avec elle.

— Il refuse de la quitter avant que ce cinglé soit sous les verrous, ajouta John.

— C'est si touchant..., grogna Ed.

— Parfait, dit Bree sans relever. Si le tueur découvre qu'elle est réveillée, il pourrait essayer de se la faire.

Theo s'interrompit en pleine bouchée et échangea un regard inquiet avec Peanut, tandis que Mika se tortillait sur sa chaise. Kitty grimaça. Margot, Bree, Olivia et elle vivaient sous la menace de leur harceleur anonyme depuis plus d'un mois. Mais les petits nouveaux venaient tout juste d'apprendre que leur vie était peut-être en danger. Elle ne voulait pas les plonger dans la panique.

— Ça ira, dit-elle fermement. Personne ne se fera personne.

Ed-au-carré donna un coup de coude à John.

— T'as entendu, l'ami ?

— Beurk ? firent Olivia et Peanut en chœur avant de se sourire.

Bon. Au moins, l'humeur restait détendue. Kitty regarda les nouveaux membres l'un après l'autre.

— Je sais que c'est un choc pour vous. Ça fait beaucoup à digérer.

— Je ne comprends pas, dit Peanut.

Ed passa le bras devant Olivia et lui tapota la main.

— On sait.

— Si ce n'est pas vous qui nous avez demandé de prendre la suite, alors qui ?

Kitty se tapota le côté du nez du doigt.

— C'est la raison pour laquelle nous sommes réunis aujourd'hui.

— J'aurais dû savoir que tu étais impliquée. J'arrive pas à croire que je n'aie rien vu ! déclara Mika avec un sourire éclatant.

Kitty se rengorgea un peu.

— Je suis plutôt douée pour garder les secrets.

Ed leva les yeux au ciel.

— T'es pas la seule. Le meurtrier se débrouille pas trop mal non plus.

Super. Bree avait la réplique déjà bien assez facile, voilà qu'ils étaient deux.

— Tu n'as pas tort.

Donté, Mika, Theo et Peanut devaient se rendre compte des risques. Olivia se rapprocha du bord de sa chaise longue.

— Ce type est un assassin.

— Déjà trois meurtres, ajouta Kitty. Et cinq des cibles du GTC ont disparu.

— Il a deux coups d'avance sur nous depuis le début, renchérit Bree.

Kitty prit l'enveloppe kraft qu'avait reçue son petit ami.

— Même en vous recrutant.

— Pourquoi voulait-il nous y mêler ? demanda Mika.

— Ça ne lui suffit pas de détruire nos vies, expliqua Olivia. Il veut détruire tout ce qu'on aime aussi.

— C'est-à-dire nous, déclara Donté à son équipe. Kitty pense qu'il essaie de nous faire porter le chapeau.

— Le chapeau de quoi ? demanda Theo, les yeux écarquillés. Du meurtre de Rex ?

Argh. Kitty ne voulait pas aborder ce sujet, et encore moins le rôle du sergent Callahan, avant d'avoir plus d'informations. Elle ne voulait pas déclencher la panique.

— Pas forcément. Ça pourrait…

— Oh, mon Dieu ! s'écria Peanut. (Elle mit les mains sur ses joues.) On va aller en prison. Je peux pas aller en prison. Vous savez ce qui arrive aux filles comme moi en prison ?

— C'est dingue, fit Bree en secouant la tête. Vous partagez le même cerveau, Olivia et toi ?

— Juste la moitié d'un, marmonna Ed.

Olivia lui tira la langue.

— Personne n'ira en prison ! s'écria Kitty.

— C'est pas la première fois que je l'entends, celle-là, commenta Bree.

Kitty soupira. Gérer sa propre équipe était déjà assez difficile. Là, elle avait l'impression de s'occuper d'une colonie de chats.

— Hé, fit Donté. (Il se leva et la rejoignit.) Nous devons garder notre calme. On n'est sûrs de rien, sinon que le tueur a prévu quelque chose demain.

— Prévu quoi ? demanda Theo, blanc comme un linge.

Kitty prit une profonde inspiration.

— On ne sait pas, mais on pense que c'est en lien avec le tournoi de volley.

— Genre, le gars pourrait nous la jouer *Heathers*[1] à Bishop DuMaine, dit Bree.

Donté releva la mâchoire.

— Il faut qu'on l'arrête avant.

— On devrait en parler à la police, dit Peanut.

Kitty grimaça. Ils allaient s'affoler.

— Ça pourrait être un problème.

— Pourquoi ? interrogea Mika.

— On pense que le sergent Callahan est impliqué. (Kitty prit une profonde inspiration.) Il pourrait être le meurtrier.

Mika ouvrit la bouche pour répliquer, puis la referma. En fait, personne ne dit rien. On n'entendait que le clapotis de l'eau contre les bords de la piscine et le frisson des feuilles dans les arbres.

— Qu'est-ce qu'on va faire ?

En proie à la panique, Peanut se leva soudain et agita les mains.

— Je ne peux pas ! On voulait juste remettre Amber et Rex à leur place. On ne voulait faire de mal à personne !

— Il y a toujours quelqu'un qui souffre, dit Bree. Parfois, il le mérite, parfois non. Mais ne va pas t'imaginer que nous sommes tous parfaitement innocents.

---

1. Film puis comédie musicale américains sur le sujet de la vengeance dans un lycée.

Kitty savait que Bree parlait de Tammi Barnes. Elles n'avaient pas su ce qui se passait chez elle et en quoi cela affectait son comportement au lycée. Tout ce qu'elles avaient vu, c'était une pétasse qui imposait des horreurs à des filles de quatorze ans. Méritait-elle ce que le GTC lui avait fait ? Oui. Mais auraient-elles pu l'aider si elles avaient connu la vérité ? Probablement. Et c'était cela qui les tourmentait.

— Écoutez, dit Kitty. On ne peut compter sur personne d'autre.

— Qu'est-ce que tu as en tête ? demanda Donté.

— On va tous au lycée dimanche. On sera en surnombre, et avec un peu de chance, on arrivera à mettre un terme à son plan.

— Tu te rends compte que c'est un flic ? commenta Ed. Il est armé.

Kitty se renfrogna.

— J'y ai pensé.

— Et ce n'est pas vraiment un plan. C'est un demi-plan. Peut-être un tiers.

— Je ne sais pas si j'ai..., commença Peanut.

Kitty leva la main.

— Tu peux rester chez toi si tu veux. Tu peux te cacher. Mais je te garantis qu'il te trouvera.

Peanut mordilla l'ongle de son auriculaire.

— Mais...

— Ronny DeStefano, l'interrompit Kitty.

— M. Creed, dit Bree.

— Rex Cavanaugh, ajouta Olivia.

— Quelqu'un doit payer, déclara Donté. On est tous solidaires, maintenant.

Le soutien de Donté donnait de la force à Kitty. Il fallait qu'ils aillent jusqu'au bout, quoi qu'il arrive. La dernière fois qu'elles avaient essayé de tenir tête au tueur, Kitty avait laissé sa peur et son amertume contrôler ses décisions. Mais cette fois, toute l'équipe était réunie. L'union faisait la force, surtout avec Donté à ses côtés.

Elle les regarda l'un après l'autre.

— C'est l'heure de se décider. Qui en est ?

— Nous, dit John avant que Bree puisse répondre.

— Nous ? répéta-t-elle.

— Ne commence pas. Tu ne peux pas quitter la maison, mademoiselle la prisonnière. Alors je te remplace.

— John, non !

— Trop tard.

— Mais…

Il coupa le son de l'ordinateur et pointa le reste du groupe.

— Ensuite ?

— Nous devons agir, Peanut, dit Theo en posant la main sur la sienne.

— Très bien, soupira-t-elle.

— J'en suis, dit Olivia. Après ce qu'il a fait à ma mère, il faut que je me venge.

Kitty les contempla avec un sourire, qui disparut lorsqu'elle s'arrêta sur Ed-au-carré.

— Je sais que tu as prêté serment, dit-elle, décidée à lui laisser une porte de sortie. Mais c'est au-delà de ton devoir. Ed, si tu ne veux pas participer, personne ne t'en voudra.

Il rit.

— Tu crois que je vais lâcher l'affaire ? Hors de question ! J'en suis, Kitty Wei. Tu ne vas pas te débarrasser de moi maintenant.

Elle fut prise de court.

— Je ne voulais pas te mettre à l'écart, je croyais seulement…

— Tu avais tort.

— Alors on est tous d'accord ? On y va ensemble ?

Il y eut un bref silence. Elle retint son souffle. Enfin, tout le monde se mit à acquiescer et un mot résonna en chœur sur la terrasse.

— Ensemble !

QUARANTE-DEUX

Kitty était assise sur le banc du vestiaire des filles, les coudes sur les genoux. Elle agitait furieusement un de ses pieds, ce qui faisait couiner la semelle en caoutchouc de ses baskets. On aurait dit le cri d'une souris prise dans une centrifugeuse, une manifestation de l'anxiété nourrie d'adrénaline qui faisait rage en elle.

L'adrénaline, c'était normal. Elle avait l'habitude de cet élan d'énergie qui l'envahissait avant un match. C'était un sentiment qu'elle adorait, qu'elle accueillait comme un vieil ami. Il signifiait qu'elle était sur le point de faire ce qu'elle aimait plus que tout au monde, et la seule chose dans laquelle elle était très, très bonne.

Bien sûr, un tournoi de démonstration devant tout un panel de recruteurs des meilleurs programmes de volley universitaire faisait monter la pression d'un cran, mais elle avait un plus gros poisson à ferrer.

Le banc trembla. Kitty tourna d'un coup la tête. Mika venait de s'asseoir à côté d'elle. Son teint blafard et ses grands yeux noirs gonflés trahissaient une nuit blanche.

— Salut, dit-elle en poussant les cuticules de son pouce.

— Ça va ?

— Non. (Elle lâcha un rire bref, essoufflé.) J'ai peur.

Un euphémisme. Kitty pensa à la photo de ses sœurs qui rentraient de l'école. Heureusement, elles se trouvaient bien à l'abri auprès de leur mère, à l'autre bout de la ville, à leur leçon de piano.

— Moi aussi.

— Je n'arrête pas de penser à tout ça. Et si…

Kitty leva la main.

— Arrête. Oublie pour le moment. Tous les autres vont faire leur job, nous devons leur faire confiance.

C'était le plan. Le meilleur qu'ils aient pu mettre en place. Kitty, Mika et Theo devaient enfiler leur uniforme et participer au tournoi comme si de rien n'était. Ce qui semblait le plus facile, puisqu'ils n'allaient pas fouiller le gymnase du sol au plafond en guettant un acte criminel. Ça, c'était le rôle de John, Ed et Donté. Kitty ne montait pas la garde depuis les gradins avec Peanut et Olivia. Elle n'était pas coincée chez elle comme Bree, ou à l'hôpital comme Margot et Logan. Non, elle était un leurre, une joueuse passive dans le match sur le point de se dérouler. Un rôle qu'elle détestait.

— Je ne sais pas comment vous l'avez encaissé si longtemps, dit enfin Mika.

— Encaissé quoi ?

— Le stress. Enfin, après le coup de Rex et Amber, il y a eu ce moment d'euphorie génial, mais ensuite j'étais paranoïaque à l'idée qu'on se fasse choper. Ça n'avait plus rien de marrant.

Kitty hocha la tête. Elle comprenait très bien. Chaque fois qu'elle réussissait une mission, elle se jurait que ce serait la dernière. Elle avait passé des journées entières convaincue que le père Uberti la soupçonnait. Puis la paranoïa disparaissait, elle découvrait qu'un de leurs camarades avait fait quelque chose d'horrible, ou l'existence d'un innocent martyrisé par leurs pairs, et tout recommençait.

Kitty songea à la vidéo de Mika et Ronny, cette mission du GTC qui les avait plongés dans ce tourbillon de mort et de peur.

— Je voulais te demander pardon, dit Mika, les yeux baissés.

— De quoi ?

— D'avoir dit à Donté que tu avais rejoint les Maine Men.

Kitty mit la main sur son épaule.

— C'est rien.

Elle esquissa un sourire en coin.

— Je n'ai pas très bien supporté non plus que Donté et toi fassiez des secrets.

Mika écarquilla les yeux.

— Tu croyais que je cherchais à te le piquer ?

— Pas vraiment, répondit Kitty qui se sentait bête d'avoir douté d'eux. Mais je savais que vous me cachiez quelque chose, et je me sentais mise à l'écart.

Mme Miles arriva de derrière les casiers.

— Vous voilà !

Sa voix résonna dans la pièce.

— Tout le monde est sur le terrain à s'échauffer. Vous allez vous bouger le cul, ou quoi ?

— Cheffe, oui, cheffe !

Kitty se leva.

— Wei, dit Mme Miles, les yeux plissés. Tu es avec nous ? Je veux que tu sois la capitaine d'équipe focalisée de ces dernières années, pas la girouette de ces deux derniers jours.

— Elle est à fond, madame, dit Mika. Croyez-moi.

Kitty lui sourit, reconnaissante de son soutien. Ça lui avait manqué.

— Parfait ! aboya Mme Miles. Oh, et Wei, j'ai vu la liste de l'équipe de Gunn. Barbara Ann Vreeland joue aujourd'hui.

Une vague de soulagement envahit Kitty. Enfin ! Elle avait pu limiter les dégâts infligés à Barbara Ann. Au moins, elle aurait une chance de prouver son talent aux recruteurs.

— Merci, madame.

— De rien.

Elle mit le sifflet dans sa bouche et siffla un bon coup.

— Maintenant, bougez-vous !

Kitty et Mika sortirent du casier et traversèrent le long couloir au petit trot.

— Tu as demandé à l'entraîneuse de faire jouer Barbara Ann ? demanda Mika.

— Oui.

Bien sûr, c'était avant que Kitty sache que ça risquait de la mettre en danger, mais bon. Elle ne pouvait plus rien y faire.

Elles arrivèrent sur le terrain bien ciré. Mika s'arrêta et lui sourit.

— Rien que pour ça, cette journée vaut la peine.

D'après les médecins, la mère d'Olivia dormait depuis trente-deux heures. Ce qui, apparemment, était normal dans le cas d'une overdose de barbituriques. Ironiquement, alors que trente-deux heures de sommeil ininterrompues étaient anormales pour la majorité de la population, Olivia avait déjà vu sa mère K.-O. toute une journée. Si sa vessie avait été assez grande, elle aurait été capable d'hiberner un week-end entier.

Olivia, elle, n'avait pas fermé l'œil depuis au moins aussi longtemps. Elle avait essayé, recroquevillée dans ce qui passait pour un fauteuil, une monstruosité des années soixante-dix en similicuir, à peine assez large pour ses hanches. Elle avait réussi à créer une sorte de méridienne en traînant une chaise devant une table, pour au moins y appuyer les jambes. Sa nuit avait été entrecoupée de moments de somnolence et de réveils brutaux lorsque sa tête roulait sur le côté.

Elle n'était pas rentrée se doucher, elle ne s'était pas coiffée ni maquillée. Elle n'avait pas quitté la chambre, sauf pour se rendre à la réunion du GTC chez Peanut, et seulement parce que les infirmières lui avaient assuré que sa mère resterait inconsciente encore six heures au moins. Olivia ne supportait pas l'idée qu'elle se réveille seule, effrayée, sans savoir où elle se trouvait ni ce qui s'était passé.

Et voilà qu'elle devait partir encore une fois. Le tournoi de volley commençait dans moins d'une heure et Olivia ne pouvait abandonner ses amis. Pas maintenant. Mais alors qu'elle contemplait sa mère endormie, elle se demandait un peu malgré elle si elle la voyait pour la dernière fois.

— Toc toc.

Olivia reconnut la voix à l'accent britannique avant de voir Fitzgerald à la porte. Il était autant sur son trente et un que d'habitude, dans son col roulé noir fétiche, sous une veste assortie, sa coiffure Pompadour parfaitement mise en plis. Il était tout sourire, mais ses yeux bleu clair, si semblables à ceux d'Olivia, réalisait-elle maintenant, ne pétillaient pas comme à son habitude. La tension marquait les traits de son visage.

— Bonjour, dit-elle.

Une entrée en matière pathétique, mais comment démarrer une conversation avec un père qu'on n'a jamais connu ?

Fitzgerald semblait lui aussi à court de mots, ce qui ne lui ressemblait pas. Il ouvrit la bouche pour dire quelque chose, puis grimaça, comme si ce qu'il avait répété dans sa tête paraissait soudain bien banal. Alors il reporta son attention sur la mère d'Olivia.

— Comment va-t-elle ?

— Elle dort.

Sérieux, Liv ? Comme s'il ne s'en était pas rendu compte ?

— Elle va s'en sortir.

Fitzgerald hocha la tête d'un geste absent, sans quitter sa mère des yeux. Cherchait-il la jeune actrice avec qui il avait eu une aventure bien des années plus tôt ?

— L'hôpital m'a appelé hier soir, dit-il après une longue pause. Au sujet du mot que ta mère a laissé.

Il jeta un coup d'œil à Olivia.

— Alors c'est vrai ?

— Que ma mère a essayé de se suicider ?

— Euh… (Il fit la moue, cherchant ses mots.) Non. L'autre chose.

Il n'arrivait pas à le dire, n'est-ce pas ? *Que je suis ton père.*

Dans le lit, la mère d'Olivia bougea. La jeune fille se précipita à ses côtés, pleine d'espoir à l'idée qu'elle se réveille enfin, mais ses paupières ne s'ouvrirent pas et son souffle resta calme et régulier.

— Je devrais peut-être revenir plus tard, dit Fitzgerald.

C'était une bonne idée. La dernière chose que souhaitait Olivia, c'était que sa mère se réveille en présence du père si longtemps disparu de sa fille. Elle devait néanmoins lui parler.

— Allons dans le couloir.

Sous les néons, Fitzgerald scruta le visage d'Olivia.

— Je me reconnais, maintenant. Avant, je ne voyais que ta mère, mais tu as mes yeux. Et quand j'étais plus jeune, mes cheveux étaient du même blond vénitien.

Ce qui expliquait qu'elle soit si différente de la beauté méditerranéenne de sa mère.

— Tu ne le savais pas non plus, je me trompe ?

Olivia secoua la tête.

— Elle ne parlait jamais de mon père. Je veux dire, de vous. De qui vous étiez.

Très éloquent, Liv.

— Je ne peux pas dire que j'aurais été le meilleur des pères même si j'avais su, dit-il. Je ne suis pas quelqu'un de très paternel, je crois. Mais j'aurais pu aider. J'aurais pu rendre votre vie plus confortable.

Olivia se demanda ce qu'aurait été leur quotidien, alors. Peut-être que sa mère n'aurait pas eu à travailler si dur ? Peut-être qu'elle aurait eu plus de temps à consacrer à sa carrière de comédienne et qu'elle aurait été plus heureuse ?

— J'ai quelque chose pour toi, continua Fitzgerald.

Il sortit une enveloppe de la poche avant de sa veste.

— Cela ne répare pas toutes ces années d'absence, mais c'est un début. Je sais que je te verrai cet été, mais je me disais que ça pourrait te servir maintenant. Pour vous aider à surmonter cette épreuve.

Fitzgerald mit l'enveloppe dans la main d'Olivia, l'embrassa rapidement sur le front, puis traversa le couloir d'un pas pressé.

Olivia resta bêtement là pendant quelques secondes avant que son cerveau redémarre. Elle ouvrit alors l'enveloppe de l'index.

À l'intérieur, il y avait un chèque de dix mille dollars.

QUARANTE-TROIS

Kitty et Mika rejoignirent le gymnase au petit trot. Le reste de l'équipe s'échauffait déjà sur le terrain. Lorsque Kitty lâcha sa serviette sur le banc, Mme Miles courut vers elle.

— Des nouvelles de Theo ?

Kitty se tendit. Il aurait dû être arrivé des heures plus tôt.

— Non.

— Ça fait une bonne dizaine de fois que je l'appelle sans succès.

Elle pointa son index entre les yeux de Kitty.

— Quand tu le verras, dis-lui qu'il est viré.

— Oui, madame.

On ne pouvait pas virer quelqu'un d'un cours pour lequel il n'était techniquement pas noté, mais les humeurs de Mme Miles étaient le cadet de ses soucis.

Elle se dirigea vers le bord du terrain. Des balles de volley filèrent autour d'elle tandis que les équipes de Bishop DuMaine et de St Francis répétaient leurs passes et leurs smashes. Elle parcourut les bancs du regard. Peut-être que Theo se trouvait avec Donté ? Plus grand que la majorité de la population, son petit ami aurait dû être facile à repérer. Mais ses cheveux se dressèrent sur sa nuque. Pas de Theo. Pas de Donté.

Où pouvaient-ils bien être ?

— Kitty !

Elle se retourna d'un coup et son sang se glaça dans ses veines. Au premier rang, en train d'agiter les bras comme des folles, se trouvaient ses petites sœurs, Sophia et Lydia.

— Merde !

Aveuglée par la panique, Kitty traversa le terrain.

— Qu'est-ce que vous faites ici ? Vous avez leçon de piano !

Sophia sourit

— Mlle Radovansky a annulé notre leçon.

— Une urgence familiale, ajouta Lydia.

— Alors on peut te regarder jouer !

— C'est génial, non ?

Une urgence familiale. Ouais, bien sûr. Le tueur avait réussi à faire venir les jumelles au tournoi.

— Où est maman ?

Elle devait à tout prix les sortir de là.

— Il faut qu'elle vous ramène à la maison. Tout de suite.

Lydia prit l'air déçu.

— Mais on voulait te voir jouer !

— C'est pas juste ! renchérit Sophia, les bras croisés sur la poitrine.

— Maman a dit qu'on pouvait rester.

— On n'est plus des petites filles.
— Et t'es pas notre cheffe.
— Ça suffit ! Où est Maman ?
Lydia et Sophia la dévisagèrent, sous le choc. Jamais elle ne leur avait crié dessus, elle avait toujours été leur grande sœur enthousiaste et patiente. Les filles semblaient sur le point d'éclater en sanglots, là, dans le gymnase.
— Elle… Elle n'est pas là, renifla Sophia.
— Elle déjeune avec tante Lulu et oncle Jer.
— Pour parler de l'incendie.
— Et elle vient pas nous chercher avant quatorze heures.
— Merde, marmonna Kitty.
Que faire ? C'était trop loin pour que les jumelles rentrent à pied. Elle regarda autour d'elle, cherchant quelqu'un qui pourrait les ramener. Mais comment expliquer ?
— Wei ! aboya Mme Miles.
Elle donna un coup de sifflet.
— J'ai besoin de toi. Tout de suite.
Le ton de sa voix alarma Kitty. Elle se retourna. De l'autre côté du gymnase, près de l'entrée des vestiaires, son entraîneuse lui adressait des signes affolés.
Quoi, encore ?
— OK.
Elle prit chacune de ses sœurs par la main et les traîna jusqu'à la sortie principale, où elle les fit s'asseoir sur un banc au premier rang. Plus près de la sortie, c'était plus à l'abri. Du moins, elle l'espérait.
— Asseyez-vous là.
— Mais je veux être plus haut, gémit Sophia.

— Ouais, elles sont nulles, ces places.
— Ce sont les meilleures, mentit Kitty.
Elle s'accroupit à leur hauteur.
— Parce que je vous verrai toutes les deux durant le match. Ce qui m'aidera à mieux jouer. OK ?
Cette explication apaisa les jumelles. Elles échangèrent un regard, puis un sourire.
— OK.
Kitty embrassa ses sœurs et les serra au point de leur couper le souffle.
— Je vous aime, dit-elle.
— Beurk ! gémirent-elles en chœur.
Avec un sourire tendu, Kitty s'écarta et rejoignit Mme Miles au petit trot. Dès qu'elle vit l'expression de son entraîneuse, elle sut que quelque chose clochait.
— Madame ?
— Viens avec moi.
Mme Miles attrapa brutalement Kitty par le bras et l'entraîna dans le couloir, dépassa les vestiaires, jusque dans la cour. Là, elle vit Donté, Theo et Mika entourés d'une demi-douzaine de policiers. Kitty remarqua tout de suite l'absence du sergent Callahan.
Donté et Theo avaient déjà été appréhendés. Une policière était en train de menotter Mika à son tour tandis que quelqu'un d'autre lui lisait ses droits.
— Si vous n'avez pas les moyens de payer un avocat, on vous en attribuera un commis d'office. Comprenez-vous ce que je viens de vous lire ?
— Kitty ! s'écria Mika, la voix tremblante.
— Comprenez-vous ? répéta la policière.
La voix de Mika s'étrangla.
— Oui.

— Quelqu'un peut m'expliquer ce qui se passe ici ? demanda Mme Miles.

— Une enquête de police, madame, déclara le policier responsable de l'arrestation.

— On nous arrête pour le meurtre de Rex, dit Donté. Peanut aussi. Ils disent qu'une trace ADN a été trouvée sur la scène de crime.

Le cœur de Kitty s'emballa. Une trace ADN ? Elle songea au jour où Rex avait été tué, la conversation entre le sergent Callahan et la médecin légiste. Qu'avait-elle dit ? Que plusieurs échantillons de cheveux avaient été trouvés sur le corps.

Le sergent avait placé ces traces sur Rex. C'était comme ça qu'il les impliquait. S'il n'était pas le tueur, il était au minimum son complice.

— Nous préviendrons vos parents une fois au poste, déclara le policier.

Il fit un signe de tête à ses collègues.

— Allons-y.

Mme Miles se précipita devant eux et bloqua la sortie.

— Vous ne pouvez pas arrêter mon régisseur et l'une de mes meilleures joueuses !

— Si, madame, je le peux. Maintenant, merci de vous écarter.

— Où est le sergent Callahan ? demanda Kitty. Je croyais qu'il dirigeait l'enquête !

Le policier soupira d'impatience.

— C'est son jour de repos.

Il prit Donté par l'épaule et le guida vers la sortie à grands pas. Kitty se précipita vers son petit ami et l'accompagna.

— Je vais trouver le vrai coupable ! On va régler ça !

L'agent appuya sur la tête de Donté pour le faire entrer dans la voiture sur la banquette arrière.

— Kitty, non. C'est trop dangereux.

— Hors de question que tu prennes pour lui.

Le policier claqua la porte, puis ils démarrèrent. Mme Miles jeta son porte-bloc par terre.

— Mais qu'est-ce qui se passe, dans ce lycée ?

Si vous saviez. Kitty n'avait pas le temps d'expliquer. Sans un mot, elle repartit en courant vers les vestiaires. Il fallait qu'elle appelle Bree.

Bouche bée, Bree écouta Kitty lui résumer l'arrestation des membres du second GTC.

— Qu'est-ce qu'on va faire ? demanda Kitty.

Malgré la distance, on sentait son désespoir.

— John va y aller, dit Bree calmement. Ed devrait déjà être sur place et Olivia est en route. Reste aux aguets, et n'aie pas peur de hurler à pleins poumons si tu vois quoi que ce soit d'anormal, d'accord ?

Ed avait raison. Leur plan était pourri.

— D'accord.

— On va trouver une solution, déclara-t-elle, sans en être convaincue. On va les disculper. D'une façon ou d'une autre.

— Merci, Bree.

Bree jeta son téléphone sur le lit et le contempla tandis que John lui frottait le dos.

— Tu as entendu.

— Dommage pour notre plan.

— Il n'était déjà pas terrible…

Bree se retourna, glissa la main dans celle de John et la serra très fort.

— Je ne veux pas que tu y ailles.

— Je sais. Mais il le faut.

Il tapota le téléphone dans sa poche.

— Ed a déjà envoyé un texto. Il m'a demandé de le rejoindre dans la cour près du gymnase.

— Tout l'intérêt de débarquer en masse, c'était de le vaincre par le nombre. Comment vous allez y arriver avec seulement Ed et Olivia ?

— « Tu verras que je suis plein de surprises. »

— Luke Skywalker a perdu sa main genre deux minutes après avoir sorti cette réplique.

John fit la moue.

— Ouais, c'est pas ma meilleure citation.

Il se leva et attrapa sa veste sur le dossier de la chaise.

— Je te donnerai des nouvelles tous les quarts d'heure. (Il esquissa un sourire moqueur.) Si tu n'en as pas, ça veut dire que je suis mort.

Bree se leva d'un coup.

— C'est pas drôle !

— Je suis désolé.

Il revint vers elle et mit les mains sur ses hanches.

— Mais j'ai peur et c'est comme ça que je gère.

Bree hocha la tête. Elle avait peur elle aussi, même si elle était prisonnière chez elle, en sécurité. Mais l'angoisse la dévorait au sujet de John, et l'idée qu'il prenne sa place et se mette en danger lui donnait envie de pleurer.

— Je t'aime, dit-il.

— Je sais.

Ed gara sa voiture dans la rue en face du gymnase de Bishop DuMaine et scruta la façade.

C'est donc ici que tout s'achève.

Il avait réussi à tenir le sergent Callahan en dehors de la situation, à cacher son lien avec Christopher Beeman, et tout revenait à Bishop DuMaine, un lieu qu'Ed adorait et détestait à la fois. Une délicieuse ironie.

Avec un gros soupir, il se tourna vers le siège passager et ouvrit son sac à dos, dont il sortit une simple enveloppe kraft. Il l'ouvrit avec soin, tendresse, en tenant à peine les côtés de la photo lorsqu'elle glissa sur ses genoux.

Elle avait été prise deux jours plus tôt. Ou peut-être trois. Difficile à dire, étant donné que la chambre de Margot n'avait pas beaucoup changé pendant son coma. Elle était toujours inconsciente, les yeux fermés, le visage serein. La personne qui comptait le plus pour lui. Celle qu'on avait essayé de lui voler.

Ed la contempla, en détail. Le photographe s'était trouvé dans la pièce, juste à gauche de la porte, le viseur orienté selon un angle qui permettait de capturer tout le lit ainsi que la plupart des cadeaux de bon rétablissement empilés dans un coin. Bien que la photo soit en noir et blanc, il avait passé assez de temps dans la chambre de Margot pour visualiser les couleurs vives : les roses et jaunes des bouquets, le beige et blanc des oursons, les points orange vif et les arcs-en-ciel des cartes, les reflets sur le ballon à hélium.

Ed marqua une pause, son regard à nouveau tourné vers le ballon. Soudain, ses doigts se replièrent sur la photo adorée, il la roula violemment en boule et la jeta sur le siège comme si elle lui brûlait les doigts.

Puis, sans perdre une seconde de plus, il sortit de sa voiture et courut vers le gymnase.

QUARANTE-QUATRE

Olivia s'appuya contre la surface dure et lisse du mur. Elle regardait fixement le chèque. Dix mille dollars. Pour la première fois en une semaine, elle respirait. Quand sa mère avait annoncé sa démission, Olivia était parvenue à maîtriser sa panique. Comment allaient-elles payer le loyer ? Et si elles se faisaient expulser ? Finiraient-elles SDF ? Dans un foyer ? Même s'il ne réglait que l'aspect financier, Fitzgerald la délivrait de la peur insidieuse de la pauvreté, au moins jusqu'à ses dix-huit ans. Et ensuite, qui sait ? Peut-être qu'elle pourrait profiter de son nom. La fille du metteur en scène le plus en vue au monde ? Ça avait marché pour Rebecca Hall...

Elle secoua la tête. Non. Si elle réussissait en tant que comédienne, ce devait être par ses propres moyens.

Olivia se retournait pour entrer dans la chambre de sa mère lorsqu'elle entendit quelqu'un hurler à l'autre bout du couloir.

— Comment ça, elle a disparu ? Il n'y avait donc personne dans le service ?

Une pause, probablement le temps que quelqu'un réponde, puis une voix de femme à nouveau, de plus en plus hystérique.

— Les filles de seize ans ne disparaissent pas comme ça au milieu de la nuit ! Où est la sécurité ?

Une petite femme aux cheveux noirs ondulés sortit d'une chambre comme une furie, deux médecins et une infirmière sur ses talons.

— Madame Mejia, balbutia l'un des médecins. Êtes-vous certaine que votre époux n'ait pas ramené votre fille à la maison ?

Olivia inspira vivement. Mme Mejia ?

— Bien sûr que oui !

Elle passa devant Olivia sans un regard et s'arrêta au poste infirmier près de l'ascenseur, où deux agents de la sécurité s'agitaient autour d'un écran d'ordinateur.

— J'exige de voir la vidéo de surveillance de cette nuit !

— Il semble qu'elle ait également disparu, madame.

— Disparu ? rugit Mme Mejia.

Elle sortit un téléphone de son sac et composa très vite.

— Racquel Mejia. Ma fille a été kidnappée par un garçon prétendant être son petit ami. Je veux que toutes les patrouilles soient mises en alerte immédiatement.

Olivia se figea. Margot et Logan avaient disparu. Le sergent Callahan leur avait-il mis la main dessus ? Olivia sentit un frisson de terreur remonter le long de sa colonne vertébrale comme une masse d'araignées grouillant sous sa peau. Ne restait-il donc qu'elle ?

Les mains tremblantes, elle sortit son téléphone de la poche de son jean. Elle appela d'abord Margot. Sans surprise, elle tomba sur le répondeur. Le téléphone de Kitty sonna, au moins, mais l'appel finit par aboutir aussi sur le répondeur.

Elle est en plein tournoi, se dit Olivia en essayant de se calmer. *C'est pour ça qu'elle ne décroche pas.*

Avec une prière silencieuse, elle appela Bree.

— Comment va ta mère ? demanda-t-elle à la seconde où elle décrocha.

Olivia lâcha un soupir de soulagement. Au moins, elle n'avait pas été enlevée par le tueur.

— Tu as des nouvelles de Margot ?

— Non. Pourquoi ?

— C'est la panique à l'hôpital, répondit Olivia plus bas. Margot et Logan ont disparu.

— Tu déconnes !

— Si seulement. J'ai essayé d'appeler Margot, mais je tombe tout de suite sur le répondeur.

— On a un énorme problème. L'autre GTC a été arrêté pour le meurtre de Rex Cavanaugh.

— Quoi ?

Olivia sentit sa poitrine se bloquer.

— Tous ?

— Tous.

— Oh, mon Dieu…

Peanut devait être hystérique.

— Le sergent Callahan est derrière tout ça. C'est la seule explication.

Olivia assimila les dernières informations.

— Et maintenant, qu'est-ce qu'on fait ?
— John et Ed-au-carré sont en route pour le lycée.
— Je vais les retrouver.

Elle détestait l'idée de laisser sa mère toute seule, mais elle ne pouvait pas abandonner ses amis, encore moins maintenant que Margot avait disparu.

— OK. Olivia ?
— Ouais ?
— Sois prudente.

Olivia venait de fourrer son téléphone dans sa poche lorsqu'il vibra. Un texto. Elle le sortit à nouveau, ravie qu'il provienne de Margot. *Oh, Dieu merci ! Ils vont bien.*

Mais, dès qu'elle vit le message, son ventre se retourna. C'était une photo de son amie et de Logan, attachés et bâillonnés, dans ce qui ressemblait à un sous-sol industriel. Les yeux de Margot étaient suppliants, ceux de Logan furieux et pleins de défi. Il y avait une légende.

Là où tout a commencé. Venez seules ou ils mourront.

Les larmes montèrent aux yeux d'Olivia. Donté, Mika, Theo et Peanut avaient été arrêtés, et désormais le sergent Callahan avait enlevé Margot et Logan et comptait s'en servir pour attirer le reste des filles au lycée, où il achèverait sa vengeance.

Quelque part, Olivia avait envie d'attraper sa mère et le chèque de Fitzgerald, et de fuir en courant. Elles pouvaient changer de nom, trouver un autre foyer et repartir de zéro.

Elle essuya les larmes brûlantes qui coulaient sur ses joues. Non, elle ne pouvait pas. Elle ne le ferait pas. Elle refusait d'abandonner ses amis alors qu'ils avaient besoin d'elle.

Il était temps de mettre fin à cette histoire une bonne fois pour toutes.

Elle retourna très vite dans la chambre de sa mère. Elle laisserait un mot ; avec un peu de chance, à son réveil, le cauchemar de ce dernier mois serait terminé.

Lorsqu'elle passa la porte de la chambre, sa mère était réveillée.

— Maman !

Elle sourit. Elle était assise sur le lit mécanique, son téléphone à la main.

— Oh, Livvie. Je suis tellement désolée !

Des larmes coulèrent à nouveau sur les joues d'Olivia qui se jeta dans les bras de sa mère. Des sanglots douloureux déchirèrent sa poitrine et les gémissements rauques qui les accompagnaient avaient quelque chose d'animal dans le silence de la chambre.

À cet instant, elle se rendit compte qu'elle s'était interdit de pleurer depuis qu'elle avait trouvé sa mère sur le canapé du séjour. Le poids de son chagrin, combiné à la joie et au soulagement, s'abattait d'un coup sur elle.

— Allons, allons, dit sa mère en passant la main dans ses boucles courtes. Tout va bien, ma chérie. Tout ira bien.

— Tu m'aurais abandonnée ? réussit à dire Olivia à travers ses larmes. Tu m'aurais laissée toute seule ? Pourquoi ?

Sa mère était d'un calme incroyable.

— Je pensais que c'était mieux pour toi.

— Comment pourrais-je aller mieux sans toi ?

Sa mère écarta une boucle rebelle de son front, puis essuya les larmes sur leurs joues à toutes les deux.

— Je sais. Mais à cet instant…

À cet instant, elle l'avait cru. Olivia ne le savait que trop. Quoi qu'elle dise, aussi rationnelle, passionnée ou triste qu'elle soit, Olivia ne pouvait rien contre la réalité que sa mère percevait lors de ses épisodes dépressifs. Elle ne pouvait qu'attendre que ça passe en espérant que celle-ci ne se fasse pas trop de mal entre-temps.

Une tactique qui avait toujours fonctionné… Jusqu'ici.

Olivia ne savait pas combien de temps elle resta là, la tête sur l'épaule de sa mère, avant de se rendre compte qu'une musique jouait dans la pièce. Elle était très faible, mais elle la reconnut tout de suite. C'était Bangers and Mosh dans la dernière scène de *La Nuit des guerriers.*

Elle se redressa et regarda le téléphone de sa mère. Une vidéo jouait à l'écran.

— D'où tu tiens ça ?

— Je sais qu'on n'était pas censé filmer, répondit-elle avec embarras. Mais je me suis dit que, puisque ma fille était la star du spectacle, j'avais le droit.

Olivia regarda en silence. Sa mère avait zoomé sur Logan et elle pendant leur dernière danse, puis ils se séparèrent, allant chacun d'un côté de la scène. La caméra resta sur Olivia qui exécutait désormais une mignonne pantomime avec Donté. Oh, mon Dieu ! C'était exactement ce qu'Olivia avait cherché. Peanut et le nouveau GTC avaient effacé l'original, ce qui signifiait qu'elle avait sous les yeux la seule vidéo de ce soir-là. Peut-être la seule preuve de ce qui était arrivé à Margot.

— Ne t'énerve pas, Livvie, dit sa mère, se trompant sur son silence. Je n'ai filmé que quelques scènes.

— Lesquelles ? demanda-t-elle avec angoisse.

— La scène avec Amber à la fin du premier acte. Le monologue de l'acte II. Le duel avec Sir Andrew. La dernière scène et les saluts. C'est tout, juré !

La musique monta crescendo, puis les applaudissements rugirent dans le haut-parleur du téléphone. Olivia revint en arrière et vit les lumières de la scène s'éteindre. On arriva au tout dernier tableau, tous les personnages se mirent en duo, Logan et elle s'étreignirent. Lorsque les projecteurs se rallumèrent, tout le monde sortit de sa pose et se dirigea en ligne droite au fond de la scène pour les saluts.

Sa mère avait zoomé autant que possible, puis balayé de gauche à droite pendant le salut des personnages secondaires. La caméra s'arrêta un moment sur Olivia, en plein milieu, entre Logan et Amber, puis recommença son balayage. Lorsqu'elle arriva au bout de la scène, Olivia retint son souffle. Au-delà de ce rideau se tenait le coin du souffleur de Margot. Avait-elle déjà été attaquée ? Ou était-elle toujours assise là, en train d'applaudir au rythme de la musique, savourant le succès de la première ? Elle plissa les yeux lorsque la vidéo tremblante atteignit le dernier membre de la troupe, impatiente de voir quelque chose, n'importe quoi qui mettrait un visage sur leur harceleur anonyme. Raté.

L'image se mit à trembler, bascula sur le côté, puis s'obscurcit alors que le son continuait.

— Désolée, dit sa mère. M. Cunningham s'est levé pour aller en coulisse, alors j'ai essayé de cacher l'appareil. L'image revient dans une minute.

Effectivement, elle avait remonté le téléphone de ses genoux et suivi la veste rayée de M. Cunningham qui sortait du rang.

C'est là qu'elle le vit.

L'espace d'une demi-seconde, l'image floue de quelqu'un qui remontait l'allée en courant alors que la caméra se tournait à nouveau vers la scène. Cette silhouette avait quelque chose de familier.

Olivia attrapa le téléphone et mit la vidéo sur pause.

— Qu'est-ce que tu fais ? Ton salut est le prochain !

Mais Olivia se fichait bien du salut. Elle se fichait de la *standing ovation* ou de la crise qu'Amber piquerait ensuite. Tout ce qu'elle voulait voir, c'était la silhouette dans l'allée. Elle fit reculer la vidéo image par image, puis s'arrêta.

— Qu'est-ce qu'il y a ? demanda sa mère, alarmée. Livvie, qu'est-ce qui ne va pas ?

La prise de vues avait beau être sombre et floue, Olivia sut tout de suite qui s'était trouvé dans le théâtre ce soir-là, alors qu'il ne pouvait pas y être. Qu'il n'aurait pas dû y être.

Ed-au-carré.

QUARANTE-CINQ

Impuissante, Bree regarda la photo de Margot et Logan. Ce salaud les avait capturés et elle était là, prisonnière chez elle, à attendre que John lui fasse signe. Il n'aurait pas dû y aller. Il aurait dû rester ici, à l'abri, pas affronter un cinglé à sa place. Elle se sentait comme un unijambiste à un concours de bottage de cul : complètement désemparée.

— Ma chérie, tu vas creuser un trou dans le tapis.

Sa mère se tenait sur le seuil de sa chambre, une petite bouteille en plastique à la main.

— Désolée. Je suis juste anxieuse.

— Oh ! Pourquoi tu ne me l'as pas dit plus tôt ?

Sans un autre mot, elle se dépêcha d'aller à sa chambre et revint un instant plus tard avec une boîte à pilules en plastique.

— Voyons… Pourquoi pas un Rivotril ? C'est toujours bien pour commencer. Ou peut-être un Xanax ? Non, ça va t'endormir.

Elle leva les yeux vers Bree.

— Tu veux avoir sommeil ?

— Non.

— C'est bien ce qui me semblait.

Elle se concentra à nouveau sur sa corne d'abondance médicale.

— Je trouve que le cocktail Seropram-Cymbalta a un très bon effet combiné, ou si tu veux ne pas perdre de temps, je peux te donner un Haldol.

Devait-elle s'inquiéter que sa mère soit une vraie pharmacie à modificateurs d'humeur ?

— Ça ira, merci.

— Tu es sûre que tu n'as besoin de rien ?

Bree hésita à demander l'aide de sa mère. Peut-être que, si elle envoyait Olaf, ils auraient une chance ? Elle ouvrit la bouche, mais avant qu'elle prononce un mot, son téléphone sonna. Elle l'attrapa et répondit sans regarder l'écran.

— Tu es en retard ! lança-t-elle avec un rire nerveux.

— Quoi ? demanda Olivia.

— Oh ! Désolée. Je croyais que tu étais…

— C'est Ed !

— Quoi ?

— C'est Ed le meurtrier ! Il nous a menti. C'était lui depuis le début !

— Impossible.

Elle ne savait pas de quoi Olivia parlait, pourtant la panique dans la voix de son amie était perceptible.

— Il a un alibi.

— Un alibi de merde ! Ma mère a la vidéo de la première de *La Nuit des guerriers* sur son téléphone. Je viens de voir les saluts, et il sortait des coulisses !

— Tu es sûre ?

— Certaine.

Du côté d'Olivia, un klaxon retentit.

— Je vais au lycée. Préviens tout le monde.

Bree se figea. Le coupable avait été Ed-au-carré depuis le début ? Mais le sergent Callahan portait la montre ! Comment était-ce possible ? Son cerveau avait du mal à traiter l'information. L'alibi d'Ed était faux. Il s'était trouvé au théâtre ce soir-là. Il avait assassiné Ronny, M. Creed et Rex. Sans parler des autres victimes du GTC. Maintenant, Logan et Margot, et…

Oh non. John devait retrouver Ed au lycée.

— Allô ? cria Olivia. Tu m'entends ?

Bree se força à parler.

— Il est avec John. Au lycée. Ed l'a eu.

Olivia garda le silence un instant.

— Je vais chercher Kitty.

Bree ne voyait pas ce qu'elles pourraient faire toutes seules, mais elle ne pouvait pas vraiment protester.

— Appelle la police, dit Olivia. Et ne panique pas. John va bien, j'en suis sûre.

Bree raccrocha et l'appela tout de suite. Il n'y eut pas une seule sonnerie, le répondeur se déclencha. Elle tenta à nouveau sa chance, dans l'espoir qu'il était en train de l'appeler lui aussi, mais elle tomba encore sur le répondeur. Encore. Et encore.

Bree lâcha son téléphone sur son lit et ferma très fort les yeux, se força à chasser l'image de John mort ou blessé. Non, elle ne devait pas l'imaginer. Il était intelligent, débrouillard. Il trouverait un moyen de s'en sortir.

— Bree ? demanda sa mère d'une voix ferme. Qu'est-ce qui ne va pas ?

— Je...

L'explication prendrait trop de temps.

— Attends.

Elle devait convaincre la police qu'un tueur en série se trouvait au gymnase de Bishop DuMaine. Ouais, elle n'aurait pas du tout l'air cinglée.

— Police de Santa Clara à l'écoute.

— Euh...

Bree hésita. Quel était le meilleur moyen de les faire réagir au plus vite ?

— Est-ce que c'est un canular ? demanda l'opérateur d'une voix agacée.

— J'appelle pour signaler un... paquet suspect au gymnase de Bishop DuMaine.

Les menaces de bombes, ça marchait toujours avec la police, non ?

— Je suis au tournoi de volley et j'ai vu quelqu'un entrer dans le gymnase avec un grand sac, le déposer à côté de la porte et partir.

— Mmh, mmh. Vous avez dit Bishop DuMaine ?

— Oui.

— Intéressant. C'est le second appel que nous avons reçu aujourd'hui qui prétend qu'il y a une bombe au lycée. Logique, étant donné qu'hier nous avons reçu un message du sergent Callahan du poste de Menlo.

Bree gémit. Elle appréhendait ce qui allait suivre.

— Et il nous a prévenus qu'il y aurait probablement de faux appels des lycéens de Bishop DuMaine.

— Madame, dit Bree en essayant de transmettre tout le sérieux de la situation. Je vous promets que ce n'est pas une blague. Il y a…

— Jeune fille, avez-vous la moindre idée des sanctions encourues dans le cas de faux appels d'urgence ?

Bree raccrocha sans attendre la fin du sermon.

— Bree Deringer, dit sa mère, les mains sur les hanches. Dis-moi immédiatement ce qui se passe.

— Je crois qu'on a fait une erreur. Une grosse erreur.

Sa mère soupira.

— De toute évidence. Comment puis-je t'aider ?

À moins de convaincre son copain le sergent Callahan d'envoyer toute la police de Menlo Park à Bishop DuMaine…

Bree retint son souffle. Il y avait un moyen, un moyen parfait pour que la police s'y rende.

— Qu'est-ce qu'il y a ?

— Il faut que j'emprunte la voiture.

Sa mère haussa un sourcil.

— Tu veux qu'Olaf désactive l'alarme et t'emmène quelque part ?

— Non. Je veux juste la voiture.

— Mais l'alarme se déclenchera dès que tu sortiras. La police suivra le signal GPS.

Bree sourit.

— Exactement.

QUARANTE-SIX

Lorsque Olivia arrêta la voiture de sa mère dans un crissement de pneus, des centaines de personnes sortaient du gymnase de Bishop DuMaine.

Les spectateurs comme les joueurs traversaient la pelouse d'un pas tranquille. Que s'était-il passé ?

Elle courut à toute vitesse en direction d'un groupe de filles en uniforme sportif de Bishop DuMaine. L'équipe de volley. Elle repéra Kitty derrière, qui parlait à deux petites filles.

— Restez là, disait-elle. Avec Mme Miles, jusqu'à l'arrivée de maman. Compris ?

— Oui, Kitty ! répondirent-elles en chœur.

Les petites sœurs de Kitty.

Quand elle aperçut Olivia, elle écarquilla les yeux.

— Parfait, dit-elle à ses sœurs. Je reviens tout de suite.

Puis elle attrapa Olivia par le bras et l'entraîna loin des oreilles indiscrètes.

— Qu'est-ce qui se passe ? demanda Olivia, haletante. Pourquoi vous sortez tous ?

— Quelqu'un a déclenché l'alarme incendie.

Elle insista sur « quelqu'un ». Ed essayait de vider le gymnase de Bishop DuMaine. Pourquoi ?

— Tu ne vas pas me croire, mais je sais qui est le tueur.

— Euh, oui. Le sergent Callahan, tu te souviens ?

Le ventre noué, Olivia secoua la tête.

Elle expliqua vite et calmement la trahison d'Ed. Le visage de Kitty exprima la même série d'émotions qu'elle avait ressenties en l'apprenant : la confusion, la surprise, la trahison, la colère et enfin la peur.

— Je l'ai vu il y a une dizaine de minutes, il était avec John, dit Kitty, pâlissant tout de suite. Ils se dirigeaient vers le couloir de la maintenance.

— Vous voilà !

Bree courut vers elles.

— T'es au courant, Kitty ?

Elle hocha la tête. Olivia attrapa le bras de Bree.

— La police arrive ?

Avec un sourire malicieux, elle indiqua son bracelet.

— Oh que oui. Ils suivraient ce bébé-là jusqu'au bout du monde.

Olivia poussa un soupir de soulagement.

— Parfait.

Elle regarda Kitty et Bree tour à tour et sourit avec bien plus de courage qu'elle n'en ressentait.

— Et maintenant, si on allait sauver Margot ?

Kitty n'avait jamais connu le gymnase aussi vide. Les sirènes et le flash des lumières emplissaient l'espace et en accentuaient la désolation. Elle avait l'impression d'être seule au milieu d'une apocalypse de zombies, et il ne restait personne pour couper l'alarme.

Non, pas toute seule. Bree et Olivia étaient à ses côtés.

Aucune ne parla, mais Kitty tendit les mains et serra très fort celle d'Olivia d'un côté, celle de Bree de l'autre. Elles avaient commencé ce voyage ensemble. Elles avaient compris les risques et exécuté les missions du GTC fidèlement, chacune pour ses propres raisons. Elles avaient tenu le choc face à des secrets gardés depuis longtemps, malgré les trahisons, les mensonges et la jalousie. Elles avaient plié sans jamais céder et, ensemble, elles avaient affronté l'ennemi qui s'était caché sous leur nez depuis le début et qui tenait désormais la vie de leur amie entre ses mains.

Et c'était ensemble qu'elles verraient tout s'achever.

Elle s'en trouvait presque soulagée. Ed-au-carré les avait tous trahis, et il avait beau être un meurtrier et un sociopathe, il était aussi leur pair, pas un adulte, par un policier comme le sergent Callahan. Bizarrement, ça rendait les choses plus faciles, moins insurmontables. Comme si, cette fois, elles avaient une chance. Ed ne savait pas qu'elles étaient à sa poursuite. Pour une fois, elles avaient l'avantage.

Kitty prit une profonde inspiration, puis, de concert, elles se dirigèrent vers la porte marquée « Accès interdit » qui menait au couloir de la maintenance.

Elles ne furent pas surprises de la trouver déverrouillée.

Dans le petit couloir, une fois la portée fermée derrière elles leur parvint, étouffé, le hurlement pulsé de l'alarme incendie. Kitty s'entendit enfin penser. Ce fameux couloir ne faisait que trois mètres, agrémenté de deux placards et d'une autre porte.

— Vous savez où ça mène ?

— Au sous-sol, répondit Bree. J'y suis allée pendant la mission Melissa Barndorfer. C'est un mélange de tuyaux et de conduits d'aération, quelques placards, l'électricité, l'eau, le gaz… et la chaufferie tout en bas au fond.

— Quelle taille ?

Le nez froncé, Bree réfléchit.

— Ça prend le gymnase et les vestiaires, je crois. Mais je n'ai pas tout vu.

— « Là où tout a commencé », réfléchit Olivia à voix haute en citant le dernier message d'Ed. Ça veut dire quoi, à votre avis ?

— Tout a commencé avec Christopher Beeman.

Kitty hocha la tête.

— Et il s'est pendu dans la chaufferie d'Archway.

Olivia contempla la porte du sous-sol.

— Dis-moi que ce n'est pas l'endroit le plus flippant que j'aie jamais vu.

— Désolée, répondit Bree.

— Venez.

Ravalant sa peur, Kitty s'avança d'un pas décidé jusqu'au sous-sol et l'ouvrit d'un coup.

L'escalier était bien moins éclairé que le couloir et elle s'arrêta sur la première marche le temps de s'habituer à la pénombre. Bree et Olivia lui emboîtèrent le pas et le battant claqua, occultant soudain presque toute la lumière.

Il y avait une autre porte en bas de l'escalier. Kitty devinait une lueur jaune pâle qui filtrait par en dessous. La lumière du sous-sol était allumée, ce qui lui donna le courage d'attraper la poignée et d'ouvrir.

Le faible éclairage provenait d'ampoules jaunes vissées directement aux douilles du plafond bas. Ça valait mieux que le noir complet de l'escalier, toutefois cela ne suffisait pas à pénétrer l'obscurité des recoins.

Et des recoins, il y en avait. Le long sous-sol ouvert était un vrai capharnaüm. Des chaises et des tables de différentes époques étaient empilées n'importe comment à côté de plusieurs rangées de sièges de théâtre rembourrés. Une vieille ponceuse, rongée par la rouille. Des classeurs à dossiers poussiéreux et des cartons de livres depuis longtemps oubliés. Un tableau d'affichage de basket datant des années cinquante, ceux qu'il fallait modifier à la main. Des sacs de ciment, des pots de peinture et toute une variété de pinceaux, de balais, de serpillières et d'outils. Soixante ans de Bishop DuMaine accumulés au même endroit.

Kitty s'arrêta et tendit l'oreille. Aucun signe de vie.

— Où est la chaufferie ? chuchota Olivia.

Sa voix paraissait toute petite, dans ce qui semblait l'infini du sous-sol.

— En bas de l'escalier tout au bout, répondit Bree.

Sous le plafond bas du sous-sol, entre le manque d'éclairage et les formes fantasmagoriques de ce bric-à-brac, Kitty avait l'impression d'être observée. Elle ne cessait d'entendre des bruits, les ressorts grinçants d'un vieux siège de théâtre, le bruit métallique des tuyaux et celui de pas étouffés. Une ou deux fois, elle aurait juré voir quelque chose bouger, un déplacement vif derrière les piles de rebuts. Les filles sur ses talons, elle avançait à pas de loup vers l'escalier de la chaufferie. Envahie par la peur, elle ralentit.

C'est alors qu'elle l'entendit.

— *Ooooooh.*

Kitty se figea.

— C'était quoi, ça ?

La voix d'Olivia n'était qu'un couinement étranglé. Kitty avait la bouche sèche.

— Je... je ne...

— *Ma tête.*

Bree inspira vivement.

— John ?

— Comment tu sais que c'est lui ? interrogea Olivia.

— *Bree ?*

— John !

Elle fit demi-tour et contourna très vite un lot de vieux classeurs à dossiers géants.

— John, c'est moi !

Kitty la suivit à toute vitesse, Olivia dans son sillage. Lorsqu'elles contournèrent à leur tour les classeurs, Bree s'était déjà accroupie, les bras autour de John assis contre le mur, près d'un tas de vieux rouleaux de moquette.

— Est-ce que ça va ? s'écria-t-elle, d'une voix tremblante.

— Oui.

— Qu'est-ce qui s'est passé ? demanda Kitty.

— On s'est séparés.

John indiqua derrière lui du pouce.

— Je fouillais et je les ai trouvés. J'ai cru entendre quelqu'un derrière moi et là…

Il haussa les épaules.

— On m'a assommé, je crois.

— Trouvé quoi ?

Il se retourna, une main pressée contre l'arrière de la tête, et passa le bras sur les rouleaux derrière lui.

— Eux.

Bree se rua vers le paquet le plus proche et tira sur une couverture. Dessous, un visage. Même dans la pénombre, Kitty la reconnut.

— Tammi Barnes !

Kitty et Olivia se précipitèrent vers les autres. Xavier Hathaway, Wendy Marshall et les jumeaux Gertler.

— Ils sont morts ? demanda Olivia.

Kitty pressa les doigts contre le cou de Wendy.

— Non, répondit-elle avec un soupir de soulagement. Drogués, je crois, mais en vie.

Bree sortit son téléphone.

— On doit prévenir les flics.

John secoua la tête.

— Pas de signal en bas. J'ai déjà essayé.

— Heureusement qu'Ed ne les a pas tués ! s'exclama Olivia.

— Ed-au-carré est le meurtrier ? dit John, incrédule. J'y crois pas.

— Et pourtant !

— Je t'expliquerai plus tard, intervint Bree. Pour le moment, il faut qu'on le trouve.

— OK.

John se leva en s'appuyant contre elle.

— On va par où ?

— Non, toi, tu te tires d'ici.

— Sans toi ? répliqua-t-il avec un rire. Hors de question !

— John, dit Kitty. Il faut que tu ailles chercher la police. Que tu les préviennes que les disparus sont ici.

Elle regarda Bree, puis Olivia.

— On va avoir besoin de renforts.

Il agrippa les épaules de Bree.

— Je ne veux pas partir sans toi.

— Je sais.

Il prit une profonde inspiration, déposa un baiser rapide sur ses lèvres et partit en titubant dans la direction dont elles venaient. Kitty pria pour qu'elles gagnent suffisamment de temps et que John revienne avec les policiers. C'était leur seule chance.

Elles attendirent que le bruit de ses pas disparaisse dans les profondeurs du sous-sol avant de continuer. La porte du fond était fermée, comme dans tous les films d'horreur que Kitty avait vus. Dans ce genre de situation, l'ouvrir relevait toujours de la mauvaise idée. Mais quelque part de l'autre côté, Margot était en danger, avait peut-être besoin de son aide. Et Kitty devait la rejoindre à tout prix.

Elle prit une profonde inspiration, ouvrit grand la porte et se précipita à l'intérieur.

Elles arrivèrent sur un petit palier surmontant la chaufferie. Quatre ou cinq marches de métal menaient à un sol de béton, où un nœud de tuyaux emmêlés dépassait de ce qui ressemblait à un énorme fourneau. Attachée et bâillonnée devant le chauffe-eau se trouvait leur amie.

— Margot !

Olivia descendit les marches à toute vitesse, Kitty et Bree sur ses talons, et se mit à tirer sur les cordes nouées à ses poignets.

— Est-ce que ça va ?

— *Mmumfff mum*, cria Margot à travers le bâillon.

Olivia le lui ôta.

— Sortez de là ! dit Margot, la voix tremblante. Vite !

Kitty dénoua le reste de ses liens.

— Pas sans toi.

Bree lui prit la main.

— Où est Logan ? On doit sortir d'ici avant qu'Ed revienne.

— Ed ? répéta Margot, déconcertée.

— Oui ! C'est lui qui t'a kidnappée. C'était Ed depuis le début.

Une énorme larme roula sur la joue de Margot qui secoua la tête.

— Non.

— Quoi ?

— Je crains qu'elle ait raison, dit une voix derrière elle.

Kitty se retourna et découvrit, bloquant la seule issue, et un pistolet braqué sur elle, Logan.

QUARANTE-SEPT

Kitty eut besoin d'un moment pour comprendre ce qu'elle voyait : que c'était Logan, et non pas Ed, qui les visait.

— Mais…

Olivia regarda Kitty et Bree l'une après l'autre.

— Je ne comprends pas.

— Je sais, dit Logan. C'est ce qui rend tout ça génial. Personne ne m'a soupçonné. Pas même Ed, et pourtant, il me hait.

Elle secoua la tête.

— Mais tu… Enfin, la photo. Ed vous avait bâillonnés et attachés.

— Une mise en scène, dit Bree.

— Qu'est-ce que Ed a à voir là-dedans ? demanda Margot.

— Il était au théâtre ce soir-là, répondit Olivia. Il t'a attaquée. Du moins, on le croyait.

— Non.

Margot regarda Logan, sans aucune expression, aucune émotion.

— C'est lui qui m'a attaqué.

Le sourire de Logan vacilla.

— Oui.

Kitty aperçut le frisson de ses paupières. Une demi-seconde, la main qui tenait le pistolet trembla. Il avait peut-être tout d'un menteur et d'un meurtrier, mais ses sentiments pour Margot étaient sincères.

— Comment tu as pu ? dit-elle en appuyant sur la seule faiblesse qu'elle lui connaissait. Tu l'aimes. Comment tu as pu lui faire du mal comme ça ?

— Je l'ai fait *parce que* je l'aime !

Le regard de Logan s'adoucit lorsqu'il le posa sur Margot.

— J'espère que tu comprends.

— C'est plutôt foireux, comme façon d'exprimer ses sentiments ! s'exclama Bree.

— Qu'est-ce que tu sais de l'amour ? John et toi, avec vos citations de *Star Wars* et vos « je t'aime, moi non plus ». J'ai jamais rien vu d'aussi superficiel.

Bree redressa le menton fièrement.

— Tu ne sais rien de nous.

— Vraiment ?

Il descendit sur la plate-forme.

— Qu'est-ce que tu as fait pour mériter son amour ? Il a rêvé de toi pendant des années et toi, tu bavais sur cet imbécile de chanteur. Puis tu t'es découvert des sentiments miraculeux pour lui quand il est devenu une rock-star ? Pour moi, c'est la définition même de superficiel.

— Peut-être, mais au moins je n'ai pas essayé de le tuer.

— Il avait peur de ce que Ed me révélerait, dit Margot.

Elle était parfaitement immobile, toutefois sa voix devenait plus forte à chaque seconde.

Logan hocha la tête.

— Oui.

— Il voulait s'assurer que je ne lui parlerais pas.

— Je savais que tu comprendrais, déclara-t-il avec un sourire.

Elle se raidit.

— Dis-moi pourquoi. Tu me dois bien ça.

— Christopher et moi partagions la même chambre à Archway. Plus que ça. Nous étions comme des frères. C'était un enfer, là-bas. Après les six premières semaines, j'étais prêt à en finir. Mais Christopher m'a calmé, il m'a ramené à la raison. (Logan déglutit.) Il m'a sauvé la vie.

— Mais c'était avant Ronny.

Il acquiesça.

— Ils passaient beaucoup de temps ensemble, et ça m'inquiétait. Depuis le début, je n'aimais pas Ronny, mais Christopher disait que je devais juste apprendre à le connaître. Ronny a d'abord gagné sa confiance, puis son amour. Toute cette histoire avec M. Creed, c'est parce qu'il l'a manipulé. Il savait que Creed lui pourrissait la vie, alors il a attisé son ressentiment, jusqu'à ce qu'ils le fassent virer. Christopher se croyait amoureux, et puis Ronny a menacé de le faire chanter avec des mails et des photos qu'il lui avait envoyés. Des trucs romantiques. Ça l'a détruit. Et je... (Envahi par l'émotion, Logan prit une profonde inspiration.) Et je n'ai pas pu le sauver.

— Tu as tué ceux que tu estimes responsables de sa mort.

— Oui. Creed était un monstre et une brute. Rex a menacé de le tuer s'il disait un mot sur ce qui s'était passé entre eux. Et Ronny l'a trahi. Ils méritaient tous de mourir.

Kitty n'arrivait pas à croire ce qu'elle entendait. Tout ce temps où Logan les avait espionnées, manipulées et qu'il avait tué en leur nom, il croyait rendre justice. Tout comme le GTC.

— Mais le sergent Callahan a la montre, dit Olivia qui ne comprenait toujours pas.

— Parce que je la lui ai envoyée. J'ai prétendu que ça venait d'un citoyen reconnaissant. Cet imbécile cupide a mordu à l'hameçon, et vous êtes aussi tombées dans le panneau.

— Donc tu voulais te venger de Ronny, M. Creed et même de Rex ? dit Bree en le foudroyant du regard. OK. Dans le fond, ils le méritaient. Mais pourquoi nous y mêler ?

De la haine brilla sur le visage de Logan.

— Parce que c'est toi qui as tout commencé ! Tu te sens très fière de toi, tu te prends pour une justicière. Christopher m'a raconté ta trahison. Tu t'es moquée de lui parce qu'il était gay. Et maintenant, tu crois que tes missions avec le GTC te donnent l'absolution ? Pas du tout. J'ai suivi Ronny ici, et quand j'ai découvert qu'il irait au lycée avec toi, je me suis dit que j'allais faire d'une pierre deux coups. J'ai laissé pousser mes cheveux, je les ai blondis, j'ai changé de nom et j'ai joué le rôle du surfeur imbécile, il ne m'a jamais calculé. J'ai soûlé Mika à cette soirée et je l'ai mise dans la voiture de Ronny. Je savais que tu ne résisterais pas à l'idée de venger la meilleure amie de Kitty. C'est moi qui ai fait en sorte que Margot trouve le DVD. C'est moi qui ai laissé la liste dans la chambre de Ronny pour vous mener sur une mauvaise piste. C'est moi qui ai recruté vos êtres chers pour créer un nouveau GTC. Et je les ai fait accuser de meurtre pour que vous souffriez comme j'ai souffert à la mort de Christopher !

— Tu veux te venger de moi ? Ça marche.

Les mains levées, elle s'avança.

— Bree, non ! s'écria Olivia.

Elle lui attrapa la main et la tira en arrière.

— C'est le seul moyen. Il a raison, c'est moi qui ai tout déclenché, avec Christopher. Vous n'avez rien fait de mal. Elles ne méritent pas de payer pour mes crimes.

— Rien fait de mal ?

Logan ricana. Il pointa le pistolet vers Kitty.

— Tu as fait virer ton amie pour prendre sa place de capitaine.

Il s'adressa à Olivia.

— Et ce que tu as fait à Margot est impardonnable.

— Je sais, répondit-elle, les yeux baissés.

— Je me venge au nom de toutes les victimes. Les vôtres, celle de vos anciennes cibles, vous tous. Ils sont tout aussi horribles, aussi coupables de rabaisser les autres. Ce n'est plus seulement au sujet de Christopher. Ma mission est de protéger les innocents en débarrassant le monde de gens comme vous.

Il marqua une pause et tourna le regard vers Margot.

— La seule à être vraiment innocente, c'est elle.

Elle cligna plusieurs fois des yeux, mais ce fut sa seule réaction. Son visage restait inexpressif.

Logan tendit sa main libre vers elle.

— Viens avec moi, Margot. J'ai caché les autres dans le sous-sol. Tous des brutes, des monstres.

Il fit un signe de tête vers Kitty.

— Comme elles. On va les descendre, ainsi que les autres, verrouiller la porte et laisser les cadavres ici. Donner l'impression que c'est un meurtre-suicide et tout mettre sur le dos du GTC.

Margot le dévisagea sans prononcer un mot.

— Tu ne vois donc pas ? continua Logan, un doigt tremblant sur la gâchette. Nous pouvons révéler leur hypocrisie au grand jour et mettre un terme à leur règne ! Tout le monde connaîtra bientôt l'horreur de leur véritable nature, et nous pourrons être ensemble. Je t'aime et…

— Laisse-la tranquille !

Margot était encore en train de digérer ces paroles quand un bras mince au coude noueux, bien reconnaissable, se replia autour du cou de Logan.

— Je ne te laisserai pas lui faire de mal ! hurla Ed en essayant de lui arracher le pistolet. Je ne te laisserai plus faire de mal à personne !

Logan se jeta en arrière et le plaqua contre l'encadrement de la porte. Ed grogna, relâcha sa prise sur le cou de Logan, mais pas sur le pistolet. Logan se pencha en avant et le renversa par-dessus sa tête.

Il y eut un moment de confusion, un mélange de bras, de jambes, de corps tandis qu'ils luttaient pour s'emparer de l'arme.

Une détonation assourdissante saisit Margot.

Elle entendit quelqu'un gémir, puis elle vit Logan jeter Ed en bas des marches. Kitty le rattrapa et l'allongea par terre. Quelque chose tomba sur le béton aux pieds de Margot.

Tout ralentit. Olivia hurla et éclata en sanglots, Bree se précipita à côté d'Ed. Elle retira son pull et le pressa contre la tache rouge qui se déployait sur son abdomen.

La tête de Margot était vide. Elle essayait désespérément de comprendre ce qui se passait. Logan était un meurtrier, et il venait de tirer sur Ed.

— Où est-ce qu'il est touché ?

— Au ventre, je crois.

— Qu'est-ce qu'on fait ?

Margot aurait dû se mettre à pleurer comme Olivia, ou en colère comme Bree. Mais toutes ces émotions s'étaient évaporées, ne laissant que son cerveau. Le chaos et le bruit semblaient venir de très loin. Elle se baissa et referma les doigts sur la crosse du pistolet.

Comme il venait d'être utilisé, elle s'était attendue à le trouver chaud. Pourtant il était bizarrement froid. Et lourd. Elle n'avait jamais tenu de pistolet, mais il se lova facilement dans sa paume, il était parfaitement conçu, ce serait tellement facile de viser et de tirer. Sur le palier, Logan tendit la main vers Margot.

— Donne-le-moi.

Elle se retourna et le visa. Il eut l'air perdu, presque blessé, puis son expression s'adoucit.

— Viens avec moi, Margot.
— Margot, dit Kitty. Ne l'écoute pas.
— On peut partir ensemble.
— Margot, je t'en prie, sanglota Olivia.

Elle regarda ses amies, rassemblées autour du corps d'Ed.

— Ce ne sont pas tes amies, dit Logan comme s'il lisait dans ses pensées.

Immobile, il bloquait la sortie.

— Moi, oui. Je t'aime. Et je sais que toi aussi.

Oui. Elle l'aimait. Elle ne s'était jamais sentie aussi vivante que lorsqu'elle se trouvait avec lui. Sa présence l'apaisait, sa force l'enivrait. Grâce à lui, Margot avait tenu tête à Amber, à ses parents. Pour la première fois, elle prenait le contrôle de sa vie.

— Oui, je t'aime.
— Margot, dit Bree. Ne fais pas ça.
— C'est un meurtrier ! s'écria Olivia.

Margot sourit.

— Je vais te rendre si heureux.

Puis elle leva le pistolet et tira.

QUARANTE-HUIT

Logan ne bougea pas. Il ne recula pas sous l'impact, ne plaqua pas les mains sur sa blessure. Il ne cilla pas, ne trembla pas, ne dit rien. Il regarda Margot, et son sourire s'effaça lentement. Ses yeux devinrent vitreux, puis il s'effondra simplement sur le palier. Il frissonna, puis s'immobilisa.

— Je suis désolée, murmura-t-elle, la gorge si serrée qu'elle émit à peine un son.

— Est-ce que ça va ?

Kitty mit la main sur son épaule. Margot s'arracha à la contemplation du corps immobile de Logan.

— Oui.

Elle était sincère. Elle posa le pistolet dans la main de Kitty.

— Tu nous as fait tellement flipper, dit Bree.

Margot sourit du coin de la bouche.

— Désolée.

Elle se tourna vers Ed, la tête sur les genoux d'Olivia. Elle s'accroupit à côté de lui, prit doucement sa main. Il ouvrit les paupières et se força à sourire avec désinvolture, mais sa peau était d'une pâleur anormale.

— Il perd beaucoup de sang, dit Bree.

Le pull qu'elle pressait contre la blessure était rouge et trempé.

— C'est ma faute, dit Ed. Tout ça, c'est ma faute.

— Ne parle pas, intima Margot.

— John est allé chercher de l'aide, ajouta Kitty. Tu vas t'en sortir.

Il secoua la tête.

— Il faut que je m'explique.

Il se leva sur un coude, grimaçant sous l'effort. À l'aveugle, les doigts trempés de sang, il fouilla dans la poche de sa veste. Il en ressortit un bout de papier qui paraissait arraché à une plus grande feuille.

Margot le lui prit. Des mots étaient tapés d'un côté, elle les reconnut tout de suite.

— La dernière scène de *La Nuit des guerriers*. Ça vient de mon exemplaire du scénario.

Ed hocha la tête et lui fit signe de retourner la feuille. De l'autre côté, elle trouva d'autres mots, écrits à la main, ceux-là.

— « Boucle-la, lut-elle, ou la prochaine fois, elle mourra. »

Un souvenir lui revint. Logan dansait avec Olivia durant la dernière scène, tout sourire, jusqu'à ce que quelque chose dans le public attire son attention. La peur s'était alors reflétée dans son regard.

— Logan t'a vu le soir de la première. Il t'a vu arriver dans le théâtre.

Ed acquiesça.

— Il a dû croire que j'avais découvert qu'il avait été à Archway. Il a réussi à se faufiler en coulisse. Quand je suis arrivé, j'ai trouvé ce mot à côté de ton…

Sa voix resta en suspens.

— Tu vas t'en sortir, dit Olivia, les joues inondées de larmes. Repose-toi, d'accord ? Tu vas t'en remettre.

Ed ferma les yeux.

— J'essayais de protéger Margot, je croyais pouvoir me charger du tueur tout seul. Puis la photo…

Il rouvrit d'un coup les paupières, les traits crispés.

— Margot ?

— Je suis là, dit-elle en se penchant un peu plus vers lui.

Il sourit.

— Il m'a envoyé une photo. Dans l'enveloppe.

Kitty mit la main sur l'épaule de Margot.

— Logan a menacé de détruire tout ce qu'on aime, expliqua-t-elle.

— Mais il a fait une erreur. J'ai vu son reflet dans le ballon sur la photo. J'essayais de protéger tout le monde. J'ai appelé la police, mais ils ont refusé de m'écouter.

— J'ai eu le même problème, dit Bree.

— Alors j'ai déclenché l'alarme incendie et je suis parti à sa recherche. Sauf que…

Ed fut interrompu par une toux violente. Un filet de sang coula au coin de sa bouche. Un tonnerre de pas retentit plus haut. La police venait d'arriver.

— Ed ? cria Margot. Tiens bon. Tu m'entends ? N'abandonne pas !

— Mais tu es en sécurité… maintenant. Sur ce, je me… cas…

La tête d'Ed retomba sur le côté au moment où John descendait les marches avec les secouristes.

QUARANTE-NEUF

C'était étrange d'être de retour dans le labo informatique.

Kitty parcourut du regard la salle sans fenêtre. À première vue, rien n'avait changé. Margot était assise devant un ordinateur, les doigts filant avec habileté sur les touches. Bree se balançait sur sa chaise, les jambes sur le bureau, et grattait consciencieusement les taches du vernis qui restait sur ses ongles. Et Olivia était en retard.

Une par une, elles s'étaient éclipsées de la panique du gymnase. Une fois que Logan, Ed et les anciennes cibles du GTC avaient été emportés par les secouristes, les filles avaient été chacune interrogées par le sergent Callahan, complètement perdu et dans tous ses états, rappelé en son jour de congé à la suite de l'échange de coups de feu. Et une fois qu'elles avaient été libérées, elles s'étaient tout de suite rendues à leur ancien lieu de rassemblement.

On entendit des pas précipités dans le couloir et Kitty ouvrit d'un coup la porte avant qu'Olivia frappe.

— Désolée ! lança celle-ci, essoufflée. Le sergent Callahan me posait des millions de questions sur ce qu'on faisait dans la chaufferie avec Logan.

— Et qu'est-ce que tu lui as dit ? demanda Kitty, sourcil haussé.

— Ce dont nous avons convenu. Nous avons reçu chacune une enveloppe, dans laquelle on menaçait de faire du mal à quelqu'un que nous aimions si nous ne venions pas au gymnase.

— Il t'a cru ?

Olivia tordit la bouche sur le côté.

— Pas sûr. Il avait envie d'y croire, mais je ne suis pas certaine qu'il ait encore eu le temps d'y réfléchir.

— L'affaire devrait être vite classée, commenta Bree, puisque Logan a tout avoué avant qu'on l'emmène à l'hôpital.

— C'est vrai, répondit Kitty.

De façon inexplicable, Logan avait insisté pour parler à la police avant d'être mis dans l'ambulance. Il avait alors avoué les meurtres, l'attaque contre Margot et l'incendie de l'entrepôt. Il avait prétendu s'être servi du nom du GTC pour commettre tous ses crimes et avoir forcé Bree à dire qu'elle en faisait partie, ce qui n'était pas tout à fait faux.

— Pourquoi en a-t-il assumé la responsabilité ? demanda Olivia. Pourquoi ne pas tout révéler au lieu de protéger notre lien avec le GTC ?

Kitty secoua la tête.

— Aucune idée.

Elle regarda Margot qui scrutait obstinément l'écran de l'ordinateur. Elle piratait la base de données des admissions à l'hôpital.

— Du nouveau ?

— Non.

Que ressentait-elle ? C'était elle qui avait souffert le plus. Kitty devait-elle lui demander comment elle allait ? Lui proposer de l'écouter ? Ou la laisser à son chagrin en attendant qu'elle soit prête à en parler ?

Elle restait impassible, ne montrait aucun signe de peur ou de deuil. Peut-être que c'était ainsi qu'elle supportait sa douleur : elle la repoussait de force, jusqu'à ce que ça ne fasse plus aussi mal.

Elle ferma le site de l'hôpital et passa à celui du commissariat de Menlo Park.

— Donté, Mika, Theo et Peanut ont été libérés, dit-elle après quelques clics.

Olivia rit.

— Qu'est-ce que j'aurais pas donné pour voir la tête de Peanut quand ils l'ont mise en détention !

— Pourtant on s'y amuse tellement ! dit Bree avec un enthousiasme feint.

Elle fit tourner son pied, agitant le bracelet GPS.

— Le sens de la mode, les rencontres qu'on y fait, la gastronomie…

— Merci, dit Kitty avec très grand sérieux. Pour ce que tu as fait.

Elle haussa les épaules.

— C'était rien.

— Si, répliqua Olivia.

Embarrassée, Bree baissa les yeux.

Margot se retourna d'un coup.

— La question est, dit-elle de son ton toujours aussi direct, est-ce que le GTC reste actif ou pas ?

Prise de court, Kitty cilla.

— Je… Je ne sais pas.

— Nous avons accompli ce que nous voulions, remarqua Olivia.

— Il est peut-être temps d'arrêter, ajouta Bree.

Margot haussa un sourcil.

— C'est vraiment ce que vous souhaitez ?

Encore une fois, Kitty n'avait pas de réponse toute prête. Cette question l'avait taraudée toute la journée. Tout le monde à Bishop DuMaine saurait que Kitty, Bree, Olivia et Margot étaient présentes dans le gymnase quand on avait tiré sur Logan et Ed. Cette relation soigneusement camouflée serait révélée au grand jour.

Encore que, innocentée, Bree pouvait prétendre que Logan l'avait forcée à faire un aveu factice, et tout le monde ignorait le rôle des autres. Puisque le nouveau GTC avait été mis hors de cause et Logan démasqué, elles avaient la possibilité de continuer.

— Non, dit enfin Kitty.

Elle fit un grand sourire.

— Tant qu'il y aura le lycée, il y aura des brutes qui méritent une bonne correction.

— J'ai une liste, déclara Bree avec un sourire en coin.

— Mais…

Olivia croisa les mains devant son cœur.

— Si la mission continue, on fait toujours semblant de ne pas être amies ?

Elle les regarda tour à tour.

— Parce que je n'en ai pas vraiment envie.

— Moi non plus, dit Kitty.

— Moi non plus non plus, ajouta Bree.

Pour la première fois de la journée, Margot sourit.

— Moi non plus au cube.

— Je suis nulle en maths, dit Kitty, mais je crois que ça veut dire que c'est une décision unanime. Amies ?

Les filles hochèrent la tête.

— Amies, dirent-elles en chœur.

— Je vous propose qu'on repousse toute décision sur l'avenir du GTC tant qu'on n'a pas décidé si on a à nouveau besoin de nos services.

— Une suspension, dit Margot.

Bree adressa un sourire moqueur à Olivia.

— Ça veut dire qu'on fait une pause.

— Sans blague.

Olivia leva les yeux au ciel, puis lui rendit son sourire. Ce devait être la première fois qu'elles ne se chamaillaient pas au cours d'une réunion.

— Et s'il y a besoin du GTC, continua Kitty, on a du renfort.

Les filles acquiescèrent. Elle se leva.

— Alors pour la dernière fois... Du moins pour l'instant.

Elle tendit la main.

— Moi, Kitty Wei, je jure solennellement qu'aucun secret ne quittera jamais ce carré.

— Moi, Margot Mejia, je jure solennellement qu'aucun secret ne quittera jamais ce carré.

— Moi, Olivia Hayes, je jure solennellement qu'aucun secret ne quittera jamais ce carré.

— Moi, Bree Deringer, je jure solennellement qu'aucun secret ne quittera jamais ce carré.

Kitty contempla les trois visages souriants tournés vers elle. Elle ne savait pas ce que l'avenir réservait au GTC, mais une chose était certaine : cette amitié durerait quoi qu'il arrive.

— Garde ton calme, dit-elle, les larmes aux yeux.

— Et venge-toi !

ÉPILOGUE

Une semaine plus tard, dimanche matin.

Olaf tourna sur le parking de Bishop DuMaine et tira sur le frein à main sans couper le moteur.

— Très bien, mes chéris, dit Mme Deringer de sa voix cristalline. Je crois que c'est votre arrêt ?

Bree se pencha depuis le siège arrière.

— Tu vas juste à Sacramento, hein ? Pas de changement d'itinéraire de dernière minute pour Marseille ?

— Villefranche-sur-Mer, corrigea sa mère avec un clin d'œil. De plus, si je retournais en France, tu ne crois pas que j'aurais un peu plus de bagages ?

Bree se tourna vers le coffre du SUV, dans lequel une douzaine de sacs était empilés si haut qu'Olaf ne devait rien voir par le pare-brise arrière.

— « Ce n'est pas une lune, marmonna John, c'est une base sidérale. »

— Olaf et moi serons de retour dans trois jours.

Puis, dans un rare moment de responsabilité maternelle, elle regarda John derrière l'appui-tête et le menaça d'un doigt parfaitement manucuré.

— Et interdiction de dormir à la maison pendant notre absence.

— Oui, madame, dit John en exécutant un salut militaire.

Elle se tourna vers Bree.

— Ou je dirai à Brendan Callahan de rattacher ce truc à ta cheville.

— Maman, qu'est-ce qui se passera après ? Une fois que tu auras discuté avec papa ?

Il fallait qu'elle sache. Toute la semaine, elle avait essayé de ne pas s'enthousiasmer, mais elle espérait que sa mère resterait en Californie. Mais si les choses s'envenimaient pendant cette mini réunion entre ses parents, est-ce que sa mère fuirait à nouveau en Europe ?

— Bree, dit celle-ci d'une voix douce. Rome ne s'est pas construite en un jour. Mais je promets d'être de retour mardi soir et ensuite… (Elle prit une profonde inspiration.) Ensuite, on verra au fur et à mesure. D'accord ?

— D'accord.

Bree sentit le bras de John passer derrière elle et la serrer fort.

— Tu me rendrais un service ?

Sa mère poussa un sourire dramatique.

— Un autre ? J'ai déjà fait sortir tes amis de prison, convaincu ton père d'annuler ton assignation à domicile et trouvé une adorable dépendance sans loyer pour ton amie Tina.

— Tammi.

Sa mère agita la main.

— C'est la même chose. De quoi as-tu encore besoin ?

Bree sourit.

— Dis à papa qu'il me manque.

— Ah, dit-elle lentement. Oui. Maintenant, dépêche-toi. Tu vas rater le match de ton amie.

La mère d'Olivia était encore perdue.

— Tu as une amie dans l'équipe de volley ? demanda-t-elle pour la énième fois.

— Ouaip, répondit simplement Olivia.

Ça ne valait pas le coup d'expliquer toute la situation. Elle prit le bras de sa mère et monta les gradins.

— Et c'est même une de mes meilleures amies.

— Oh.

— Madame Hayes !

Quelques rangées plus haut, Peanut se leva et leur fit signe.

— Je vous ai gardé des places !

Olivia guida sa mère jusqu'à elle, puis se glissa sur le siège près de Peanut. Elle remarqua alors le visage souriant de Theo de l'autre côté. Sa main était posée sur le banc à côté de celle de Peanut, leurs auriculaires pressés l'un contre l'autre.

Ça, je m'y attendais pas.

— Salut, Olivia ! lança Theo qui n'avait jamais eu l'air aussi heureux. C'est ta mère ?

— June Hayes, dit celle-ci, en lui tendant la main. Je suis barmaid.

— Et une fabuleuse comédienne, ajouta Olivia.

— Cool !

Un sifflet retentit et les joueuses sortirent une à une des vestiaires. Theo se leva d'un bond.

— C'est à moi, dit-il. On se voit après le match ?

— Je serai là, répondit Peanut.

Olivia la vit le suivre des yeux jusqu'au terrain. Elle n'avait même pas remarqué Kyle assis à côté de Tyler et quelques autres ex-membres du groupe des Maine Men, désormais dissous.

Olivia envisagea d'interroger Peanut au sujet de Theo mais, à en juger par son visage empourpré jusqu'à la poitrine, il valait mieux avoir cette conversation en privé. Elle parcourut les gradins du regard.

— C'est bondé, aujourd'hui.

— Bishop DuMaine contre Gunn. Ce devrait être un match musclé.

Olivia jeta un coup d'œil en coin à son amie.

— Depuis quand tu t'intéresses au volley féminin ?

Peanut rougit encore plus fort.

— Depuis, euh, la semaine dernière.

— C'est bien ce que je pensais.

Olivia tendit le cou et parcourut les gradins derrière elle. Elle chercha Margot ou Bree, sans les voir dans la foule. Elle reconnut tout de même un visage familier.

Amber Stevens, toute seule.

— Je reviens tout de suite.

Avant que sa mère ou Peanut demande pourquoi, Olivia descendit les marches quatre à quatre.

— Salut, dit-elle en s'asseyant à côté d'Amber.

— Salut.

Il s'était passé tant de choses entre elles. Trop. Olivia ne savait même pas par où commencer pour réparer leur amitié, ne savait même pas si elle voulait de quelqu'un comme elle dans son cercle d'amis. Pourtant, Logan lui avait pris quelque chose aussi. Rex avait peut-être été un connard diabolique, mais Amber l'avait aimé. Olivia ne pouvait fermer les yeux sur sa douleur.

— Tu es venue seule ?

Amber haussa les épaules.

— Oui. Je n'avais rien d'autre à faire. Je ne voulais pas rester chez moi.

Elle n'avait jamais été aussi sincère de toute leur amitié.

— Allez, dit Olivia en la tirant par le bras. Viens t'asseoir à côté de nous.

Elle s'était attendue à ce qu'Amber proteste, qu'elle se cache sous un masque et fasse comme si elle n'avait pas besoin de compassion. Mais elle se mordit la lèvre.

— Je ne sais pas si je suis la bienvenue.

— Amber, répondit Olivia avec un sourire. Tu es toujours la bienvenue.

Au milieu de son équipe, Mika à ses côtés, Kitty regarda chacune de ses coéquipières. Elle tapa du pied une fois, puis dans les mains, du pied deux fois et encore une fois dans les mains.

— Vous êtes comment ? cria-t-elle à pleins poumons, sans cesser de taper du pied et d'applaudir.

L'équipe imita ses mouvements et répondit en chœur :

— À fond !

— J'ai dit vous êtes comment ?
— À fond ! répondirent-elles encore plus fort.
— Mais vous êtes *comment* ?
— À FOND !
— Je suis prête.
— Allez !
— Tu es prête.
— Allez !
— Elle est prête !
— Allez !
— Nous sommes prêtes !
— Allez !
Puis Kitty leva le poing en l'air en rythme.
— Prêtes ! Prêtes ! Prêtes ! Prêtes !
Elles s'accroupirent et changèrent de pied d'appui de gauche à droite en applaudissant très vite.
— Allez ! Allez ! Allez ! Allez ! Go les Dukes !
Gonflées à bloc, elles se tapèrent dans les mains l'une après l'autre et se dirigèrent vers le banc pour que Mme Miles leur donne ses dernières instructions. En quittant le terrain, Kitty aperçut Barbara Ann qui sortait du vestiaire.

Elle était en uniforme, prête à jouer, ses longs cheveux blonds remontés en queue-de-cheval serrée, un bandeau blanc sur le front et ses genouillères à la main.

Elle marqua une pause lorsqu'elle vit Kitty, avec une expression à la fois furieuse et troublée. Enfin, elle rejeta toute émotion et lui adressa un lent signe de tête.

Kitty sourit et le lui rendit. Ce n'étaient pas des remerciements, ce n'était pas un pardon mais, au moins, elle savait que Barbara Ann aurait accès à une carrière universitaire.

Tandis qu'elle restait là à sourire toute seule, elle vit Donté lui faire signe depuis les gradins.

Elle le rejoignit en courant.

— Salut !

Il passa les bras autour de sa taille et déposa un baiser léger sur ses lèvres.

— Je ne me lasse jamais de te regarder faire ça.

— Faire quoi ?

Il sourit, les yeux pétillants de malice.

— Ce petit remuage de popotin pendant l'échauffement.

Il se retourna et imita les pas de danse de Kitty.

Elle éclata de rire.

— Si je dansais comme ça, tu ne m'aurais jamais demandé de sortir avec toi.

Donté rit et l'enlaça à nouveau.

— Kitty Wei, rien n'aurait pu m'en empêcher !

Margot monta sur la dernière rangée des gradins du gymnase et referma les bras autour de sa taille. Ne s'était-il écoulé qu'une semaine depuis qu'elle s'était trouvée là pour la dernière fois ?

Une semaine. Une semaine avait suffi à changer le monde.

Elle esquissa un sourire sans joie. Il avait changé en un instant, et il avait suffi d'une semaine pour s'y habituer.

Au coup de sifflet annonçant le début du match, Margot s'assit. Elle se fichait du gagnant, bien que sa loyauté aille toujours à Kitty. Au bout du compte, les deux équipes avaient attiré l'attention de nombreux recruteurs universitaires. Elles étaient déjà toutes les deux victorieuses.

Le regard de Margot erra de l'autre côté des gradins, où Olivia était assise entre sa mère et Amber Stevens. Même elle méritait une seconde chance, supposait Margot. Elle pouvait peut-être lui pardonner ses actes, mais jamais elle n'oublierait.

Dix rangées devant, Bree et John étaient littéralement entremêlés. Elle avait appuyé le visage avec bonheur contre son torse, il lui caressait le dos.

Margot soupira. Elle se souvenait de ce qu'elle ressentait quand Logan l'étreignait. Ce sentiment de sécurité. De protection. Elle aurait voulu rester à jamais dans ses bras.

La douleur de sa trahison s'était émoussée, le chagrin s'était estompé, et maintenant Margot ne ressentait qu'une solitude dévorante. Par le passé, elle avait supporté l'isolement qu'elle s'était imposé avec stoïcisme, mais Logan lui avait fait goûter un fruit interdit qu'elle n'oublierait pas de sitôt. Certes, il avait été un tueur en série sociopathe, mais il l'avait aimée, et surtout, il lui avait donné le sentiment qu'elle méritait d'être aimée.

Margot prit une profonde inspiration et souffla lentement par le nez. Il fallait juste qu'elle se rappelle que tout irait bien, même seule. Elle avait des amis, elle était soutenue, elle avait même gagné le respect de ses parents, ce qu'elle n'aurait jamais cru possible. Elle pouvait vivre sans amour.

Parce qu'elle avait un objectif, désormais. Elle toucha son bras nu. Les cicatrices de sa tentative de suicide étaient visibles à tous. Plus jamais elle ne les cacherait sous un sweat-shirt trop large. Plus jamais elle ne vivrait dans la honte de la douleur et du désespoir qu'elle avait ressentis ce jour-là. Elle avancerait en les affichant avec fierté. Parce que, ce jour-là, elle avait survécu et, en continuant à vivre, elle était devenue plus forte. Et si l'histoire de sa souffrance pouvait empêcher ne serait-ce qu'une personne de franchir ce pas sans retour, alors tout cela aurait valu la peine.

— Quoi de neuf, tête d'œuf ?

Ed-au-carré s'était laissé tomber sur le banc à côté d'elle. Margot avait été tellement perdue dans ses pensées qu'elle n'avait même pas remarqué son arrivée.

— Edward, dit-elle avec un hochement de tête.

Avec une grimace, il sortit un petit carnet de notes de sa poche arrière. Une balle dans le ventre n'avait pas suffi à l'empêcher d'assister au plus gros événement sportif de la saison.

— Alors, j'ai six contre un sur Kitty et Bishop DuMaine. (Il pencha la tête.) Ça te dit, un petit pari ?

— Illogique. Ce devrait être quinze contre un.

Ed siffla.

— Tu crois ?

— Les Lady Dukes ont un sens aigu de l'esprit d'équipe. Le meurtrier a été attrapé, la police a quitté le campus, le père Uberti a officiellement dissous les Maine Men et les élèves ont retrouvé une vie normale. Tu n'as donc pas remarqué l'enthousiasme général, cette semaine ?

— La petite dame n'a pas tort.

Il lâcha son carnet sur ses genoux et se pencha plus près d'elle, reprenant un instant son sérieux.

— Et toi, comment tu vas ?

Margot lui jeta un coup d'œil de côté. C'était une question complexe et il le savait.

— Logan risque la prison à vie, dit-elle froidement, et la police a décidé que mon geste dans la chaufferie était un acte d'autodéfense. J'imagine que c'est une victoire sur tous les plans.

— Je vois.

Il appuya les coudes sur le banc derrière lui.

— Je sais que ton petit copain a failli me tuer et tout, dit-il avec son sourire moqueur habituel, mais aurais-tu la générosité de devenir ma partenaire en affaires ? Clairement, la chirurgie m'a grillé le cerveau.

Margot secoua la tête. Elle devait reconnaître que, malgré tout ce qu'il avait vécu, il n'avait pas perdu son sens de l'humour.

— Tu dois d'abord répondre à une question.

— Une seule ?

Elle acquiesça.

— Vas-y.

Elle se racla la gorge.

— Tu as donc découvert que le sergent Callahan était le cousin de Christopher.

— Tu veux savoir comment ? demanda-t-il avec enthousiasme. C'était un super tour de passe-passe, à la maison des Beeman, j'ai…

— Je comprends, l'interrompit Margot, que tu as caché cette information au GTC parce que tu voulais me protéger.

Le regard d'Ed vacilla, mais il ne dit rien.

— Et je comprends également que tu as modifié la copie carbone de ton amende du 1er octobre au 7 octobre pour te donner un alibi.

— Si tu n'avais pas été dans le coma, dit-il avec un sourire malicieux, tu aurais tout de suite compris la ruse…

— Mais ce que je ne parviens pas à comprendre, c'est comment, après des mois d'enquête, tu n'as pas déterré le scoop de l'été qu'Amber Stevens a passé au Camp Shred.

Ed grimaça et se prit le ventre.

— Aïe ! Ça fait plus mal que de se faire tirer dessus.

Margot sourit.

— Alors, à la lumière de tes talents douteux, si nous travaillons ensemble, je veux soixante pour cent.

Ed fit une mine horrifiée.

— Quarante.

Margot haussa un sourcil.

— Tu peux sûrement faire mieux.

Il se frotta vigoureusement le menton, comme si un débat faisait rage en lui.

— Très bien, dit-il enfin. Cinquante-cinquante. Mais ça va exiger de longues heures de travail en commun. Tu crois que tu y arriveras ?

Margot se tourna vers Ed. Malgré son sourire, ses yeux exprimaient une tristesse qu'elle était seule à comprendre.

— Oui, répondit-elle. J'y arriverai sans problème.

Ouvrage composé par
FACOMPO – 14100 Lisieux

Imprimé en France
par Normandie Roto Impression s.a.s.
61250 Lonrai
N° d'impression : 2104294
S31501/01

MIXTE
Papier issu de sources responsables
FSC® C003309

L'éditeur de cet ouvrage s'engage dans une démarche de certification FSC® qui contribue à la préservation des forêts pour les générations futures.

Pour en savoir plus :
www.editis.com/engagement-rse/

PKJ
www.pocketjeunesse.fr
POCKET JEUNESSE

92, avenue de France – 75013 Paris